メイド、地獄の戦場に転送される。

固有のゴミ収集魔法で、最弱クラスのまま人類最強に。

In Dest

デス

TOブックス

CONTENTS

イラスト 赤井てら
デザイン AFTERGLOW

第一章　メイド、地獄の戦場に転送される。

覚悟はしていた。

でも、現実にこの時が来ると心が揺らいでしまう。

私の目の前には大きな執務机。その席に座る少女が重々しく口を開いた。

「オルセラ、お前は今日から戦士だ」

彼女はミレディア様。十歳ながらこの国の女王を務めている。

そして、私の名前はオルセラ。十五歳で、彼女に仕えるメイド、……だった。ついさっきまでは。

これからは世界を守る戦士になる。

現在、人類は魔獣という共通の敵と戦争状態にあった。

戦況は悪化の一途を辿り、各国は前線を維持するため、次々に育て上げた戦士を送りこんでいた。

どの国でも常に人手不足であり、非戦闘員からの転職も珍しくない。

私達のヴェルセ王国も一緒で、同僚のメイド達もすでに何人かは戦場にいる。

私だって覚悟はしていたんだ。

いつか自分の番が回ってくるって。

「はい、心の準備は、できて、います……うぅ、……うぅ！」

「な、泣くな！　全く準備できてないじゃないか！」

「……す、すみません」

「今すぐにじゃない。まだ半年あるだろ」

そうだった。直ちに戦場へ送られるわけじゃなく、半年間の訓練期間が用意されていた。

席を立ったミレディア様が私の所へ。ハンカチを差し出してくれた。

どうもすみません。

「それに、お前はメイドをやめたがっていたろ」

「ええ、まあ……。固有魔法がゴミですから」

この世界では職業に合ったクラスが授けられる。

メイドの私のクラスは【メイド】。

他にも【カーペンター】や【シェフ】など沢山あって、戦闘クラスと区別して一般クラスと呼ばれているよ。

クラスを授けてもらう利点は主に二つ。

一つは職業に必要な能力が補強されるから。レベルがあって、上がり幅も大きくなる。

ちなみに、四年間メイドをしている私は【メイド】レベル２ね。四年働いて１しか上がってないけど、一般クラスはこんなもんだから……。戦闘クラスで魔獣を倒したりすると、結構早くレベルアップできるらしいけど。

そういえば、【メイド】は全クラス通じて最弱って言われてたっけ。職業柄、汎用性が高すぎて、

【カーペンター】や【シェフ】なんかと比べても、補強の効果が微妙だからそう呼ばれるみたい。

……一般クラスで強いも弱いもないでしょ。皆、自分のクラスが優れてるって思いたいだけじゃないの？

クラスを得る二つ目の利点は、固有の魔法が必ず一つ発現するから。

仕事に役立つ便利なものが多いよ。

私達【メイド】なら、〈拭いた窓ガラスがとても綺麗になる〉とか、〈干した洗濯物が早く乾く〉とか。

そして、私の発現した魔法が〈人がいらなくなったものを呼び寄せる〉だ。

……そう、ただのゴミ収集魔法。

収集範囲が無駄に広く、指定もできないから使い勝手がすごく悪い。使い勝手が良くてもあまり嬉しくないけど……。

でも、このゴミ魔法とも今日でお別れだよ。

戦闘クラスになれば新たな固有魔法が手に入る！

「地獄に行くことになりましたが、それがせめてもの救いですよ」

「地獄ってお前……。しかし急に元気になったな」

「まだ半年ありますからね。ああ、私もユイリスみたいにいい固有魔法が……、あ！　今何時ですか！　ミレディア様！」

「十一時を回ったばかりだ。正午まで大分ある。私も立ち会わなきゃいけないからな」

ミレディア様は懐中時計を見ながらため息。

今日は先輩メイドのユイリスが戦場に赴く日だ。

十一歳でメイドになった私に、ユイリスはゼロから仕事を教えてくれた。とてもお世話になった先輩であり、今では一番仲のいい友人。

その彼女が今日、いよいよ戦士として旅立つ。

向こうに行ってしまえば、そう簡単には会えない。しっかりお見送りしなきゃ。

ミレディア様も何もこんな日に地獄行きを告げなくてもいいのに！　ユイリスの出発まであと一時間もない！

「私！　先に地下へ向かいますね！」

「待てオルセラ！　話はまだ終わってない！」

「もう分かりましたよ！　半年先でしょ！　ミレディア様と私、一応従姉妹なんだから少しは気を遣ってくれてもいいのに！」

「だからまだ続きが」

「もういいですって！」

今はそれよりユイリスとの時間の方が大事です。

女王の執務室を飛び出した私は、廊下を走……ることはできないので、早足で歩く。

向かうはお城の地下。そこに、戦場に行く手段が用意されていた。

階段を下りると、すぐにユイリスの姿が目に入った。

目立つ長い赤髪のスラリとした女性。現在は鎧を着込み、剣を携えているので、もう立派な戦士にしか見えない。ちなみに、彼女は一人じゃなく、共に訓練を重ねてきた四人と、ベテランの戦士一人も一緒。

私は赤髪の親友に駆け寄った。

「遅くなっちゃってごめんね！　ユイリス！」

「時間はまだまだあるから大丈夫よ。そんなことより、聞いたわよオルセラ。ついにあなたも選ばれたのね……」

そう言って私の銀髪を撫でる。

これはユイリスがよくやる仕草。いつもなら「子供扱いしないで！」って言うところだけど、今日は何だか目頭が熱くなった。

そんな私の顔を見て彼女は。

「怖くなる気持ち、分かるわよ。でも、別に戦争には……」

「え？　あ、違う違う。私は平気。だって行くのまだ半年も先だし」

「相変わらず能天気ね、そしてミレディア様の話を最後まで聞かなかったわね。半年なんてすぐよ。まあでも、もしオルセラが旅立つ時が来ても私が助けるわ。それまで絶対に死なないから」

「ユイリスなら大丈夫だよ！　きっと半年後にはすごく強くなってるね」

そうだ、心配することなんてない。

ユイリスは百年に一人の逸材って呼ばれてる。私の時にはその彼女が一緒に行ってくれるんだから。何も怖くないよ！

しかし、私は思いもしなかった。

……まさか、私の方が先に旅立つことになろうとは。

広間の中央に浮かぶ光の球体に目をやった。

転送の光と呼ばれるあれが戦場に行く手段だ。熟練の戦士達が十人がかりで、一か月以上費やして構築する。

確か、皆で手をつないで触ると、全員に光が移って戦場に送られるんだよね。これまで何度も見てるけど、本当に不思議な光景。

こんなものでどうやって人間が……。

「オルセラ！　転送の光に近付きすぎ！」

ユイリスの叫び声。

振り返ると、目の前から光の球体は消えていた。代わりに私の全身がキラキラと輝いている。

こ、これは、もしや……、

……私、やってしまった感じだ！

せ！　戦場に送られる！

駆けつけたユイリスがすぐに私の腕を掴む。

が、光は彼女に移っていかない。

「ダメだわ！　オルセラ！　これを持って！」

ユイリスは今度は自分の剣を握らせるも、やはり光らない。

そうこうしている間にも、私の纏う輝きはどんどん強くなっていく。

「ど、ど、どうしよう、ユイリス……。私、一人で……」

焦る親友を前に、私は涙を止められなかった。

「何をやっているんだ！　このバカ！」

遅れて地下へとやって来たミレディア様が、転送寸前の私を見るや走ってこちらへ。

途中で机の上にあった地図を取る。私の前でバッと広げた。

「よく聞け！　オルセラ！　これからお前が飛ぶのはこの広大なサフィドナの森のどこかだ！　やるべきことはただ一つ！　ひたすら息を殺して北にあるレジセネの町を目指せ！　いいか！　魔獣に遭遇すれば終わりだぞ！　絶対に見つかるな！」

ミレディア様は幼いが聡明《そうめい》な女王だ。わずかな時間で必要なことだけを一気に喋り切った。

私は言われた通り、パニックでうまく回らない頭に必死で叩きこむ。

ユイリスが私の手を強く握った。

「必ず私が迎えにいくから！　何としても生き延びるのよ！」

直後、私の視界は完全に光で覆い尽くされる。

新暦四六六年四月上旬。

こうして、私は最弱クラス【メイド】のまま、訓練も経ず、武器も防具もなく、たった一人で地獄の戦場へと転送されてしまった。

――――。


気付けば、握っていたはずのユイリスの手が消えていた。

周囲の景色は薄暗い森に変わっている。

ザワザワと揺れる木々の葉。その隙間から見える空は、どんより厚い雲に覆われていた。

……ここは、サフィドナの森だ！

本当に私、戦場に来ちゃったんだ！

ど、ど、ど、どうすれば……。

辺りをきょろきょろと見回す私の脳裏に、ミレディア様の「魔獣に遭遇すれば終わりだぞ！」という言葉が。

か！　隠れないと！

慌てて近くの茂みに飛びこむ。涙を拭いながら、何とかパニックになったままの頭を落ち着かせた。努力の甲斐あって、やるべきことを思い出す。

……そうだ、こっそり拠点の町を目指すんだった。方角は確か、北。え、北って、どっち？

そもそも私がいるのは森のどの辺だろ。

転送の光はあまり精度が良くない。目標地点から半径数キロメートルの誤差が生じるらしい。

ちなみにレジセネの町は結界魔法が張られているので転送不可。その結界にぶつかってしまうと大変なことになるとか。だから、通常は南に広がるサフィドナの森の真ん中を狙って送られる。

とにかく北に向かって歩けば町に着くはずだ。いや、肝心の北がどっちか分からないんだっけ……。

何か目印になるものでもあれば。

私は茂みからゆっくりと頭を出した。

遠くの方に、雲を突き抜けてそそり立つ岩壁が見える。私を挟んで反対方向にも同様の岩壁が。

あれらはきっと台地だ。

戦場になっているこの一帯にはあんな台地が沢山あって、それらを巡って、まるで陣地を取り合うように人間と魔獣が戦っている。それほど戦争に詳しくない私でもこの程度は知ってるよ。

あ、さっきミレディア様に見せてもらった地図で、森は東西を台地に挟まれていた。そして、レジセネの町は二つの台地が狭《せば》まった所に！

私すごい！　よく覚えてた！

これで方角も町の場所も分かった！　きっと町はあの辺りに……、

……遠い。いったい何キロあるの……。もしかして十キロ以上？

……い、行くしかない。

思い切って茂みから出ると、木の陰に走りこむ。なるべく姿勢を低く保ち、木の陰から木の陰へ。

よ、よし、これなら何とか行ける。

周りに意識を集中させながら、ササッ、ササッ、と木から木へと移動を繰り返した。

――どれくらい時間が経ったのか、薄暗かった森が一層暗くなっている。

私、懐中時計も持ってきてないんだよね。たぶんもうすぐ夕方だ。

と空を見上げ、東の岩壁がずいぶん近くにあることに気付く。

わ！　どうしてこんな近くに！　方向を修正しないと！

日が暮れるまでに町に辿り着くのは、無理だよね。野宿しなきゃならないのかな。魔獣のいる、この森で？

いやいや！　絶対嫌！

だけどそもそもだよ、ここって本当に魔獣いるの？

結構移動したのにまだ一度も見てないよ。

私達のヴェルセ王国はこの前線から大分離れていて、私自身も魔獣の実物は見たことがなかった。絵になってるのは何度もあるけど、確か普通の動物とトカゲが合体したようなのが多かった気がする。

それほど怖い感じはしなかったし、案外遭遇しちゃっても逃げられたりするんじゃないかな。この森だって初心者が送られてくるくらいなんだから、魔獣の数も少ないのかも。

きっとそうだ。

なんだ、こんなにビクビクする必要なかったよ。

「グオオオオオオオオオ！」

突然の咆哮《ほうこう》に、私の体はビクッと震えた。

な、何、今の……。

魔獣、なの……？

鳴き声が聞こえてきた方から無意識に遠ざかろうとする足。

それに私は待ったをかけた。

……今、人の声がしなかった？

気のせいじゃない！　誰かが喋ってる！

踵《きびす》を返して人（と魔獣）の気配のする方へ。

私すごく運がいい！　この広い森で他の転送者達に出会えるなんて！　町からやって来た戦士の人達かもしれないけど、どっちにしてもこれで助かった！

念のため、慎重にそろりそろりと近付いていく。

板についてきた仕草で木の陰から様子を窺った。

……え、……あれが、魔獣？

初めて目の当たりにしたその生物は、絵から受けた印象とは全く違っていた。

まず、大きさが普通の動物ではありえないサイズだった。

体長十メートルはあるだろうか。狼のような頭部に、所々鱗の生えた体はトカゲというよりまるでドラゴン。捕食者の証しと言わんばかりに鋭く伸びた牙と鉤爪《かぎづめ》。

こ、こんな怪物……、人間が戦えるの？

ううん、訓練を積んできた戦士なら、大丈夫なんだよね？

狼竜の周囲には、鎧姿の男女五人が武器を構えて立っている。

私は緊張する気持ちを抑えながら、緊張する彼らを見つめた。

ちょ！　ちょっと待って！　大丈夫だよね！

……いや、やっぱりこの人達も転送されてきたばかりなんだ。装備も何だか綺麗だし。たぶんこれが魔獣との初めての実戦。

お願いだから頑張って。私の命も懸かってるんだよ。

と祈ろうとした次の瞬間。

ズダンッ！

狼竜はその前脚で戦士の一人を踏み潰した。

凍りつく空気。

続いて怪物は、ギュン！　と体を回転させる。

あの巨体ですごく俊敏だ！

そう感じたのはきっと私だけじゃなかった。

鞭《むち》のようにしなったドラゴンの尻尾がもう一人を直撃。

彼は一切反応できずに弾かれ、木にバキバキと全身を叩きつけられた。

なお、バキバキというのは木が砕けた音だけじゃない、……と思う。素人の私から見ても、残りの人達の戦意が完全に失われたのが分かった。

……み、皆！　逃げて！　すぐに逃げて！

ごごごごごめん！　私は先に逃げるよ！

足が竦《すく》んでしまった私は、地面を這うようにその場から離脱した。

魔獣！　怖い怖い怖い怖い！

魔獣！　やばいくらい怖かった！

見つかったら確実に終わりだ！　ここは本当に地獄だった！

＊

茂みに身をひそめてからどれくらい経っただろうか。

一時間？　二時間？　いや、周囲の明るさは変わってないから五分程度なのかも。

怖くて動きたくないけど、……このままここにもいたくない。やっぱり、一刻も早くレジセネの町に行くべきだよね。ゆっくりでもいいから進んでいこう……。

姿勢を低く保ち、草の深い所を選んで移動を開始する。

ガサ、ガサガサッ。

い！　いけない！　物音もなるべくたてないようにしないと！

できるだけ慎重に、そーっと、そーっと……。

ザッス！　ザッス！

誰っ！　大きな音させて！　だから静かにし……て……。

茂みの中から外を窺うと、すぐ近くに狼頭のドラゴンが。辺りを見回しながら、のっしのっしと歩いている。

さ、さっきの魔獣かな……？　ちょっと、大きい気がするけど……。

とにかく逃げなきゃ！　気付かれないようにここを離れるんだ。

私はゆっくりと後ずさりを始める。絶対に音をたてないよう、細心の注意を払って慎重に。

……よし、いい感じ。

この調子で、そーっと、そーっと……。

ムギュッ。

ん？　何かに乗り上げた？

と思った瞬間、「ギャウッ！」とそれは鳴き声を。

振り返ると、体長四十センチほどの狸が地面にうずくまっていた。私はその体を踏んづけてしまっている。

なんてでかい狸……、待って、こいつ脚先が鱗に覆われてる。

まさか、これも魔獣なの？　こんな弱そうな魔獣もいるんだね。こいつも隠れてたっぽいけど、どうして？

「とりあえず、踏んじゃってごめんね、狸っぽい奴」

と身を屈《かが》めたその時だった。

ザバシュッツ！

先ほどまで私の上半身があった辺りの草が綺麗になくなっている。

振り上げられた鋭い鉤爪。

獲物を射貫く捕食者の眼差し。

体長十メートルを超える狼竜が、上からこちらを覗きこんでいた。

「うわぁ――――っ！」

「ピギャ――――ッ！」

私と狸の魔獣の叫びが重なる。

も、もうダメだ……。

私、と狸っぽい奴、……ここで、死ぬ……。

この時、私に頼れるものなんて何もなかった。

ただ一つ、固有魔法〈人がいらなくなったものを呼び寄せる〉を除いて。

わらにもすがる思いで、私は魔法を発動させた。

……奇跡でも何でもいい！　お願い……！

私を助けてくれるもの、出て……！

キュイィ――――ン！

……あれ？　何か、いつもと様子が違う……。

目の前に光の塊が浮かび上がる。

とっさに私はその中に手を突っこんでいた。

光が止んだ時、握っていたのは大型の銃。

メタリックに輝く銃身。持ち手の上には、弾を入れるであろうレンコンのような部分。銃に詳しくない私でも、それの名称は知っていた。

これって、リボルバー……？

でも普通の銃じゃないような……？　って重っ！

片手で支えきれず、慌てて反対の手を添える。

私にこれ、扱えるのかな？　なんて考えている暇はなかった。

気付けば、口を大きく開けた狼竜が眼前に迫っていた。綺麗に並んだ鋭い牙がよく見える。

ひぃやぁ――――――――――っ！

反射的に、引き金に当てていた指に力を込めた。

ズドン！

銃弾は魔獣の首下辺りに命中。次の瞬間、
ボワァ――――ッ！

とその巨大な体が一気に燃え上がった。

やっぱりこの銃、魔法武器だ！

「グオッ！　グウッ！　ギギャ――――ッ！」

火だるまになって暴れ回る狼竜。周囲の木に体当たりを繰り返し、次々にへし折っていく。

あわわわわわわ！　あ！　危ないっ！　巻きこまれたら死ぬ！

私と狸の魔獣は急いでその場から離れた。

ふと、背後からの破壊音が聞こえなくなったのに気付く。

足を止めて振り返ると、狼頭のドラゴンは炎を纏ったまま地面に倒れていた。程なくその体がこ

つ然と消える。

あ、私、今【メイド】レベル2から4に上がった。

私が魔獣をやっつけたってこと？

狼竜のいた場所に戻ってみると、そこには美しい水晶石が。拾い上げてよく観察する。ガラスのように透き通った石の中に、煌《きらめ》く鉱物が散りばめられていた。

もしかして、これが魔石なの？

魔獣が力尽きると、肉体は塵となり、魔力は魔石として結晶化するらしい。魔力の結晶なだけに色々と使い道があるとかで、魔石は相当な高値で取引されると聞く。

相当な、高値……。

実は私、お金もあまり持ってないんだよね。

無事にレジセネの町に辿り着いても、助けが来てくれるまで一か月は待たなきゃならない。町がどんな所か分からないけど、先立つものはあった方がいいと思う。

「……だから、あんたにあげるわけにはいかないんだよ、狸っぽい奴」

私の視線の先では、狸の魔獣が行儀よくお座りをして尻尾を振っていた。期待に満ちた目で魔石を見つめている。

え、魔石って魔獣もほしいものなの？

とにかくあげられないよ。私の今後の生活が懸かってるんだから。

ポケットに魔石をしまうと、狸は途端にシュンと。

「キューン……」

耳も尻尾も垂れ下がり、悲しそうな目で私に訴えかけてくる。

……う、あげられないよ。

そういえばさっき、私レベル上がったんだった。一気に2も上がるなんて、私のメイドとしての四年間は何だったんだろ……。

いや、死ぬとこだったし、あんな怪物を倒したんだから妥当なのかな。

補強効果も強化されたおかげか、前より体が軽く感じる。レベル4だから十五年以上働いてるメイド達と同じくらいになったんだよね。皆、てきぱき動けるわけだよ。

うんまあ、もうすぐ辞める【メイド】のレベルが上がってもしょうがないんだけどさ。

そういえばクラスのレベルが上がると、固有魔法もパワーアップするらしいけど……。私の場合、どこまで行ってもゴミを呼び寄せるだけだよね。

いや、今回はゴミじゃなかったんだった。

握りしめたままのリボルバーに目をやる。

これは魔法武器。しかも使用者の魔力を必要としない消費型だ。すなわち全く鍛えてない私でも扱える強力な武器ということ。

絶対にゴミじゃないし、いらないなんて思うわけないはずなんだけど。

……考えられるのは、所有者がすでにこの世を去っているケース。私の魔法、そういうのも呼んじゃうみたいなんだよ……。墓荒しさながらで本当にろくでもない……。

だけどたぶん、さっきはそのろくでもない能力に助けられた。

それにしたって、ここまでピンポイントで役立つものが出てくるなんて。確かあの時……、いつもとは違う感じがしたんだよね。

どうしてだろ？

とにかくこんないいものが出てくるなら、私の固有魔法も捨てたもんじゃない。

試してみようかな。

〈人がいらなくなったものを呼び寄せる〉発動！

キーン。

光の中から現れたのは、ボロボロに破けたブーツ（片方）だった。

……完全なるゴミが出てきたよ。

ずいぶん雨風にさらされてるようだし、きっとずっと前から森にあったやつだね。

ええい、もう一回！

キーン。

今度は錆《さ》びた穴開き兜が。これも長い間放置されてたやつだ。

次！

キーン。

えーと、これは、木の欠片……？　分かった、折れたスプーンの先っぽだ。もはやゴミ以外の何ものでもない。

せめて使えるもの来て！

てあっ！

キーン。

出てきたのは、中身の詰まった布袋。

見た目は結構綺麗だけど、何が入ってるんだろう？

開けてみると、袋の中にはビスケットや干し肉が。くんくんと匂いを確認する。

食べられそうな感じがするよ。これがいらないなんて贅沢な人がいるんだな。

だけど、助かったかも。私はこのサフィドナの森に転送されてから何も口にしていない。最後の一回で食料が出たのは本当に幸運だった。

そう、私の魔力量で固有魔法を使えるのは一日五回まで。

あれ？　でもまだ魔力に余裕があるような……？

そっか、レベルが上がったんだっけ。あと二回はいけそうだ。

よし、きっと今は運が向いてきてるよ。

〈人がいらなくなったものを呼び寄せる〉！

キィー……ン。

今の、ちょっとだけいつもと違ったような……？

目の前に小さな光が浮かび上がっている。手を差し出すと、チャラッと金属製のものが掌《てのひら》に。チェーン紐のペンダントだった。

魔法道具の感じはー……、しないか。普通のペンダントだね。

そ、それより、これ。

……血が付いてるんだけど。

まだ乾ききってないから、たぶん最初の狼竜と戦っていた人達のものだと思う……。

私の固有魔法による収集範囲は半径約一キロメートル。あの地点からそんなに離れてないから、おそらくそうだろう。

魔獣に捕捉されたあの状況から彼らが逃げられたとはとても思えない。全員がもう……。

……あ、こっちの食料もそうだったのか。

布袋の中を覗きこんでいると、止めどなく涙が溢れてきた。

「ごめん……、ごめん、私だけ逃げて……。せめてあの時、この銃があれば……」

泣きながら私はビスケットをほおばっていた。

申し訳ない気持ちはあるけど……、どうしようもなくお腹空いてるんだよ……。

ああ、ダメだ……、目から水分が失われて、口の水分もビスケットに奪われて、喉がすごくカラカラだ……。そういえば私、喉もずっと渇いてたんだった……。

と脚に何かふわふわした感触。

見ると狸の魔獣が頭を押し当てている。

……こいつ、さっきどこかに行ったと思ったのに。口に何か咥《くわ》えてる？

目の前の地面に置かれたそれは、見たことのない真っ赤な果実だった。甘い香りが漂ってくる。

毒があるかを心配するより先に、私は果実を拾い上げてかぶりついていた。口中に広がる爽やかな甘酸っぱさ。豊潤な果汁が喉を潤していく。

運んできた贈り物が完食されるのを見届けた狸は、鼻先で私のポケットをツンツンと。

「助かったよ、狸っぽい奴。……でも魔石はあげられない」

「キューン……」

結局、残り一回の固有魔法は温存することにした。もしもの時の最終手段として。

そんな不確かなものより、頼りになるのはやっぱりリボルバーの方だ。

ところが、そのレンコンの中を覗いた私は愕然《がくぜん》とする。

銃弾六発中、五発が空に。残すはたった一発だった。

……いや、前向きに捉えよう。あと一回は魔獣と遭遇しても大丈夫ってことだもんね。

――――。

もうすぐ日が沈もうかという時間帯。森は一層暗くなってきた。

町を目指すのはもう諦めて、どこかで夜をやり過ごそうかな……。

東の岩壁に沿って進む私は、そんなことを考え始めていた。

……そこかしこで、大きな生物が動く気配を感じる。昼間はあんなに静かだったのに。まさか魔獣の活動が活発になる時間帯とかあるの？

……、このままじゃいずれ見つかっちゃうよ。

こいつもついてきてるし。

木から木へ私がササッと移動すると、それを追って黒い影がササッと。

狸の魔獣がぴったり引っついてきていた。

……どうもこの狸は勘違いしている節がある。私が持つリボルバーを、キラキラした眼差しで見てくるけど。

「あのね、この銃はあと一発しか」

言葉の通じない相手に説明しようとしたその時、猛スピードで近付いてくるものを察知。

とっさに私は狸を抱えて横に跳んだ。

私達がいた所を駆け抜けたそれは、勢いのままに木に激突する。ベキベキと巨木をへし折った。

こ、こんな魔獣もいるの……？　狼竜より、さらに大きいじゃない……。

こちらを見据えるその怪物は、頭の天辺から尻尾の先端まで鱗で覆われ、もはや完全にドラゴンだった。体長は十五メートルほどもあるだろうか。頭部からは立派な一角が生えている。

突進してきた個体が顔を動かすと、その視線の先から同じ角竜がもう一頭。

一度に二頭も来るなんて聞いてない！

どうやって切り抜ければ！

リボルバーを構えながら、必死に考えを巡らせる。

しかし、猶予はあまりに短かった。

新たに現れた角竜の方が突進を開始。

今回もどうにか避けると、振り向きざまにリボルバーの引き金を絞る。

ズドン！　バスッ！

銃弾は竜の尻に命中した。

直後に、先ほど同様に全身から発火する。

燃え盛る炎の塊と化したドラゴンは、叫びながら走り去っていった。

「ガアァァ――――ッ！」

私はすぐに銃口をもう一頭に向ける。

「来ないでっ！　燃やされたいの！」

「ギャギャウ！」

隣では狸が強気の威嚇。

角竜は警戒して様子を窺っていたが、やがてゆっくりとこちらへ歩みを進めた。

ま、魔獣って結構賢い！　もう私がこれを使えないこと、そして他に手がないことまでバレてるんじゃ！

狸が恐る恐る顔を向けてくる。私と見つめ合った。

この時、私は初めて魔獣と心が通じた、気がした。

（もしかして、もう撃てないんですか？）

（うん、もう撃てない）

すると狸はこてんと横たわった。

これは死んだふり？　いや、覚悟を決めたんだ。
……私は、嫌だ。わずかでも可能性があるなら、それにしがみつくよ！
魔法武器でも何でもいいから！　とにかく私を救ってくれるもの出てきて！
〈人がいらなくなったものを呼び寄せる〉！
キュイィ――――ン！
この感じ……、間違いない！
あの時と一緒だ！
それにしても大きな光……。私の体と同じくらいだよ。いったい何が出てくるの？
光が徐々に終息していく。
そこに立っていたのは、茶色の髪をした小柄な少女だった。
姿を現すや、彼女は叫んだ。
「私を追放するだと！　貴様らー！
ってあれ、ここどこだ？」
……に、人間出てきたーっ！
光から現れた少女はまず私を見た。
「ん……？　メイド？」
それから角竜の方にも視線を送る。

「モノドラギス、レベル5ってことは、ここは下の森か？」

あの魔獣、そういう名前なんだ。え、魔獣にもレベルがあるの？

その角竜はといえば、少女を見るなり硬直してしまっていた。あんなに大きな体なのに、まるですごく怖い敵でも前にしたみたいに。

実は、何となくではあるんだけど、私も感じるんだよね。

……この子たぶん、大変な魔力量だ。

格好からして、彼女は間違いなく戦士。身長は百六十センチの私より結構低い。百五十センチいかないくらいかな。小柄な体格で、茶色の髪に緑色の瞳。愛くるしい小動物のような美少女だ。だけど、纏う空気と物々しい装備が強者の雰囲気を演出している。

目を引くのは、やっぱり彼女の武器だろう。背負っているのはその身長とほとんど変わらない巨大な刃。

横に持ち手があるけど、どうやって使うの？

と見ていると、少女は背中から武器を引き抜いた。

刃の部分が半回転し、ジャキン！　と長さは倍に。持ち手と刃が半々の、三メートル近い大槍が完成した。

少女は確認でもするように、それを片手で軽々と素振りする。準備運動が済むとモノドラギスに向けて歩き始めた。

「とりあえずだ、逃げないなら狩るぞ、お前」

選択を迫られた角竜は覚悟を決めたらしい。自慢の一角を前に出し、突撃を開始。

跳び上がって突進をかわした少女は、ついでとばかりに竜の後頭部を蹴る。地面につっ伏した獲物の背に着地した。

大槍を振り上げ、
ザッシュッ！

一撃でその命を奪った。

あ、あんな怪物をあっさりと……！

この子は本物の戦士！　きっと相当な高レベルだ！

こここ、こっちに戻ってくる。助けてもらったお礼を言わなきゃ。

「じゃ、あとはそのラクームだけだな」

少女は狸の上で大槍を振り上げ、一撃で……。

「ちょ！　ちょっと待ってください！　この魔獣は狩らなくて大丈夫ですっ！」

私が間に入ると、狸は即座に隣でおすわり。

「キュキューン」

精一杯の甘えた声と潤んだ瞳で無害アピールをする。

……この魔獣、ラクームって言うんだっけ、しっかり弱者の生存戦略を心得てるね。

一人と一匹の連携プレーで、少女は槍を折りたたんだ。

「お前ら、変な奴らだな。特にお前、なんでメイドがこんなとこにいるんだ？」

「ちょっと事故に遭いまして……。私はオルセラです。助けていただき、ありがとうございました」

「私はリムマイアだ。ところでお前、どうして私がここに飛ばされてきたか知らないか？」

「そ、それは……」

結局、私はうっかり転送されてしまったことから、自身の固有魔法まで、包み隠さず彼女に話していた。事故ったことはきっちり笑われた上で。

「だが、魔法の方はやばすぎだろ。人間一人、これだけの距離を独力で転移させたんだから」

「これだけの距離って、リムマイアさんはどこにいたんですか？」

「この上だ」

と彼女は東の岩壁の遥か上空を指さした。

……だ、台地の上？

いやいや、ありえないよ。だって私の魔法は半径一キロ内のものしか……、もしかして、高低差は無視される？

私が壁を見上げている間に、リムマイアさんは先ほど仕留めた角竜の魔石を拾っていた。

ラクームは欲しがる素振りを見せるも、さすがに今回は寄っていこうとはしない。

……こいつ、ちゃんと相手を選んでる。

そうだ、私も魔石を拾いにいきたいんだけど……。

ついさっき、私は【メイド】レベル5になった。おそらく、お尻に銃弾を撃ちこんだあのモノドラギスがどこかで力尽きたんだ。

というわけで、リムマイアさんに同行してもらうことに。

焼けた草木の痕跡を辿りながら、せっかくなので色々と聞いてみた。

「もしかして、このリボルバーも台地の上から来たんでしょうか？」

「たぶんな、サフィドナの森で戦ってる奴に買える代物じゃないし。それ、一千万以上するんだぞ」

「い！　一千万っ！　私の月給の五十倍！　あ……、あった魔石だ」

地面に転がっていたそれを拾い上げると、狸がしきりにポケットをつついてくる。

（新しいのが手に入ったんだから、古い方は私にくれませんか？）

……心が通じなくても、考えてることが手に取るように分かる。そういうものじゃないから、あげられないよ。……こいつ、私相手だと全く遠慮ないな。

「どうして魔獣も魔石を欲しがるんですか？」

「そりゃ魔石を食うことがこいつらの強くなる術だからだよ。ラクームは獣竜種最弱、いや、魔獣最弱だし、こいつはレベルも1だから必死だろうな。ああ、オルセラは〈識別〉ないから分からないか。そのラクームは最弱の最底辺だ」

……最弱の最底辺。なぜだろう、とても他人事とは思えない……。

ちなみに、〈識別〉とは自分よりレベルの低い人や魔獣の様々な情報を閲覧できる魔法らしい。習得するのは戦士達の基本なんだって。

もちろん私にはないので、知りたいことは聞くしかない。

「リムマイアさんのクラスって何なんですか？」

「私は【ベルセレス】だ。レベルは86な」

ご親切にレベルまで、どうもすみません。【ベルセレス】ってあまり聞いたことないクラスだな。普通は【ウォリアー】とかだよね。

にしても86かー、強いわけだよ。

…………、……は、86！

私だって知ってる。レベル20を超えた戦士はもうベテランと呼ばれるって。50超えで英雄の域。その遥か上！

「そ、そんなに強いのに、チームを追い出されたんですか……？」

「そうなんだ！　あいつらー！　誰がいらなくなったものだ！」

ダンッッ！

と彼女は怒り任せに、足元にあった直径二十センチほどの岩を踏みつける。岩は無残にも粉々に。

おおう……、レベル86が地団駄踏むと半端ない……。

気持ちを落ち着かせるように、リムマイアさんは大きく深呼吸をした。

「私な、固有魔法を使うと、一人で突っ走ってしまうんだ……。しょうがないだろ、そういう魔法なんだから」

「そうなんですね。それで、リムマイアさんの固有魔法って」

「〈戦闘狂〉だ」

……大変な人を、呼んじゃった気がする。

――私が魔石を回収するのを見届けたリムマイアさんは「さて」と言った。

「追放されたもんはしょうがないし、私はレジセネの町に戻る。まあ、オルセラのおかげで一瞬で下まで来れたし、よしとするか」

レジセネの町に、戻る……！

それを聞いた私も弱者の生存戦略を取らざるをえなかった。

「できたら私もぉ、一緒に連れていってもらえないでしょうかぁ」

精一杯の甘え声と潤んだ瞳で懇願する。

「……きもい。……分かってる、置いてくわけないだろ」

「ありがとうございます！」

町までの道中、私はさらにリムマイアさんのことを教えてもらった。

なんと彼女は私と同じ十五歳らしい。戦士としてここにやって来たのは五年前とのこと。なお、同い年なので敬語もさん付けもいらないと言ってくれたから、そうさせてもらうことにした。

「けどリムマイア、たった五年でそこまで強くなれるものなの？」

「私の場合、固有魔法のおかげってのもある」

「そっか、〈戦闘狂〉だもんね。他の人の獲物まで遠慮なく倒してそう。追放されるわけだ」

「遠慮ないのはお前だ。途端にずけずけ言うようになったな」

英雄クラスの戦士が一緒、というのはすごい安心感だ。

リムマイアは現在全く気配を隠してない状態だそうで、この辺りの魔獣なら向こうから避けていくみたい。

彼女に突撃してきたあのモノドラギスは相当勇敢だったんだね。あれは角竜種というらしく、あとサフィドナの森で気を付けなきゃいけないのは獣竜種のウルガルダなんだって。私が最初に遭遇した狼頭のドラゴンだよ。

そういえば、ラクームも同じ獣竜種のはずなんだけど、……全然竜っぽくないな。

と私は前をトコトコ歩く狸に目をやった。

両脚に鱗が生えてるだけのちょっとでかい狸だ。普通の動物にも負けるんじゃない？　にも拘わらずこいつ、かつてないほどに堂々としてる。

完全にリムマイアという虎の威を借りてるな、まったくこの狸は……。人間にもいるよね、こういう人。

私の顔をじっと見つめていたリムマイアがぽつりと。

「オルセラお前、さっきまでビクビクしてたのに、すごく堂々としてんな」

………、え？

まあいいか。それより私、ずっと気になってることがあったんだった。

固有魔法〈人がいらなくなったものを呼び寄せる〉についてだ。絶体絶命の状況で、あれは二度も私を救ってくれた。発動時、いつもと違う感じもしたし。

話を聞いたリムマイアは少し考えてから。

「魔法って精神面も結構影響するんだけど、固有魔法は特にだ。使用者の意思に反応して、一時的にレベルが上がることもあるらしい」

「私の必死さが魔法に伝わった、ってこと？」

「たぶんな。私も、やばい！　って思った時はいつもより力出るし。ま、やばいのはやっぱりお前の魔法だけど、はは。……あ、見えてきたぞ。あれがレジセネだ」

やばいってのはさっき聞いたよ。よく分からないけど。

そんなことよりやっと辿り着いた！

＊

暗闇の中に浮かび上がる人工的な明かり。

レジセネって戦場にあるから小さな町を想像していたんだけど、意外にもかなりの規模だ。東西の台地自体が何キロも離れており、その端から端まで建物が並んでいる。

考えてみれば、世界中の国々が力を合わせてつくった町なんだから小さいわけないか。

近付いていくと、高さ十メートルほどの壁が視界に入ってきた。

「ゲートはあっちだ。じゃあ」

リムマイアはラクームをちらりと見て、言いにくそうに言葉を続ける。

「……そいつとは、ここでお別れだ」

お別れ……？

……そうだ、町には結界が張られてるんだから、魔獣のこいつは入れない。

「キュ、キュ……」

不穏な空気を察したのか、狸は泣きそうな顔で震えている。

これまで一緒に死にそうな目に遭ってきたこいつを見捨てるなんて、私には……。もう何だか、他人にも思えないし……。

狸を抱き上げた私も涙を堪えられなかった。

「リ、リムマイア……、どうにかこいつも、中に入れてもらえないかな……」

「……やっぱりそうきたか。分かった、ついて来い」

案内されたのはゲート横の建物だった。

外で待っているように言い、彼女だけ中に入っていく。

つっ立っている私を、通り過ぎる人達がじろじろと。

すごく見られてる！　確かに誰も彼も鎧姿で、私だけメイド服だけど！

注目を浴びながら待ち続けること数分、リムマイアが一人の女性を伴って出てきた。

あ、この人は鎧を着てない。でも、ただ者じゃないことは魔力から伝わってくる。

彼女は私を見るなり、

「本当に【メイド】だわ！　あなたよく死ななかったわね！」

無事を確認するように体をぺたぺたと触った。

戸惑う私の視線に応じてリムマイアが。

「この人は関所の統括者、エリザだ。オルセラの事情を話した」

おそらく二十代の前半だろうか。金髪を後ろで結い上げ、大人っぽい雰囲気のエリザさん。ぺたぺたとまだ私の無事を確認し続けている。

「……あの、体は大丈夫なので、そろそろ離してください」

「なんて食べ頃……、あら、ごめんなさい。心配しないで、あなたの固有魔法のことは誰にも話さないから」

私が「どういうこと？」とリムマイアに尋ねると、彼女は大きめのため息。

「だからお前の魔法はやばいんだ（エリザもやばいけど）。言っただろ、銃と私のケースは一時的にレベルが上がった状態だったって。つまり、すでにやばいけどこれからどんどんやばくなる。とにかく、やばい」

……そ、そんなにやばいの？

エリザさんは同意するように頷きつつ、一枚の紙を取り出した。

「これは魔獣との契約書よ」

契約書というだけあって、文章がつらつらと書かれている。

「あれ……？　魔獣って文字読めるんですか？」

「読めないわよ、文はあくまでも人間用。魔獣はこれに触れるだけで契約内容が頭に流れこむようになっているわ」

「すごいですね。それで、契約内容って？」

「あなたと主従の関係を結ぶというものよ。このラクームは主であるオルセラには絶対に逆らえなくなるし、オルセラが死ねばラクームの命も尽きることになる」

「めちゃ私有利……。一方的な関係だ」

リムマイアが「当然だろ」とどこかを指さし、私に見るように促す。

目を向けると、あのモノドラギスが背中に人と荷物を乗せてゲートに入っていくところだった。

えっ！　獰猛《どうもう》な角竜がまるで馬みたいに！

「あれ、モノドラギスと契約してる運搬戦士な」

運搬戦士……。

気を取られている間に、リムマイアはラクームの所へ。

「契約は魔獣の力を安全に使いこなすために生み出された技術だ。まあ選ぶのはこの狸だな。森に戻るか、オルセラと共に生きていくか」

「そういうこと。じゃあまずはオルセラ、ラクームと契約する意思を持って紙にタッチして」

とエリザさんがずいっと目の前に契約書を出してきた。

言われるままに指先で触れると、下の欄に光が一つ点灯。

「次はラクームね」

狸の頭に契約書を乗っけるエリザさん。

その内容が流れこんできたのか、狸の魔獣はじっと私を見つめる。

……お前、どうするの？　すごく不利な契約だよ。

それでも私と来るの？

「クー」

小さな鳴き声ののち、契約書にもう一つ光が灯った。

直後に紙自体が輝く粒子に変わり、私と狸、双方の体に吸いこまれていった。

見届けたリムマイアがやや呆れ気味に。

「契約成立だな。まったく、ラクームなんかを契約獣にする奴、他にいないぞ。エリザ、これって登録料いくらだ？」

「確かに前例のないことなのよね。まあ実費だけでいいわ」

そうか、お金かかるんだ。でも安くしてくれそうだし、何とか払えるといいな。

エリザさんは人差し指をピンと上に立てた。

……一万。それなら何とか私にも。

「百万ゼアよ」

……全然無理だった。

ゼアは世界の統一通貨。ちなみに、私のお給料は月二十万ゼアだよ。

ポケットから魔石を二つ取り出し、エリザさんに手渡す。

狸がその様子を恨めしそうな目で見てきた。いや、これもう実質的にはお前に食べさせてるようなものだから。

お願い！　どうにかこれで！

「ウルガルダとモノドラギスの魔石ね。レベルも低いし、これじゃちょっと足りないわね」

さらに私は財布を取り出し、そのままエリザさんに。

「……足りないわね」

中身を確認した彼女は無情な宣告。

その後に、何か思いついたように笑顔を作り、私の肩に触ってきた。

「残りは負けてあげても、いいわよ」

……負けてもらったら、いけない気がする。

もうこうなったらリボルバーを！

「これでいけるだろ、エリザ」

リムマイアが魔石を投げ渡していた。あれって、さっき倒したモノドラギスのやつかな？

受け取ったエリザさんはどこか残念そうにそれを眺める。

「充分よ。あとでおつりを渡すわね」

「おつりはチップだ。オルセラの魔法のこと、くれぐれも秘密にな。これでその狸は契約獣になったから結界で弾かれることはない。ちなみに、実費の百万てのはほぼ契約書代な」

「そそ、あれ高級品なのよ。たぶんラクーム相手に使った人は初めてね。じゃ登録しておくわね。ヴェルセ王国のオルセラと……、あら？　そのラクームの名前は？」

エリザさんに指摘されて、私も初めて気付かされた。

……そうだ、まだ決めてなかったよ。ちゃんとした名前を考えてあげなきゃ。

と思っているとリムマイアが。

「タヌセラでいいだろ。この一人と一匹、なんか似てるし」

「いやいや、全然よくないでしょ！　お前もタヌセラなんて嫌だよね？」

狸の方に目を向けると、あっちはしばし考える仕草をした後に顔を上げた。

「キュー」

「え、いいの？」

あ、何となく快諾したのが伝わってきた。って、本当にいいの？

こうして私とタヌセラは晴れてレジセネへの入場が許された。

とりあえず、ヴェルセ王国の拠点（そういう場所があるらしい）には明日行くとして、今日はもう夜も遅いのでリムマイアが自宅に泊めてくれることに。

彼女はゲートの近くに一軒家を借りて暮らしていた。

家に入るなり、私とタヌセラは風呂場に直行するように言われる。

そういえば、私は地面を這うように逃げ回っていたし、狸はきっともう汚いなんてレベルじゃないよね。

「私の服、ここに置いとくぞ。石鹸使い切ってもいいから、タヌセラを徹底的に洗え」

脱衣所からリムマイアの声。何から何まで、本当にありがとう。

言われた通り、まずはタヌセラを洗うことにした。

ワシャワシャ。

ワシャワシャ。

「キュ、キュ、キュ、キュ」

「変な声出さないで。……全く泡立たない。やっぱり石鹸使い切らないとダメか」

ワシャワシャ。

ワシャワシャ。

ようやく綺麗になったところで、タヌセラも湯船の中に入れてあげた。

恍惚《こうこつ》とした表情を浮かべる狸。

契約を結んだせいか、以前より思っていることがはっきり分かるようになってきたよ。

（ここは、天国ですか……。契約して、よかったです……）

そっか、早速報われてよかったね。

しっかし私、……百万も払って、最弱の魔獣と契約したのか……。

お風呂から出ると、リムマイアが用意してくれた服に袖を通した。

「お風呂ありがとう。生き返った気分だよ」

見ればリムマイアも装備を外し、楽な服装に着替えている。

「構わん、待ってる間にメシ買ってきたから食おう」

彼女に連れられて建物の二階へ。廊下つきあたりの扉を開けると、テーブルや椅子が置かれた屋外テラスになっていた。

早速、買ってきたものをテーブルに並べるリムマイア。

料理の数々を前に、私にはどうしても気になることがあった。

「……これ全部で、いったいいくらするの？」

そう、この町はおそらく、ものすごく物価が高い。

ここに来る途中で見た、屋台の串焼きは一本八百ゼアもしていたよ……。普通の値段の十倍近くしてる……。

「大体、四万くらいだな。オルセラがすっからかんなのは分かってるし、払えなんて言わない。気にせず食え」

「……ごちそうになります」

そうは言ってもさすがに気が引けるよ。こんなに高級な屋台グルメ。

人の気も知らず、隣ではタヌセラが遠慮なくガツガツ食べている。

……お前、次々にたいらげてるその肉まん、たぶん一個千ゼアはするから。

（人間の食べ物がこんなに美味しかったなんて！　契約して本当によかったです！）

……まったくもう。人間にもいるよね、こういう無神経な人。

ん？　この揚げパン、中にお肉たっぷりのソースが入っててめちゃ美味しい！　手が止まらない。

何個でもいけそう。

リムマイアは私の顔をじっと見つめながら。

「……お前、値段にビビってたくせに遠慮なくガツガツ食べてるな」

…………、え？

リムマイアによれば、あらゆるものを輸送物資に頼っているレジセネの町は、何から何まで高価らしい。比較的安いのは地下から汲み上げている水と温泉くらいなんだって。

なので運搬戦士は結構稼げる人気職みたい。

私、運搬戦士になろうかな。……ダメだ、私の契約獣はちょっと大きいだけの狸だった。

「あと、宿もそうだな。格安のとこでも一泊十万はする」

彼女が明かした価格に、私は目を丸くする。

じゃあ、そんなレジセネで一軒家を借りてるリムマイアはやっぱりすごいな。さすがレベル８６。

私がそう言うと、彼女は照れたように笑った。

「私の国は貧富の差が激しいんだ。その中でも私はどん底にいた。いわゆる浮浪児ってやつをやったこともある。道の端から通り過ぎる奴らを眺めながら、いつか絶対にこいつらよりいい家に住んでやる！　って思ってた。たぶん、それで自分の家ってのにこだわってるんだろうな。賃貸だが」

とリムマイアはもう一度笑顔を作った。

……同じ十五歳でも、きっと彼女は私なんかよりずっと大変な経験をしてる。私やタヌセラにすごくよくしてくれるのも、どん底にいる私達が放っておけないからなのかな？

こんなにいい子なのに頻繁にチームを追い出されるなんて。

……〈戦闘狂〉ってそんなにやばい固有魔法なの？

見つめていると、リムマイアは思い出したように「そういえば」と切り出した。

「メシを買いにいった時に聞いたのだが、今ヴェルセ王国の拠点は主だった者は出払っていて対応してもらえないかもって」

「そんな！　どうして！」

「何でも、台地の上で所属チームが窮地に陥っているらしくて救出に向かったんだと」

「そうなんだ……。大丈夫かな……」

「心配ないだろ。あそこにはマジ強い奴がいるから。数日で戻ってくるはずだ。それまではうちにいてくれていいぞ」

……リムマイア、本当にすごくよくしてくれる。

と感謝したのも束の間、彼女の次の言葉に凍りつく。

「その間暇だし、魔獣との戦いに慣れておいたらどうだ？　私も新しいチームが見つかるまで暇だから、オルセラを鍛えてやろう」

……本当に、すごくよくしてくれる。

「無理無理！　絶対無理！　私何の訓練も受けてないんだよ！」

「だから私が鍛えてやるって。一か月後に迎えにきた親友とやらが強くなったお前を見たら、びっくりするんじゃないか？」

あのユイリスが……、強くなった私にびっくり……？

『まいったわ、オルセラ。私は百年に一人の逸材なんて言われてるけど、あなたは千年に一人の逸材ね』

悪く……、ないかも。

「やって、みようかな」

「簡単に乗せられるその単純さ、私は好きだぞ。じゃ早速明日からな」

「あ、でもその前に、【メイド】から戦闘クラスに変えたいんだけど」

私がそう言うと、今度はリムマイアが凍りつく番だった。

あれ？　どうしたの？

「オルセラの固有魔法はやばいって、私は散々言ったよな？」

「うん、散々言ってたね」

「バカなのか！　クラス変更したら固有魔法も消えるだろ！」

「そうだけど、……え、そこまですごい固有魔法なの？」

彼女は一つ大きなため息をついた。

「……いいか、固有魔法はお前と共に成長する。もしもだ、お前が呼び寄せるものの種類を限定できるようになったら、どうなると思う？　例えば、金銭的に価値のあるものに絞って呼び寄せたりとかすれば？」

そんなことができたなら、あのリボルバーみたいなのがどんどん私の所に……。

「私！　大金持ちになれる！」

リムマイアは「そういうことだ……」と椅子に体を深く沈めた。

……なるほど、だからエリザさんにも口止めしてくれていたのか。実際にはどういう成長を遂げるかは分からないけど、確かに私の固有魔法はやばい……。

「だけど、【メイド】のままで魔獣と戦えるかな？」

「その点は何とかなるだろ。【メイド】だって身体機能はちゃんと補強されるし、魔力も増える。魔法を買って強化すればいけると思う。絶対に必要なのは遠距離の攻撃魔法だな。おすすめはこれだ」

立ち上がったリムマイアは空に向かって手をかざす。

「〈サンダーボルト〉」

バリバリバリバリ――――ッ！

眩《まばゆ》い閃光と共に、星空へと雷の帯が伸びた。

その轟音に、満腹でうとうとしていたタヌセラが飛び起きる。

実演してくれたリムマイアは再び席へ。

「雷属性の下位魔法で、遠距離でも近距離でも使い勝手のいい魔法だ。まあ、私はもう上位互換のやつしか使用してないから、こいつはいらないいんだが」

そうなんだ、いらないいなら私が貰っちゃおうかな。

〈人がいらなくなったものを呼び寄せる〉発動！　なんちゃって。

キィー……ン……。

……ん？

食事を再開していたリムマイアが、フォークを持ったまま固まっている。

「……私の中から〈サンダーボルト〉が、消えた」

………。

私は夜空へと手を伸ばす。

「〈サンダーボルト〉！」

バリバリ――ッ！

一筋の稲妻が闇を裂いて駆け上っていった。

「いらないって言ったから、私が貰っちゃった。なんちゃって」

「……なんちゃって、じゃないだろ。お前の固有魔法、マジか……」

……私も同じ感想だよ。

人の魔法を勝手に抜き取るとか、確かにこれはやばい……。

第二章　二人の母

〜オルディア視点〜

私の名前はオルディア。現在、夫のアルフレッドと二人で、城内にあるメイド達の休憩室で頭を抱えている。ここは私と彼の思い出の場所。パニックのあまり、気付けば二人揃《そろ》ってここに来てしまっていた……。

動揺するのも仕方ないと思う。

……ついさっき、娘のオルセラがドジを踏んで、地獄の戦場に転送されたのだから。

私達の家庭は少し複雑な事情を抱えていた。

それを説明するために、まずは私自身の生い立ちから話そうと思う。

――――。

私は孤児院で育った。我慢しなければならないこともあったけど、それほど悪い環境じゃなかっただろう。食事もおやつもちゃんと貰えたし、学校にも通えた。

普通の家の子と違うのは、いずれ自分だけの力で生きていかなければならないという点だろうか。

孤児院には毎年、王国の学術機関から研究者達がやって来る。

子供達の適性を判断し、将来へのアドバイスをくれる有難い人達だ。また、十五歳になった子にクラスを授けるという役目も担っている。

そして、私も今年、十五歳を迎える一人だった。

私は女性の研究者と向かい合って座る。

この人、ずいぶん若く見えるな。まさか私と同い年くらい……？

まじまじと顔を見つめる私に、彼女は小さく微笑んだ。

「若いから心配？　大丈夫よ、私は人より少し頭の回転が速くて、少し才能があるの。規定の試験も全てパスしてるわ。じゃあ、まずはあなたの適性を見るわね」

はっきり言う人だ。でも、あまり嫌みな感じはしないね。

去年までの適性判断で、私は体を動かす仕事が向いていると言われていた。私自身も、事務的な作業などより、そっち向きだろうと思う。

やがて女性研究者は「やっぱりね」と呟いた。私の目をまっすぐ見つめる。

「オルディアさん、あなたの適性はメイドよ」

え……、メイド限定？　確かに体を動かす仕事ではあるけど。

戸惑う私に彼女は言葉を続ける。

「あなたが得ることになる魔法は、国の運命をも左右する可能性があるわ」

そう言われた私はさらに戸惑うしかなかった。

通常、【メイド】が発現する魔法といえば、〈拭いた窓が綺麗になる〉や〈干した洗濯物が早く乾く〉なんかだ。

国の運命を左右……？　ピンとこないにもほどがある。

しかし、そんなふうに断言されては、他の職業にします、と言える状況にはとてもなかった。結果、私は【メイド】のクラスを授けてもらうことに。

発現した固有魔法は〈聖母〉だった。

いや、私まだ独身だし、恋愛も未経験なんだけど……。

一仕事終えた研究者の彼女は、納得したようにうんうんと頷いている。

「メイドの業務は母親的なものが多いし、きっと【メイド】関連の最上位魔法ね。私の名はルクトレアよ。よければ職場も紹介してあげましょうか？　とてもいい所があるんだけど」

「じゃあ、お願いします……」

と紹介されたのはなんと国の中枢、王城。

国内最大と言ってもいい職場で、メイド以外にも色々な業種の人が勤務する場所だけど、私は持ち前の人当たりのよさでどうにかなじむことができた。

ちなみに、ルクトレアが所属する機関もこの城に入っている。私と同い年だった彼女は、何でも気軽に話せる友人になった。

ルクトレアは私の休憩時間に合わせてしょっちゅう遊びにきた。

ああ、今日も先にいるね。

メイド達の休憩室に入ると、すでにテーブルにはルクトレアの姿が。

「あ、来た来た、早くお茶入れて」

「早速それ？　別にいいけど」

すると、部屋にいた他のメイド達も口々に、私にも私にもと。別にいいけど。

私の固有魔法〈聖母〉は常に発動しっぱなしの魔法だ。

その効能は、私の育んだものは全て何だかいい感じになる、というもの。植物の種を植えればすくすくと成長し、お茶を入れればとても美味しくなる。

そんなわけで、……私は皆から便利に使われていた。

「はぁ、美味しい。さすが〈聖母〉のお茶だわ」

一息ついたルクトレアは思い出したように。

「私、昇進したわ。所長になったの」

「早すぎない？　まだ十六歳じゃない」

前に、ルクトレアは私に自分のことをはっきり言ったのだと思った。けど実は、かなり控え目に表現していたのだと今なら分かる。彼女は相当仕事ができた。

また、彼女は公爵家の令嬢で、自ら人生を切り開く権力が欲しくて今の研究職に就いたらしい。

そのクラスは【セージ】。固有魔法は〈導く者〉だ。

予知のようなこともできるようで、それで私の元にやって来たんだって。

能力が高くて家柄も良く、おまけに未来も見えるなら色々と自由自在に違いなかった。日々、着々と権力を蓄えている。もう権力に取《と》り憑《つ》かれていると言ってもいいかもしれない。

と思っているのがルクトレアにバレたみたい。

「権力はあればあるほどいいのよ」

「……そんなこと堂々と言う人、初めて見た」

「実際役にも立つわよ。オルディア、貴族からいじめられたら私に言って。家と私個人の力を使えば、大抵の人は潰せるから」

「何を怖いことを……。貴族は私なんて眼中にないよ」

王城には仕事に就いている貴族もいるけど、そうじゃない貴族も日々わんさか訪れる。

主にご令嬢様方だね。

ただ、彼女達も遊びに来ているわけじゃない。少しでもいい結婚相手を獲得するために、家柄や容姿を武器に戦いに来ている。そう、ここは彼女達の戦場だ。メイドの私に構っている暇なんてないだろう。

それでも、周囲で仕事をしている私には、嫌でもご令嬢様方の話が耳に入ってくる。

もちろんほとんどが殿方に関する話。どうやら一番人気はこのヴェルセ王国の第一王子、アルフレッド様らしい。人間性は素晴らしく、見目も麗しいんだとか。射止めればゆくゆくはこの国の王妃だし、確かにこれ以上の人はいないよね。

まあ、アルフレッド様を見たこともない下層メイド（仕事場がだよ）の私には、全く関係のない話だった。

そんなある日のこと。夜勤中に休憩室に戻ってみると、見知らぬ男性が立っていた。

……立派な服装、位の高い役職の人かな？

彼は私を見るなり申し訳なさそうに切り出してきた。

「あ、ごめん、ここはメイドさん達の休憩室だよね？　人にこの場所で待っておくように言われたんだけど……」

「そうなんですね、じゃあ待っていてもらって全然構いませんよ」

と私は彼に椅子を勧めた。

それにしてもこの人、ずいぶん疲れてるように見える。そうだ、あれを分けてあげようかな。

「これ、自分の夜食用に作ったシチューなんですけど、ご一緒にどうです？　元気が出るかもしれませんよ」

「いいの？　お腹空いてるし、いただこうかな」

シチューを一口食べた彼の顔が輝く。

次々にスプーンを運び、あっという間に完食してしまった。

「とても美味しかったよ。何だか本当に元気が出たし」

「それはよかったです。お茶どうぞ。きっとさらに元気になりますよ」

「え？　……あ、そうだ。君は俺が誰かは知らないの？」

「存じ上げないです、すみません。私、下層メイドなもので。あ、仕事場がですよ」

私の言葉を聞いた彼は途端に笑い出した。

何かおかしなことを言いましたか?

「ごめん。俺のことはアルと呼んでくれ。大した身分でもないから敬語はいらないよ」

「じゃそうするね、アル。私のことはオルって呼んで」

この日から、私とアルはたまに夜の休憩時にお茶をするようになった。

不思議なことに、その時は部屋に彼と二人きりになる。

これについて他のメイド達に尋ねても、ニヤニヤした笑みを浮かべるだけだった。何なの? その方がアルもゆっくりできるだろうから、別にいいんだけど。

どうやら彼は大変な仕事をしているらしい。

いつだったか、こんな話をしていた。

「また戦線に戦士を送ってほしいと催促がきたよ……。人は物じゃないんだ。皆、家族だっている。そんなに簡単には、送れるはずないだろ……」

人類は今、魔獣という共通の外敵と戦っている。

戦線はこのヴェルセ王国からは遠く離れているけど、戦況が思わしくないみたい。アルがよく疲れた顔をしてる理由が分かった気がする。

……彼は、すごく優しいからだ。

よし、今日はアルの好きなトマトリゾットを作ってあげようかな。

休憩室に行く前に、私は鏡でささっと銀色の髪を直した。

いや、何も意識してないよ。確かに、アルは綺麗な金髪で見目も麗しいけど、私は何も意識なんてしてない。

そうして、アルとお茶をするようになって半年が過ぎた頃だった。

彼が突然、大事な話がある、と切り出してきた。

いつになく真剣な表情だ。

「いきなりだけど許してほしい。もう時間がないんだ。オル、俺は君ともっと、そしてずっと一緒にいたい。どうか、俺と結婚してくれ」

……なんてストレートな言葉。心に直接響いてくる。

と思った時には、もう自然と口が動いていた。

「いいよ、結婚しよう」

口が勝手に返事してしまったけど、まあ私の気持ちも同じだ。

「私も、もっとアルの近くで、そしてずっとアルのことを支え続けたい」

「オル、いや、オルディア……、ありがとう」

あれ？　私、本当の名前言ったっけ？

休憩室の入口でルクトレアが笑みを湛えて立っているのが見えた。彼女はパチパチと手を叩きながら近付いてくる。

「おめでとうございます、アルフレッド様」

アルフレッド様って、まさか……。

「アルってもしかして……、第一王子のアルフレッド様？」

「そうだよ。オルディア、いつか気付くだろうと思っていたんだけど」

ルクトレアがポンと私の肩に手を乗せた。

「最後まで気付かない辺りがオルディアよね。アルフレッド様、隣国の姫君との縁談話、それに今回の件を元老院に認めさせるのも、後は全て私にお任せください。それほど難しいことではありません。お隣の姫様は予知しなくてもあの浪費癖で国を衰退させるのは明らかですし」

私に視線を移してきた彼女の笑顔が一層輝く。

「対して、オルディアが王妃になれば固有魔法〈聖母〉が国全体に適用されるのですから」

〈聖母〉が、国全体に適用……！

「確かに魔法もすごいけど、俺はオルディアの飾り気のないところが好きになったんだよ」

……ありがとう、アルフレッド様。嬉しいような、あまり嬉しくないような。いや、それより……。

「……ルクトレア、最初から全部仕組んでた？」

「あなたの魔法は国の運命をも左右すると言ったでしょ。それに恋愛は本人達の意思が大事。私はちょっとお膳立てしただけよ。あとは根回しね、彼女達に」

彼女達……？

もう一度入口に目を向けると、メイド達が怒涛《どとう》の如く雪崩れこんできた。

「おめでとう！　オルディア！」

「やったわね！」

「王妃になっても友達よ！」

「王妃になってもお茶を入れてね！」

み、皆、ちょっと待っ……！

そのまま同僚達に連れ去られた私は、衣装部屋に放りこまれる。着たことのない豪華なドレスに袖を通し、飾り気のなかった私は大いに飾り付けられることになった。

気付けば、大広間でアルフレッド様の隣に並んで立っていた。

目の前には貴族の皆様方。

まずアルフレッド様が何か話した後に、進行係を務めるルクトレアが「ではオルディア様、ご挨拶を」と振ってきた。

え、急に言われても。何を喋ればいいの？

見回すとご令嬢様方の姿もあちこちに。呆然とした表情で私を見つめている。

そうだ、彼女達にしてみれば、私のような者に一番人気の男性を取られるのは想定外に違いない。

ここはちゃんと謝っておいた方がいいかも。

「どうもすみません。孤児院出身メイドの私が王子様と結婚することになりまして」

呆然としていたご令嬢様方の口がパカッと開いた。

……逆に失礼なことを言ってしまった気がする。どうもすみません。

婚姻から程なくして、アルフレッドは父王様から王位を受け継いだ。

その最初の年から私の固有魔法〈聖母〉は目に見えて効果を発揮する。国中の作物がたわわに実り、他国との商談も次々にまとまって取引件数も急増。

ヴェルセ王国はかつてない繁栄の道を歩み始めた。

一方で、私自身も新たな命を授かることになった。

誕生した女の子に、私とアルフレッドはオルセラと名付ける。この子の人生がどうか幸せなものでありますように、と私達は願わずにはいられなかった。

ところが、ルクトレアがオルセラを見るなり、

「この子の適性はメイドよ」

と言った……。

「ちょっと待って。王女なのに適性がメイドなの？　また、国の運命をも左右する、とか言い出すんじゃないでしょうね？」

「国どころじゃないわ。……ふふ、私としたことが、完全に見過ごしていた。考えてみれば当然よ。だって、あなたの固有魔法は〈聖母〉なんだもの。母親となってからが本領発揮だった」

ぶつぶつ呟いた後に、ルクトレアは確信を持って言い放った。

「この子は世界の、つまり人類の運命をも左右する可能性を秘めているわ」

えー……、生まれてきたばっかりなのに、世界一重そうなもの背負わせるのやめてあげて……。

――。

あの予言により、オルセラはルクトレアの実の子供として育てられることになった。

私はともかく、王家の者をメイドにするわけにはいかない。私とアルフレッドにとっては辛い決断だったけど、ルクトレアだから任せることができた。

彼女の家は王家に次ぐ地位の公爵家。権力を追い求めたルクトレアは現在その当主の座にあり、さらに国の軍事、戦略部門のトップも務めている。

つまり、オルセラは最も力のある貴族の令嬢ということだ。

それでも、ルクトレアは甘やかすことなくオルセラを育て、十一歳になると社会勉強という名目でメイドにした。

そんなふうに育てられたおかげで、オルセラは自分が貴族であることなど忘れているかのように、誰でも変わらない態度で接する。私とアルフレッドがあの子を見ていて、ちょっと嬉しく思うところだね。

けれど、それはあえて長所を挙げればという話。オルセラは本当に……。

「……思えば、オルセラは本当にそそっかしい子だった。何度、俺の執務室でバケツをひっくり返したことか……」

メイド達の休憩室にて、依然として頭を抱えたままのアルフレッドが呟いた。

私も彼も、四年前にオルセラがメイドになった時は喜んだものだ。あの子に会える機会が格段に増えるんだもの。が、実際にはひやひやすることの連続だった気がする。

アルフレッドが言った通り、オルセラはとにかくそそっかしい……。

「……だけどまさか、ここまでとは」

いや、嘆いている場合じゃない。

すぐに緊急用の転送魔法道具で追いかけないと！

部屋から出ようとしたその時、人が来るのを察知して足を止めた。ドアノブが回転し、扉が開く。

入ってきたのはルクトレアだった。

「オルセラを追うつもりね、オルディア。その前に私の意見も聞いてほしいんだけど」

「分かってる！　だからずっと皆にあんたを捜してもらってたんだよ！」

あまりにも冷静な彼女に怒りを覚え、私はつい、バンッ！　とテーブルを叩いていた。

バッカンッ！

とメイド達愛用の机はまっ二つに。

椅子に座っていたアルフレッドが「またか」という代わりにため息をつく。……ごめんなさい。

一方のルクトレアは全く動じる様子を見せない。

「いつも言ってるけど、あなた、自分が世界最強のメイドだって自覚ある？」

「ある、と思う……」

私のクラスはまだ【メイド】のままだ。

固有魔法〈聖母〉は常に発動しっぱなしなので、私にも経験値が入り続けている。さらに、魔法がヴェルセ王国全土に適用されるようになってからは、獲得経験値が跳ね上がった。

レベルによる補強効果だけでも充分だけど、私は体を鍛え、戦闘魔法も結構な数を習得している。

というのも、私は命を狙われ続ける運命にあるから。

私が死ねば国を覆っている〈聖母〉の加護は消失する。

国力を削ぐ目的で、あの国やこの国が次々に刺客を送りこんできてたんだよね。王妃になりたての頃は本当に大変だった。（アルフレッドや護衛の戦士達が）

だけど、今の私なら戦闘クラスのレベル50台がチームで襲ってきてても撃退できる！

「サフィドナの森を平地に変えてでもオルセラを救出する！　今の私ならそれもできる！」

「だから待ちなさいって。オルディアは国防の切り札でもあるんだから動いちゃダメよ。それに、私がオルセラを心配してないわけないでしょ？　あの子を育てたのは私なんだから。どうしてこんなに冷静でいられると思う？」

ルクトレアの言葉で、私の頭に上った血は一気に下がっていった。

「もしかして……、見えたの？」

「ええ、少なくとも今日は（何度か死にそうになるけど）死なない。無事、レジセネの町に辿り着くわ。……オルセラを鍛えようとした矢先にこんなことになって、私も驚いたけどね」

彼女からもたらされた未来の情報に、私とアルフレッドは同時に安堵の息を吐いた。

ちなみに、勘違いしている者も多いけど、戦士になる通達は貴族平民問わず行く。こんな時勢なので、広く戦う力を身につけてもらおうという施策だ。

実際に戦場へと赴くのは、訓練を受けたうちの十分の一ほど。向こうで生き残れると判断された、戦う意思のある者だけだよ。つまり、ほとんどの者が戦士になっても戦争には行かないという選択

をするし、それも許容される。

ミレディアがこの話をする前にオルセラは部屋から飛び出していったらしい（あの子はまったく……）。

なかなか酔狂な施策なのでかなりの予算が必要だけど、その甲斐あってヴェルセ王国の戦死率は世界で一番低い。

それがまさか、事故とはいえ無訓練無装備の人間を転送してしまうとは……。

そしてまさか、初の事故例が我が子とは……。

……ちょっと待って。

「……これって、偶然じゃないの？」

私の問いに、ルクトレアはまず笑みを返した。

「そう、動き出したのよ、オルセラの運命が。あと、人類の運命もね」

「母親の私が言うのも何だけど、あ、ルクトレアも母親だけどね、本当にあの子にそんな大層なものが懸かってるのかと思うわ。だって、固有魔法がゴミ収集だし」

「そのことなんだけど、今日の予知で分かったわ。あれの正式名称はおそらく、〈人がいらなくなったものの中から、オルセラが必要なものを呼び寄せる〉よ。いらないものなんて人それぞれだし、収集範囲も広い。つまり、発動させれば大抵のものは手に入る魔法ね。制御できるのが前提だけど」

「そう聞くと、……やばいね」

「ええ。私が見た中で一番やばいと思ったのは、衣食住魔を提供してくれる面倒見のいい英雄クラスの師匠を呼び寄せたことかしら」

私はアルフレッドと顔を見合わせた。

あなた、私達の娘が使っているのは異次元の魔法だよ。

「ま、まあ、それならとりあえずオルセラは大丈夫そうだ。ところで、俺にはずっと気になってることがあるんだが……」

アルフレッドは言いにくそうに口籠《くちご》もる。

どうしたの？　元国王の威厳が全く感じられないじゃない。

「……ミレディアにはいつ、実の姉がいることを伝えたらいいだろう」

……そうだった。

あれほど真逆の姉妹もいないから、絶対に大変だ……。

「それは二人で相談して。とにかくオルセラのことは安心してくれていいから」

言い残してルクトレアは部屋から出ていく。

まったく、相変わらず冷静極まりない女だね。慌てふためいているこっちが逆に恥ずかしく……、ん？　と彼女の足元に目が行った。

どうして左右で違う靴を履いてるの？


～ルクトレア視点～

メイド達の休憩室を出た直後、ふと自分の足元に目が行った。

……嫌だわ、左右で違う靴を履いてきてるじゃない。それだけ慌ててたってことね……。

私の予知は決して万能じゃない。見たいものを見られるわけではないし、出て来るのも未来の可能性の一つ。当然、予測不能なことも起こりうる。

オルセラの転送がまさにそれだった。

あの子のドジを聞いた私は慌てて……、ベッドに入った。

複数の予知を集中的に見られるのは睡眠時で、また私はこの能力を使い続けた経験から、ある程度は時間と対象を限定できるようになっていた。断片でも拾い集めれば正確な予知が可能になる。

直近のことならなおさらね。

とりあえずオルセラの今日の無事は確認できたから、同じく心配しているであろうオルディア達の元へ走った。……左右違う靴で。

予知能力を大分コントロールできるようになったとはいえ、遠くの未来は分岐が多すぎてとても確定できないし、そもそも決まった未来なんてないのかもしれない。私が人類のためにできる一番のことは、その運命に大きく関わるオルセラの直近を見続けることなんだろう。

……いえ、人類の未来を抜きにしても、私はあの子が心配でたまらないんだわ。

私、昔は本当に自分のことしか考えてなかったのにね……。

――。

私はヴェルセ王国の公爵家に生まれた。

この家に生を享《う》けた者の定めとして、行く行くは決められた男性と結婚しなければならない。

だけど、はっきり言ってそんなのはごめんだった。家の力を増大させるのに婚姻が有効な手段であることは理解できるが、自分がそのための駒のように扱われるのが気に入らなかった。

嫌だと駄々をこねても、それが通るほど世の中は甘くない。私自身には何の力もないのだから。ないなら得るしかない。

仕事に就き、そこで確固たる地位を築く。

私は自立心旺盛な公爵令嬢だった。

就職の前にまずはクラスを授かることにした。通常は仕事が決まってからそれに合ったクラスを得るのだけど、私の場合、立場上就けるのは国の研究職に限定される。この職業は大体が【セージ】という賢者のクラスなので私もそれに倣った。

出て来る固有魔法の内容によって勤め先を決めるつもりでいた。

そして、発現した魔法は〈導く者〉。

名前の通り、人を導くための力のようで、予知のようなこともできるみたい。

なかなか稀少《きしょう》な魔法らしく、私はクラスを付与してくれた人材開発所から熱烈な勧誘を受けた。

適材適所でもあるし、とりあえずここでいいか。

「というわけで、私は明日からお城勤めすることになりました」

お茶の席で私がそう言うと、同席していた男性二人はきょとんとした顔になった。

見目麗しい彼らはこの国の王子達。第一王子のアルフレッド様と、第二王子のエリック様のご兄弟よ。小さい頃から知っている幼なじみでもある。

アルフレッド様が困惑した様子で。

「お城勤めって……、ルクトレアはまだ十二歳だろ」

「ちゃんと試験は通りましたよ。以前から申し上げている通り、私は自分の意思で生きていきたいのです。これはその第一歩ですね」

私の家は公爵家なだけに、貴族の中でも相当な力を持っている。

現在、一族総動員で頑張っているのが、私とここにいるエリック様の婚約話ね。何としても彼を当家にお迎えする、と息まいている。

その第二王子様はといえば……。

「ル、ルクトレア……、そんなに僕との結婚が、嫌なの……？」

目に涙を溜めて小刻みに震えていた。

この方はしっかり者のアルフレッド様と違い、昔からどこか弱々しい。まるで子犬のようで、私の一つ年上とはとても思えないわ。

「エリック様が嫌なのではなく、勝手に話を進められるのが嫌なんですよ。とりあえず、婚約に至っても破棄できるくらいの権力を蓄えたいと思います」

「ル、ルクトレア——！」

席を立つと、背後からエリック様の悲鳴が聞こえてきた。

しかし、王族との婚約を蹴るのだからかなりの力がいる。私個人で王族に渡り合えるほどの。

というわけで、私は翌日から仕事に励むことにした。

備わった予知能力はそれほど使い勝手のいいものでもなかったが、私は拾った情報を最大限活用した。人材開発所は国の様々な機関の人事も担っている。問題が起こるであろう場所に、最高のタイミングでそれを解決しうる人を派遣、といった具合ね。

私の手腕は評判となり、各機関にパイプをつなぐ（恩を売る）こともできた。

こうして着実に出世を重ねていたが、どうも物足りない。

……もっと揺るぎない大きな功績がほしいわ。

そう思っていた矢先、一人の女性が国の運命をも左右する魔法に目覚める未来を見た。ただ、そのためには彼女に特定の職業、クラスになってもらわなければならない。それは、【メイド】。

孤児院で育った女性は、十五歳になる今年、クラスを授かる予定になっていた。偶然にも同じ十五歳になっていた私は、彼女の担当になれるように手を回す。

女性の名前はオルディアといった。私の熱心な説得で、彼女はメイドになる決意を固めてくれる。

発現した固有魔法は〈聖母〉だった。その能力は彼女の育んだものは全て何だかいい感じになる、というもの。ふわっとしているだけに計り知れない。これは期待が持てる。

オルディアにお城での仕事を紹介し、私達は同じ王城で働くことになった。

彼女は私が初めて接するタイプの人間だったわ。人柄に全く裏表がない。とても気さくで（なれなれしくて）、一緒にいるとこっちまで心の鎧を脱いだような気分になれる。

何より、〈聖母〉の力で入れるお茶がものすごく美味しい。

「私をメイドにしたのって、ルクトレアが美味しいお茶を飲みたかったからじゃないの?」

ポットにお湯を注ぎながら、オルディアが怪訝《けげん》な表情を作る。

「いいじゃない、あなたの魔法はずっと発動しっぱなしなんだから、使わないともったいないわよ。それに私、管理職になって気苦労が絶えないの。少しはいたわって」

「そうですか、所長さん。どうぞごゆっくり。でも私も貴重な休憩時間中だってこと、忘れないでね」

十六歳になった私は、人材開発所の所長に就いていた。日々の業務は忙しく、ゆっくりできるのは本当にオルディアとお茶をしているこの時だけ。

……いや、ゆっくりしてる場合じゃなかった。

オルディアにメイドとして王城に入ってもらったのは美味しいお茶を飲むためじゃなく、その〈聖母〉の固有魔法を王国中に広げるためだった。

それには、彼女に王妃になってもらわなければならない。

つまり、アルフレッド様とオルディアが結婚する必要がある。

私が予知で見るビジョンは将来の一つの可能性。だけど、確かにその未来は存在する。なので二人の相性もきっと悪くはないはず。

……やるしかない、私がどれだけお膳立てできるかに、ヴェルセ王国の繁栄が懸かっているんだから。

まず大事なのは周辺への根回しよ。

私はオルディアと共に働くメイド達を集めた。

「あなた達の協力が不可欠です。もし手伝ってくれるなら、皆さんが困った際には当家が全力で助けることを約束しますよ」

「「「全力でサポートします！」」」

これでよし。

次はアルフレッド様にオルディアと出会ってもらわなきゃね。

執務室を訪れると、彼は山積みの書類に忙殺されていた。

「仕事しすぎでは？　若くからそんなに働いているとすぐに老けますよ」

「……君もな。公爵令嬢がどこまでキャリアアップする気だ」

「王国主要機関の人事権を掌握《しょうあく》したくらいじゃまだまだです。ああ、優秀な文官を手配してありますから、アルフレッド様の方は楽になると思います。あと私の癒しをお分けしようかと。今から行っていただきたい場所があります」

「癒し？　今からって、無茶を……」

「行かなきゃ周囲を無能な文官に一新しますよ」

「……行くから、絶対にやめろ」

現時点でも王子様を動かせるくらいの権力は握っていた。

私がアルフレッド様を送りこんだのはメイド達の休憩室。ちょうど休憩に入ったオルディアとしっかり出会ってくれたみたいね。

アルフレッド様の方は王子であることを隠し、二人でたまにお茶をするようになった。

やっぱり相性は悪くなかった、というよりかなり良かったらしい。メイド達の全力サポートのおかげで必ず二人きりになれるし、これで大丈夫だろう。

……とたかをくくっていたら、あっという間に半年が過ぎた。

アルフレッド様は毎回嬉しそうに出掛けていくし、オルディアも柄にもなく会う前に鏡を見て髪を直したりしている。

なのにどうして進展しないの……。

こうなったら、また私が動くしかない。何か後押しになるいい材料があればいいんだけど。

この頃、アルフレッド様の婚約話が持ち上がってきていた。お相手は浪費家で有名な隣国の姫君。

誰よ、こんなくだらない縁談を上げてきたのは。隣国の息のかかった人間が紛れこんでいるわね。

その人もろとも、こんな縁談は私が握り潰して……、待った、これは使える。

私は逆にこの婚約話をプッシュした。

やがて話はアルフレッド様本人の耳にも入り、彼は慌てた様子でオルディアの元へと駆けていった。

王子様のプロポーズは見事に成功する。

私とメイド達の連携プレーで、即座に周囲への公表に至った。

幼なじみと親友の恋愛成就を祝福したい気持ちはあるけど、私には大きな仕事が残されている。

それは、この国最大の権力機関、元老院の説得。

王城の最上階にある、ごく一部の貴族しか立入りが許されない部屋に私はいた。目の前の机には、各家を代表する当主の方々がずらりと。

資料を全員に配布し終えた私は、自身もそれを手に取る。

「こちらをご覧ください。オルディアが王妃となり、〈聖母〉の固有魔法が国全体に適用された場合の経済効果を予想したものです」

資料を開いた貴族達からどよめきが起こった。

まあ、当然よね。国が潤うということは、もれなくこの方達の収入も増えるということだから。

その試算を分かりやすく最初のページに載せてあるわ。

「実際にはそちらの数字以上の効果が期待できます」

私が合図を送ると、二つの鉢植えが運びこまれた。

共にトマトが植えられており、一方はまだ青く、どう見ても食べられそうにない。これに対し、もう一方は真っ赤に熟れてまさに食べ頃という状態。

「この二つは私とオルディアが同時に種を植え、全く同じ育て方をしたトマトです。違いはご覧の通り。これと同様のことが王国中の農作物に起こります」

私はオルディアのトマトを一つもぎ取った。歩きながらハンカチで丁寧に拭く。

中央の席に座る白髪の男性に差し出した。

「どうぞ、おじい様。召し上がってみてください」

彼は私の祖父に当たり、元老院では首席を務めている。

トマトを受け取ると、丸のまま齧《かじ》りついた。貴族社会の頂点にいる方だけど、案外豪快なのよ。

「……美味しい、トマトとは思えない甘さだ。……そして、なぜか腰の痛みが和らいだ」

「オルディアが直接育てたトマトですので。〈聖母〉の範囲が拡大されれば、間接的でも多少の効果はあると予想しています。国民の健康維持に大きく寄与しますよ。それでもやはり、オルディアが自ら手をかけたものは別格で、もはや霊薬の域ですが」

ここで私はとっておきの文句を繰り出す。

「現実的に、おそらく寿命も延びます」

貴族達からもう一度どよめきが起きた。富と権力を得た者にとって、これほど魅惑的な言葉もないでしょうね。

私は笑顔を作って面々を見渡す。

「オルディアのトマトはまだありますので、後で皆様にもお配りしますね」

元老院メンバーの顔が一斉に輝いた。

はい、これで満場一致の承認ね。

そうこうしている間にトマトを完食した祖父は、改めて資料に目を通していた。

「しかし、本当にこれほどの経済効果が……。まるで魔法だ」

「魔法ですので。もしこの通りの成果が上がった場合、一つ私のお願いを聞いていただきたいのですが」

「な、何だ……?」

今度はおじい様に向けて笑顔を作った。

その椅子、とても座り心地がよさそうですね。

アルフレッド様とオルディアは無事に結婚することができた。

私達の国王様は非常によく出来たお方で、国が繁栄するためならとすぐに譲位してくださったわ(元老院が満場一致で迫ったから、というのもある)。

そうして、王妃となったオルディアの〈聖母〉が王国全土を包んだ。

結果は、私の出した試算以上だった。

オルディアを発掘し、王妃になるお膳立てを頑張った私の功績は揺るぎないものに。

願いは聞き届けられ、アルフレッド様が国王に即位して一か月後におじい様が、その一か月後にお父様が、当主の座を次へと継承することになった。

つまり、私は二か月で公爵家当主の地位を掴んだ。もちろん元老院の首席も務めることになる。

私は十七歳で王国の最高権力者となった。

破棄するまでもなく、私の婚約を勝手に決められる者など、この国にはもはや存在しない。

それから五年後、私はどうなったかというと――。

「エリック、また料理の腕が上がったわね」

「本当? ルクトレアにそう言ってもらえると嬉しいよ」

「本当よ、この煮込みなんてすごく美味しい。ほら、オルセラ、またポロポロこぼしてるわよ」

「ちゃんとたべてる。イモがかってににげていくんだよ」

私は、夫のエリックと、娘のオルセラの三人で、小さな一軒家で暮らしていた。

婚約話が立ち消えとなってからも、エリックは何度も私に愛の告白をしてきた。

いったいこんな私のどこがいいのか。諦めないけなげな姿を見ているうちに、何だか可哀想で、可愛く思えてきて……。

気付いたら、ついオッケーしてしまっていた。

でも、今になって思えば、仕事人間の私にとって彼ほどの男性は他にいなかっただろう。

エリックは、王子という生まれながらとても家庭的で、おまけに子煩悩。忙しい私を気遣って家事の多くをこなしてくれるし、オルセラの面倒もよく見てくれる。

なお、この結婚は私自身の意思で決めたことなので問題ない。

オルディアからは偏屈とか天邪鬼《あまのじゃく》とか言われたけどね……。

と昔を振り返っていると、家のドアを叩く音が。

オルセラが「わたしがでるー」と駆けていき、程なく戻ってきた。

「メイドさんが、おすそわけです、っておかしくれた」

「あらそう、よかったわね。きちんとお礼言った？」

「いったー」

窓の外に目をやると、庭園でメイドがこちらにお辞儀していた。

そうそう、言い忘れたけど、この一軒家は我が公爵家の庭園に建てられているの。

なぜ私達がこんな生活をしているのかというと、全てはオルセラのため。

この子が生まれた直後、私はその未来を見た。恐ろしく大変な運命を背負っているわ。貴族の暮らしをしているだけじゃ、それに負けてしまうかもしれない。なので庶民の暮らしにも慣れさせておかなくてはと、こんなふうに暮らしてみている。

実験的に始めた生活だけど、これが意外と楽しかったりする。

家の外にまで聞こえそうなオルセラの笑い声。エリックに肩車をしてもらっていた。

「すごい！　わたし、このくにでいちばんたかいところにいるみたい！」

「はははは、この国で一番高い所にいるのはお母さんだよ」

……何を教えてるのよ、まったく。

「僕は今の暮らし、結構好きだよ。自分に向いてるとも思う」

エリックが穏やかな微笑みを私に向けていた。結局、私の運命の相手は、権力を手に入れてまで婚約破棄しようとしていたあなただった、ということなのかもね。

私だって現在の生活は気に入っているし、その思いは年を追うごとに、いえ、日に日に強くなっていく。

だから私は、さらなる権力の高みを目指すことにした。いつかこの幸せが途切れる時が来ても、再び取り戻せるように。

すでにヴェルセ王国の軍部は掌握しており、ここが新たなスタートになる。

幼い娘が私の顔を覗きこんできていた。

「おかあさんって、けんりょくがだいすきなの？」

「ええ、大好きなのよ」

オルセラ、あなたが世界の運命を背負って戦うというのなら、私は世界を動かせる権力を手に入れてそれを支えるわ。

第三章　メイド、戦士になる。

地獄の戦場に転送されてから二日目。

昨日あんなに苦労して抜け出したサフィドナの森に、私は再び戻ってきている……。

目の前には、もうトラウマになっていてもおかしくない狼頭のドラゴンが。

ど、どうしてこんなことに……！

リムマイアは昨晩確かに言った。私を鍛えると。でもまさか、いきなり実戦なんて！

「無理だよ！　やっぱり無理！」

「無理じゃない。ちゃんと補強してやっただろ」

木の上から声が降ってくる。彼女は気配を消してそこに潜んでいた。

リムマイアの言う補強とは、一つは私の持っているこの剣。刃渡り七十センチほどの両刃の剣で、魔法が宿っているらしい。確かに見た目より軽い気がする。

そしてもう一つが、胸につけているプレートメイル。こちらも魔法防具で、鉄素材の全身鎧を着てるのと同じくらいの防御効果があるんだとか。

本当に？　防具が胸のこれだけとかすごく心細いんだけど……。

ちなみに、剣も鎧もリムマイアが昔使っていたおさがりだよ。

「どっちも初心者にはもったいない代物だぞ。そのプレートメイルがあれば、レベル5なら攻撃食らっても即死はない。（戦闘クラスならだけど）とにかく戦え、苦労して見つけたレベル2のウルガルダなんだから」

……木の上から容赦ない指示が飛んでくる。今、大事なとこ濁さなかった？

とか話している間に、ウルガルダが早くも攻撃態勢に！

たとえ魔法装備があっても、あんなのに近付いて攻撃なんて無理だからやっぱり……、……ん？

「キューン、キューン……」

タヌセラが私の足元でうろうろと。

「何やってるの！」

「契約獣にはきちんと指示を出しておいてやらないと、どうすればいいか分かんないだろ」

「そっか、じゃどっかに隠れてて！」

（はい、喜んで！）

ザッシュと狸は茂みに突っこんでいった。

よし、これで戦いに集中できる。もう腹をくくったよ。戦ってやろうじゃない！

昨日の私とは違うんだから。

何て言ったって今の私には遠くから攻撃できる魔法がある！

向かってくる狼竜に手をかざした。

「〈サンダーボルト〉！」

バリバリ――ッ！

私の掌から発生した雷が魔獣の巨体を捉える。

ウルガルダは一瞬停止するも、その体をふるわせると、パシュッ！　と帯電は発散。私を鋭く睨みつけ、天高くジャンプした。

全然効いてないし、めちゃ怒らせた！

振り下ろされる前脚を慌てて回避する。

全身を使って暴れ回る体長十メートルの巨獣。私はひたすら逃げ惑うしかなかった。

これじゃ昨日と全く一緒だ……。

……いや、でも、体は結構動く気がする。向こうの攻撃も何となく予測できるし。これってやっぱり、レベルが上がったからなのかな。私、ちゃんと成長してるんだ。

もっとしっかり敵を観察すれば、攻撃できる隙も見つかるかも。

ウルガルダは右後脚で踏みこむ体勢に。

ということは、右の前脚で攻撃してくるはず。

読み通りに大きな鉤爪が私に向かって……、来ないでピタリと止まった。

フェ、フェイント……！

気付いた時には、横から丸太のような尻尾が迫っていた。

まずい！　避けないと！

と思った瞬間、私の前に何かが飛び出してきた。

「タ！　タヌセラッ！」

どうして出て来たの！

いけない！　この子は直撃すれば確実に死んじゃう！

タヌセラを抱き止めた私は即座に体を反転させる。

直後、背中に尻尾の強打をもろに食らった。

……し、しまった。

私だって、死んじゃう、かもしれなかった……。

この時、私の脳裏には、昨日見た尻尾で弾かれた戦士の姿が浮かんだ。彼と同じように、私もベキベキと木に叩きつけられる。

ぎゃあああああ！　体中の骨がベキベキと！

……っと待った。骨の方は大丈夫かも。

ベキベキは木の砕けた音だけだったみたい……。

そ、それでも……、
あいたたたたたた！　背中すっごく痛い！

激痛のあまり、私は地面を転げ回る。

そんな契約者に、隣からタヌセラが心配する眼差しを向けていた。

「クー……」

そうか、お前は全くの無傷だったんだね……。

「オルセラ、戦闘中にのたうちまわってたら本当に死ぬぞ」

と傍らに立つリムマイア。彼女の方は呆れた眼差しを私に。

そうだった！

急いでウルガルダに目をやる。

狼頭のドラゴンは静かに大地で伏していた。ピクリとも動かない。

「リムマイアがやっつけたの？」

「気絶させただけでダメージはない。スタン付与の魔法を使ったんだ。またそのうち教えてやる」

へぇ、そんなのもあるんだ。こんなに無防備な状態にできるなら覚えたいかも。

そうやって魔獣を眺めていると、自然と剣を握る手に力が入った。

今ならこいつを……、倒せる！

「いや、それはダメだろ」

「……だよね」

心に芽生えた邪《よこしま》な考えはあえなく即却下された。

やっぱり実力で倒すしかないか……。ウルガルダはまだ起き上がる気配はないね。それにしても、タヌセラだよ。どうしてさっき飛び出してきたの？

「もう、隠れててと言ったでしょ……」

「きっとオルセラがやられるって思ったんだろ。お前が死んだら、こいつも死ぬからな」

リムマイアは狸の頭にポンと手を乗せた。

まさかこの子、私を助けようと……？

タヌセラはそのつぶらな瞳で私を見つめ返してきた。

「キューン……」

（オルセラが危ないと思ったら、体が勝手に動いていたんです……）

お前……。

……気持ちは嬉しいけど、完全に無駄死にするところだったよ。むしろ飛びこんでこなきゃ、私は避けられたかもしれない。

「キュ……、キュー……」

「あ、ごめん。とにかく私が危なくても、自分も死ぬかもしれない時は助けにこなくていいから」

（私、命懸けだったのに……）

「だからごめんって……」

でもタヌセラ、臆病なだけかと思ったら、意外と勇気あるんだな。ああいうの、蛮勇って言うんだけどね。

茂みに隠れ直す狸を見送りながら、リムマイアが小さく笑った。

「とっさにタヌセラを庇ったの、なかなかよかったぞ。オルセラ、臆病なだけかと思ったら、意外と勇気あるんだな。ああいうの、蛮勇って言うんだけどさ」

……ああ、うん。私達、ほんとよく似てる……。

リムマイアは仕切り直すように「よし」と。

「もうすぐウルガルダが目を覚ますぞ。背中の方は大丈夫だな？」

「叩かれた直後はすごく痛かったけど、今は結構平気……かな？」

「魔力が増えると傷の治りも早くなる。あの程度ならすぐだ。じゃ頑張れ」

当然のように続けさせてくる……。これはもう、あの魔獣を倒すか私が戦闘不能になるまで終わらない。

起き上がった狼竜は、よくも気絶させてくれたな！　と怒りの眼差しで私を睨んできた。

私じゃないって……。そんなことできるなら、とっくにあんたを仕留めてるよ……。早く倒してしまわないと、怒りで相手がどんどん強くなっていく気がする。

リムマイアみたいに上に乗るなんて無理だから、脚を攻撃して機動力を削っていこう。

振り下ろされた前脚をかわすと、ウルガルダの側面に回りこんだ。

すると、あっちはすぐに向き直る。

また私が回りこもうと走ると、やはり正面に置くように体を動かした。

……こんなに大きいのに機敏で隙がない。

ないなら、つくればいいよね。

長時間気絶させるとかは無理だけど、一瞬だけなら私にもできる！

「〈サンダーボルト〉！」

バチバチッ！

私の放った雷でウルガルダは一時停止。

今だっ！

不格好に剣を振るい、鱗で覆われたその脚を斬りつけた。

ザスッ！

狼竜の「ギャ！」という鳴き声と共に、確かな手応えが伝わってきた。

しかも思ったより軽く振り抜けたよ。これってやっぱり、この魔法剣のおかげなのかな。一度叩かれたせいか恐怖心も和らいできた。

これならやれる！

お返しとばかりに、ウルガルダは鉤爪を振り上げる。

ところが、鋭利な死神の鎌は寸前でピタリと止まった。

同じフェイントには引っかからないよ！

迫りくる尻尾を察知した私は、ジャンプしてそれを回避。できたものの、つま先が尻尾の先っぽに引っかかった。

う、嘘でしょ！

私は空中でぐるんと一回転、したと思う。

ビタンッ！

気付けば私はウルガルダの背中に張りついていた。

上に乗っちゃった！

わわわわわ！　振り落とされる！

暴れる魔獣の背に必死でしがみつく。

リムマイアが潜伏していた木から顔を出した。

「チャンスだ！　剣を突き刺せ！」

言われるままに、私は渾身の力で剣を突き立てる。

間髪を容れずに彼女から次の指示が。

「今だ！　〈サンダーウエポン〉を使え！」

「何それ！　そんなのない！」

「ある！　剣に〈サンダーボルト〉を流しこむ感じだ！」

「サ！　〈サンダーウエポン〉ーッ！」

バッリバリバリバリバリ――――！

雷鳴と、ウルガルダのかつてない絶叫が重なった。

本当に〈サンダーウエポン〉があった！　そして外から当てるより断然雷の通りがいい！　こんなに効くなんて！

「感心してないでもう一発だ！」

「わ、分かった！　〈サンダーウエポン〉ーッ！」

――――。

森に響き渡った断末魔。その主が残した魔石を拾い上げた。

……た、倒せてしまった。

私、初めて魔獣を討伐したって実感があるかも。これまでは完全にリボルバーの力だったし、そりゃそうか……。

「ま、ラッキーもあったけど、合格でいいだろ」

リムマイアが木から下りてきていた。何だかやけに嬉しそうだ。

「合格って？」

「私もそこまで暇じゃないからな、一回戦わせてみて見込みがなきゃやめるつもりだった。けどオルセラはよくやった。危なっかしい感じはしたものの、思い切りがよかったし、度胸もあった。学習能力もあるし、機転も利く。戦いの才能は結構あると思うぞ」

「そ、そうかなぁ」

人からこんなに褒められたの初めてだ！

ところで、あの〈サンダーウエポン〉ってどこから出てきたんだろう？

尋ねるとリムマイアは私の胸を人差し指でちょんと。

「〈サンダーボルト〉と一緒にお前の中に入ったんだ。ボルトの発展魔法、ウエポンとスラッシュも私の中から消えてたから、絶対そっちに行ったと思った。〈識別〉で見てみるとー、うん、やっぱり入ってるな。本来は別個の魔法だが、私はあの二つをボルトを基に編み出したから。関連性が強かったんだろう」

「そうなんだ……。いっぱい貰っちゃってごめん」

「いい、どっちも私はもうⅡ以上しか使ってないからオルセラにやる」

「ありがとう……。ちなみにスラッシュって？」

「武器に纏わせるウエポンの状態から、斬撃を飛ばすのがスラッシュな。とにかく、これだけ使えればオルセラはもう一人前の戦士だ。自信持っていいぞ。ウルガルダなんて、それなりの訓練を積んできた奴でも、一人で狩れるようになるまで数か月はかかるからな」

……ちょっと待って。初耳なんだけど。

でも、よくよく考えてみればそうだ。昨日の人達はチームで戦って全滅していたんだから。

回れ右したリムマイアは空を見上げた。

「まさかほんとに倒しちゃうとはなー。何でもやらせてみるもんだ。……私、人を教えた経験あったっけ。案外その道の才能あるのかも」

えー……。

呆れていると、思い出したように彼女は振り返る。

「そういえばオルセラ、剣の振り方ひどかったな。後で稽古つけてやる」

「まずはそっからでしょ。……リムマイア、絶対その道の才能ないよ」

とりあえず討伐したウルガルダの魔石を回収した。それをタヌセラがじっと見つめてくる。欲しいんだろうけど、前ほど積極的じゃないな。どうしたの？

（……分かってますよ。どうせくれないんでしょ）

……おあずけを食らいすぎて卑屈になってる。

確かに、リムマイアにお世話になってばかりも悪いから換金したいところではあるんだけど。

さっきタヌセラ、かなり危なかったし。尻尾で叩かれても死なないくらいには強くしておいてあげた方がいいかも。よし！

思い切って魔石を差し出した。

「タヌセラ、食べていいよ」

（ほらね、やっぱり）

狸はそっぽを向いた後に、ピタッと停止。ゆっくりと向き直り、信じられないものでも見るように私の顔を見てきた。

「キュ、キュー……？」

（今、何と……？）

………。

「……だから食べていいって」

タヌセラは私の顔から目を離さず、慎重に魔石を口で受け取る。

……急に引っこめたりしないから、早く取って。

魔力の源を口に咥えた狸の魔獣は、くいっと頭を上げて天を仰いだ。

おお、いよいよだ。どうなるんだろう。

とタヌセラは横目で私をちらり。

（食べますよ……？　本当に、いいんですね？）

疑り深いな……。どうぞっ！

パキッ！　と魔石を噛み砕いた瞬間、溢れ出た魔力がタヌセラの口に吸いこまれていった。

すると、
ザワワワワッ！

とその全身の毛が一斉に逆立つ。

何かすごい！　尻尾なんてハリネズミみたいにトゲトゲだ！　まさかタヌセラ、めちゃ強くなっちゃうんじゃ……！

ザワワワワ……シナシナ……。

……毛が元に戻った。……全然変わってない。尻尾もいつも通りもふもふだね。

「あんなに大きな魔獣の魔力を取りこんだのに！　変わってないってどういうこと！」

「キャ！　キャウ！」

（ご！　ごめんなさい！）

「今の思わせぶりなザワワワワって何！」

興奮する私の肩に、リムマイアがポンと手を乗せてきた。

「たぶん単純に感動しすぎただけだろ。普通、ウルガルダの魔石なんてラクームは絶対食えないからな」

「そう言われれば、感動しちゃうのも仕方ないか……」

「それに全く変化なしってわけでもない。〈識別〉でタヌセラを見てみろ」

促されて私は〈識別〉を発動した。

そう、実は私、〈サンダーボルト〉と関連魔法二つの他に、もう〈識別〉も習得している。今朝、町を出る前にリムマイアが魔法店で買ってくれたんだよ。

魔法は魔法結晶と呼ばれる半透明のクリスタルを体に入れることで、その身に宿すことができる。こう言うと、どんどん魔法を覚えられるように聞こえるかもしれないけど、現実にはそんなに上手くはいかない。

レベルに応じた容量があるし、……魔法結晶はものすごく高い。一番安い〈識別〉でも五十万ゼア。（リムマイア、ありがとう……）戦闘で使えそうな魔法になるとどれも百万以上はする。ちなみに〈サンダーボルト〉は二百五十万だった。（リムマイア、ほんとにありがとう……）

戦士になるのはお金がかかるということだ。

その戦士の基本とされるのが、自分より低レベルの者の能力を見る〈識別〉で、魔力消費も軽微なので戦闘中は常に発動しっぱなしらしい。私には軽微な魔力も大きいから少しでも温存するよう言われていて、今初めて使うよ。

まず自分の魔法欄を確認する。あ、固有魔法以外に、本当に〈サンダーボルト〉〈サンダーウエポン〉〈サンダースラッシュ〉と並んでる……。

次いでタヌセラに目をやると、その上に名前、種族、レベルが浮かび上がった。えーと、契約者である私の名前も書いてあるね。んー、特に変わったところは……、
いや！　レベルが４になってる！

私はタヌセラを抱き上げた。

「すごいじゃない！　一気に3も上がるなんて！」

「キュ！　キュー イ！」

（はい！　とても強くなった気がします！）

盛り上がる私達を、リムマイアはどこか冷めた目で見つめてくる。

「とはいえ、十メートル級に踏まれたらまだ即死だろうけどな」

そっとタヌセラを地面に下ろした。

「……ゆっくり、強くなっていこうね」

「クー……」

リムマイアは一転してしょんぼりする私達に罪悪感を覚えたのか、努めて明るい声を出す。

「元気出せって！　たぶんもう一個食えば大丈夫だ！　じゃオルセラ、次行くぞ、次」

「……え？　次って？」

「決まってるだろ、ウルガルダをもう一頭狩る」

「何言ってんの！　無理無理！　……私、魔力も残り少ないし」

「嘘つくな、まだ半分くらいあるだろ。〈サンダーボルト〉系も今回と同じ四発は撃てるはずだ」

……くっ、この師匠、めちゃくちゃなことをやらせるくせに、なまじ腕が立つから誤魔化せない。

そもそも、もっと小型の魔獣もいるでしょ。さっき体長二メートルほどのドラゴンが走っていくの見たよ。あれでも結構でかいけど。

「あいつは走竜種のレギドランだ。群れで行動することが多いから、まとめて五、六頭相手にする羽目になったりして結構厄介だぞ。他の魔獣を狩りたい気持ちは分かるけど、今日はウルガルダにしとけ。倒し方は分かったろ？　動きにも目が慣れてる今が絶好の機会なんだ」

ここぞとばかりに師匠らしいことを……。私がわがまま言ってる感じになってるし。

などと反論する間もなく、リムマイアは一人で先へ先へと歩いていく。

「早く来ないとおいてくぞー」

「待って！　こんな森の真ん中ではぐれたら確実に死ぬ！」

「次はもう少しレベルが上でもいけそうだな。すぐ見つかるだろ」

いやいやいや！　狸は上がったけど私のレベルはそのまんま！

「グオオオオオ！」

威嚇するようなウルガルダの雄叫び。鋭い眼光で私を睨みつけてくる。

怯《ひる》んでられるか！　お前を倒さないと帰れないんだよ！

薙ぎ払ってくる前脚を、姿勢を低くして地面を滑るように回避した。

確かにこいつの攻略法はもう分かってる！

振り向きざまに〈サンダーボルト〉を放つ。わずかな停止時間を突いて、剣で後脚を斬りつけた。

同時にここで――、

「〈サンダーウエポン〉！」

傷口から電流を流す。

……どうも効きが悪い。やっぱり心臓に近い胴体に撃たないとダメだね！

巨体の下に素早く潜ると、思いっ切り剣を突き上げた。

狼竜の腹部に刺さった刃から、残りの全魔力を注ぎこむ。

「〈サンダーウエポン〉！　これで撃ち止めだよ！　〈サンダーウエポン〉ー！」

バリバリバリバリバリバリ――――ッ！

……出し切った、完全に。昨日も何度死ぬかと思ったけど、肉体的なきつさで言えば今日の方が断然上だ……。

ウルガルダの体が消滅すると、私は【メイド】レベル6に上がった。

魔石を拾い上げた私の前に、茂みを出たタヌセラがトコトコと歩いてくる。尻尾を振り振り、期待に満ちた眼差しを向けてきた。

（お疲れさまです。それであのう、もしかしてそちらの魔石も、いただけたりするのでしょうか？）

「……うん、あげるよ。……あげるけどね」

もう一頭巨獣の魔力を吸収したタヌセラは、私と同じレベル6に。まあ相変わらず、レベル以外にこれといった変化は見られないけど。

「いや待て。こいつ、魔法を覚えたみたいだぞ」

タヌセラを凝視しながらリムマイア。私も急いで〈識別〉で確認した。

本当だ！　さっきまでまっさらだった魔法欄に何か出てる！

えーと、魔法名は……、〈狸火〉？

「タヌセラ、早速使ってみて。〈狸火〉！」

「ギャウッ！」

タヌセラの目の前に、ボッ！　と火の玉が浮かんだ。両手ですくえそうな大きさの灯火がゆらゆらと。

…………、ちっさ。

「もっと本気出していいよ、タヌセラ」

（すでに、フルパワーです……）

……そっか、ごめん。

私が今日、命懸けで手に入れた魔石二つを貢いだ成果がこれか……。今後、たき火の火種には困らなそうだ……。

慰めるように私は契約獣の頭を優しく撫でた。

「……ゆっくり、強くなっていこうね」

「クー……」

＊

二頭の大型魔獣を倒したところで、ようやくレジセネの町に帰ることになった。

リムマイアに買ってもらった懐中時計を確認すると正午を回ったところ。先に持参したサンドイッチでお昼ご飯にしようということに。あと肉まんなんかも買ってきたので、草地の上に布を広げ、そこに食べ物や飲み物を並べた。

（私！　この白くてふわふわしたの大好きです！　中にたっぷりのお肉が入っているとかもう！　やばすぎです！）

次々に肉まんをたいらげるタヌセラ。

その前に時折、ポッと火の玉が浮かび上がる。

「……〈狸火〉で遊んじゃダメ。魔法覚えて嬉しいのは分かるけど」

「クキュ」

契約獣に呆れる私の顔を、リムマイアがじっと見つめてきていた。

「どうしたの？」

「いや、ちょっと……。オルセラ、剣を振ってみてくれ」

よく分からないながらも、とりあえず立ち上がって剣を抜く。両手で構え、気合の声と共に素振りした。

ビュッ！

「……やっぱりだ。今は結構さまになってる。剣だけじゃない。オルセラ、自分で気付かなかったか？　一戦目、二戦目とどんどん動きがよくなっていってたぞ」

「そうかな……？」

「まるで、戦士だった奴がメイドに転職したみたいだった。お前、本当は訓練を受けた経験があるんじゃないか？」

そんなのあったら絶対覚えてるよ。

けど確かに、戦いが進むにつれて、何だかしっくり来る感覚があった。もしかして、あれかな……？

「子供の頃の話なんだけど、よくオルディア様と戦士ごっこをして遊んだんだよね。あの時、剣の振り方とかも教えてもらった気がする」

私がそう言うと、リムマイアは固まってしまった。

「……ヴェルセ王国のオルディアって、まさか、聖母オルディアか？」

「そうだよ。よく知ってるね、リムマイア」

「そりゃ知ってるさ……。有名も有名。エンドラインただ一人の一般クラスなんだから」

「そういえばそんなのに認定されてたね。オルディア様は私の伯母なんだよ」

エンドラインというのは通称で、正式名称は、人類最終戦線。各国の代表者からなる世界戦線協会が認定する、人類の中で群を抜いて強い戦士達だ。レベルは全員が１００以上らしい。

彼らが敗れた時、世界は終わると言われている。

「オルセラ、人類最後の砦の姫だったのか……」

「うん、昔はほんとよく遊んでもらったよ。隠れんぼとか鬼ごっことか。鬼ごっこの時のオルディア様、本物の鬼みたいだったなー、懐かしい」

「ちょっと待て、じゃあお前の親って誰だ？」

「お父さんはエリック、お母さんはルクトレアだよ」

私の挙げた名前にリムマイアは再び固まった。やがてゆっくりと口を開く。

「……ルクトレアって、ヴェルセ王国の総司令じゃないか」

「リムマイア、ほんとよく知ってるね」

「ああ、私は結構ヴェルセ王国とつながりが……。いや、私じゃなくてもルクトレアは知ってる。世界戦線協会の理事で、あの人の予知がなきゃ、人類はもっと不利になっていたって言われてるからな。国内じゃ女王を凌《しの》ぐ最高権力者だろ。その娘がどうしてメイドやってんだ？」

「社会勉強になるからって言われて……。……稼いだお金は私が好きに使っていいって言うし」

だけどそっか、やっぱりお母さん、ミレディア様より権力持ってるんだ。

ミレディア様は私の従妹に当たる。お母さんによれば、あの子は生まれついての女王らしい。物心がついた時からあんな感じで、私が何度、お姉ちゃんって呼んで、と言っても呼び捨てにしてきた。まったく憎たらしい……、いや、可愛げのない従妹だよ。

あっちは本当に女王になっちゃうし、私はメイドになっちゃうし、もう完全に上下関係ができてしまった……。

ちなみに、オルディア様の〈聖母〉は王妃から女王の母になってもあまり効果は変わらなくて、ミレディア様も何か国家規模の魔法を有している（彼女の安全のためにその存在は秘密にされている）から、今の形になったみたい。

とにかく私は、天性の女王、ミレディア様がまだ従妹でよかったと思う。あれが実の妹だったら耐えられないよ。

それに比べて私の弟はまるで天使だ。

「そうだリムマイア、一度うちに遊びにきてよ。すごく可愛い弟がいるから紹介するよ。エレアって言ってね、お母さんの茶髪とお父さんの金髪のちょうど間くらいの綺麗な色をしてるんだ」

「家族がその髪色で、お前は銀髪なのか……？　聖母オルディアと同じ……？」

「え……、それってどういう」

「待て、考えるな。触れちゃいけないことのような気がする」

リムマイアは「オルセラが能天気でよかった」と言って立ち上がった。

サンドイッチを口に押しこみ、傍らに置いてあった大槍を取る。

「私もちょっと稼いでくるよ。今日は魔力あり余ってるし。オルセラも頑張ったから晩はごちそうにしてやりたいしな」

「いいのに。これまでので充分ごちそうだよ」

「……お前、ほんと令嬢っぽくないな」

「……よく言われる」

「まあ、すぐ戻ってくるからタヌセラとこの辺の茂みに隠れてろ」

そう言い残してリムマイアは目の前から消えた（ように見えた）。

確かに、レベル８６の狩りに私達はついていけないよね……。今の私は魔力も空に近いし、大人しく言葉に従った方がよさそうだ。

とお昼ご飯の片付けを始めた時だった。

何か来る！

猛スピードで接近する複数の気配を察知。

「タヌセラ！　急いで隠れるよ！」

（はい！　オルセラ！）

契約獣と一緒に近くの茂みに飛びこんだ。

それからほんの数秒で魔獣達が姿を現す。頭にトサカを付けた体長二メートルほどの竜が五頭。

あれは……、そう、走竜種のレギドランだ。食べ物の匂いにつられて来たのかな。とにかく絶対に見つかっちゃダメだ！

タヌセラも音を立てないように……、タヌセラ？

狸の魔獣は目を閉じ、口は開いた状態で停止していた。いや、鼻だけがピクピクと動いている。

ま、まさか……、ここでそれは……！

「キュ、キュ……、キュックシ！」

茂みから聞こえたくしゃみに、レギドラン達は一斉に振り向いた。

タヌセラ――――ッ！

（……ごめんなさい、我慢できませんでした）

茂みから出た私とタヌセラの前には、五頭のレギドラン。

……このドラゴン、走竜種というだけあってスピードはかなりのものだ。逃げ切れる相手じゃない。

戦うしかないんだけど、これだけの数は……。それに、私の魔力はもう……。

いや！　弱気になってる場合じゃない！　今は助けてくれるリムマイアもいないんだから、本当に命の懸かった戦いだ！　やるしかない！

「タヌセラ、私から離れちゃダメだよ」

「ギャウ！」

契約獣にも私の覚悟が伝わったらしい。捕食者達に向かって威嚇を放った。

一方のレギドラン達も後脚で立ち、前脚の鋭い爪を見せつけて私達を威嚇してくる。

少しずつ距離を詰めようと、じりじりと前へ。

それに合わせて私達は、じりじりと後ろへ。

……囲まれるのだけは絶対に避けないと。あと、一斉に飛びかかってこられるのも避けたい。一頭一頭との距離はバラバラに保つのがいいね。

ちょっとでも時間差があれば……、来る！

痺れを切らしたように、先頭の竜が駆け出してきた。

私は前脚の攻撃をかわして横に回りこむ。すかさず剣を振り抜いた。

シュッ！

私の一撃は剣先がわずかに敵の胴をかすっただけだった。

今のは向こうに読まれてた……。それに、私の方も体が重くて思ったように動けてない。魔力が残り少ないせいだ……。

状況を確認している間に、もう一頭レギドランが迫ってきていた。

まずい！　回避できない！

そう思った瞬間、竜の頭部を火の玉が直撃。

ボワッ！

言葉通り、面食らった相手は動きを止めた。

私はこの隙を逃さず、こちらも胴を斬りつける。

「グガァッ！」

ドラゴンの悲鳴。先ほどの個体より深手を負わせることができた。

さっきのはタヌセラの〈狸火〉だ！　そうだ、小さな炎でも顔を狙えば敵を驚かせるくらいはできる。そしてナイスコントロール！

「よくやったよ！　タヌセラ！」

「キュキューン！」

（私だって役に立ちます！）

「ほんとだね！　〈狸火〉はあと何発撃てそう？」

（……すみません、もう二回しか使えません。私も魔力の大半を消費してしまっています）

「ご飯の時に無駄遣いしたからだよ！」

「…………、キュ」

まあ、タヌセラもまさか自分が戦わなきゃいけない事態になるとは思ってなかったよね……。でも、今は頑張ってもらうしかない。

私達の連携に怯んでいたレギドラン達だが、態勢を立て直しつつあった。

今度は二頭同時に襲いくる。

私も前へと駆け出し、一頭の脚に斬撃を浴びせた。

もう片方は、タヌセラ頼んだよ！

心得ていた契約獣は敵の顔を狙って〈狸火〉を発射。

しかし、標的の竜は頭をクイッと下げてこれをかわした。

避けられた！　……狙われる箇所が分かってたから備えてたんだ。やっぱり魔獣って知能が高い。

なんて感心してる場合じゃない！　私が危ないっ！

剣を振った直後で体勢の悪い私に、火の玉を回避したレギドランの鋭い爪が。

「ギャルルルル！」

唸り声と共にタヌセラが飛びかかっていた。

だが短い爪は届かず、私の代わりに攻撃を受けることに。

タ！　タヌセラー！

「ク、キュ……、キュー！」

弾き飛ばされながらも、狸の魔獣は最後の〈狸火〉を放った。

至近距離からの魔法は、今度はしっかり竜の顔面を捉える。

このチャンスは絶対無駄にしちゃダメだ！

私は剣を強く握り直し、レギドランの懐に入る。全身の力を使って首元に深く剣を突き刺した。

竜の目から光が消え、すぐにその体も塵に。

出現した魔石が地面に落ちるより早く、私はそれを空中で掴んでいた。

即座にタヌセラの元へ。見ると腹部にひどい傷を負っている。

やっぱり！　思った通りかなり深い！　あとで自分が重傷になりそうな時も助けにきちゃダメって言わないと！　でも本当にありがとう！

「タヌセラ！　早くこれを食べて！」

手に入れたばかりの魔石を口に咥えさせる。

砕けて溢れた魔力が喉の奥に吸いこまれていった。

「クー……」

（……新鮮な魔力、激ウマ、です……）

言ってる場合じゃないでしょ！　のん気なの！

いや、けど流れ続けていた血が止まった。まだ動くのは無理そうだけど、とりあえずは大丈夫そうだね。

レギドラン達に視線を向けると、あちらは互いに顔を見合わせて何か相談でもしている様子。やがて揃って私達の方に振り返った。

……どうやら、まだ戦う気みたいだ。

「心配しないで、タヌセラ。絶対に私が守ってあげるから」

この子がこんなに奮闘したんだから、あとは私が頑張らないと！

……と思ったのは束の間のことで、早速心が折れそうだった。

私の目の前には、体長二メートルのドラゴン、レギドランが六頭並んでいる。新たに森の奥から走ってきた二頭が戦っていた四頭と合流した。

……そんなのありなの？　やっとの思いで一頭倒したのに二頭増えたよ……。いや、もしかしたら最初から七頭の群れだったのかも。

とにかくこの状況は絶体絶命だ。

「クー……」

背後からタヌセラの不安げな声が聞こえてきた。

この子は怪我のせいでもうまともに動けない。ここに釘付けの私達は敵との距離を調整することもできなくなった。

レギドラン達も承知しているらしく、焦らずにゆっくりと詰め寄ってくる。

六頭で一斉に飛びかかってくる気だ……！

……結局、またあれに頼るしかなくなったということだね。

私が魔法を使えるのは、〈サンダーボルト〉系か〈人がいらなくなったものを呼び寄せる〉のどれかあと一回だけ。

もちろん一度の雷撃でこの場を切り抜けるのは不可能。

残されたのは、今回も固有魔法の奇跡にすがるって道のみなんだよね……。

私はまだこの魔法を制御できていない。ほしいものを呼べるわけじゃないし、普通に使えばゴミが出る確率の方が断然高いだろう。

ただ、私が影響を及ぼせる瞬間もある。それは、必死になった時。だから本当にどうしようもなくなるほど追いこまれるまで使えなかった。

これ以上の状況はないでしょ！

間違いなく私は今、今日一番必死になってる！

これまでと違い、呼び寄せたいものは明確に決まっていた。それの所在もはっきりしている。リムマイアの中だ。彼女はさっき確かに、あり余ってる、と言ってた。魔法が呼べたんだから可能なはず。問題はリムマイアが現在、私から一キロメートル以内にいるかどうか。そこはもう神様にでも祈るしかない。

ついにレギドラン六頭が私のすぐ前で横並びになった。揃って力を溜めるようにググッと屈みこむ。

ダメだ！　もう祈ってる時間もない！

やるしかない！

〈人がいらなくなったものを呼び寄せる〉！

キュイィ――――――ン！

…………、……し、失敗した……？

……シュ、

シュオオオオオオオ！

き！　来たー！

喜びに浸っている時間もなかった。

レギドラン達が一斉に地面を蹴って空中へ。

こっちも来たー！

私は剣を大きく振りかぶる。

「〈サンダースラッシュ〉！」

横に薙《な》ぐように、前方へ向けて雷の斬撃を放った。

使うのは初めてだけどうまくいった！

致命傷は与えられなかったものの、攻撃を防ぐのには充分だったと言える。六頭の竜は雷に弾き返され、次々に横たわった。

すぐに起き上がってこないと見て取り、私は自分の中に満たされたものを確認する。

……すごい、空っぽに近かったのに、完全回復した。

私が呼び寄せたのは、魔力だ。

もらった相手はたぶんリムマイアだと思う。彼女にとってはおそらくわずかな量。でも、私にとってはこの窮地を打開する大きな力になる。

よし、サンダー系はあと八発撃てそうだね。そんなには必要なさそうだけど。魔力が戻ってから、体にも力が漲《みなぎ》ってくる。きっと今の私なら……。

逸早く立ち上がったレギドランの元へ歩みを進めた。

向かい合うも、相手は先ほどのように勢いよく攻撃を仕掛けてはこない。慎重に私を見定めようとしている感じがする。

（……こいつ、……さっきとはまるで別人だ！）

とか思ってたりするのかも。タヌセラじゃないから分からないけど。何にしろ、来ないならこっちから行くよ。

私が踏み出すと、レギドランも慌てた様子で前脚の爪を繰り出してきた。

横へのステップで私は難なくそれを避ける。

……なぜか攻撃の軌道もよく見えるね。全く当たる気がしないよ。

私はさらに一歩前へ。

剣を突き出すと、刃は竜の胸にスーッと吸いこまれていった。

すぐにレギドランの体は消滅し、私が貫いたであろう心臓辺りに魔石が出現。今回も地面に落ちる前に回収したそれをじっと見つめる。

魔力が戻ってようやく実感できた。

リムマイアが言ったように、私、本当に戦いが身につき始めてる。

「キュー！　キュー！」

お座りをしたタヌセラが嬉しそうな声で鳴いていた。

「もう心配ないよ、タヌセラ。これでも食べて養生していて」

魔石を投げると、契約獣はそれを口でキャッチ。しかし、体を伸ばした際に傷がうずいたのか、その場にうずくまってしまった。

（……あいたた、いた……、いたれりつくせりです！）

……ああそう。お大事に。

倒れていた残り五頭のレギドランも順次起き上がってきた。

私の方は力が戻ったからといって余裕をかますつもりはない。さすがに囲まれたらまずいかもしれないし。なので、こっちから攻める！

一頭の竜を標的に定めて駆け出した。

向こうは私の頭にかぶりつこうと大きく口を開ける。

やめて。その危険な牙はしまってろ。

左手で下顎を殴りつけ、口を閉じさせたついでに意識を奪う。即座に右手の剣で喉を裂いて仕留めた。

休まず次のレギドランへ。

今度は相手が攻撃に入る前に一気に距離を詰めた。こちらも喉元一突きで終わらせる。

……あ、今ので【メイド】レベル7になった。

力が湧いてくるし、体も一段と軽くなった気がするね。これなら残りも……。

目をやると一頭がタヌセラに向かっていくところだった。

タヌセラも魔石を食べまくってるから美味しそうに見えるのかもしれないけど……、相手は私だよ！

「させるか！　〈サンダーボルト〉ー！」

私の放った雷が、契約獣に襲いかかろうとしていたレギドランを吹き飛ばした。時間差で感電によってその命を奪う。

うん、魔法も威力が上がったみたいだ。

あっという間に肉体が塵に変わった仲間達を見て、二頭のレギドランはたじろぐ。

「逃げないなら狩るよ、あんた達」

とリムマイアの真似をして言ってみる。

竜達は顔を見合わせたのち、左右に分かれて挟みにきた。

む、頭脳的な作戦に。

さっきまでの私なら慌てただろうけど、今なら対応できると思う。

両側からほぼ同時に繰り出される鉤爪。片方はかわし、もう片方は剣で弾いた。それから、剣を振りつつ体を回転させ、〈サンダーウエポン〉を唱える。

ズババリバリバリッ！

一振りで二頭の体を斬ると同時に、傷口から雷を流した。

レギドラン達は大地に崩れるより先に、魔石へと姿を変えていた。

……はぁ、何とかなったね。

ん？　タヌセラがキラキラした眼差しを私に。

「キュ！　キュキューイ！」

（オルセラ！　今のすごくかっこよかったです！）

そ、そう？

（はい、本当に！　あ、魔石を拾うの忘れないでください）

……はいはい、お世辞を言わなくてもきちんとするから。

魔石を回収しながら、私は一本の木に視線を向けた。

「もう下りてきたら？　見てないで手伝ってくれればよかったのに」

呼びかけると葉が揺れ、リムマイアがシュタッと着地。

私が気付いたのは途中からだけど、たぶん魔力を呼び寄せたすぐ後くらいにはもうあの場所にいたんじゃないかな。

リムマイアは笑みを浮かべ、上機嫌で私の所へ。まったく、こっちは大変だったんだよ。

「手伝いなんていらなかっただろ？　急に魔力を消費したから、絶対オルセラの仕業だと思った。お前の魔法、マジでやばいな。魔力切れの心配なく狩りができるじゃないか」

「私が必死に、つまり絶体絶命にならなきゃ指定して呼べないから、そんなにうまくはいかないって」

そうか、でも今回私は初めて望んだものを呼び寄せたんだ。これって私が固有魔法を制御しつつあるってことなのかな？

リムマイアも魔石を拾い上げると、私にポーンと投げ渡してくれた。

「まあ、魔法がやばいのは分かっていたことだとして、あとお前の戦闘技術だ。また一段階上がってたぞ」

「あー、なんか戦ってるうちに思い出したんだよね。オルディア様とのごっこ遊び」

「……オルセラが聖母とやってたの、絶対に遊びじゃなくて戦闘訓練だと思う」

そんなわけない、と思うけど。

よし、とりあえずこれで全部拾ったね。

私は集めた魔石五つを持ってタヌセラの所へ歩いていく。

狸の魔獣は急かすように尻尾をふりふり。

「すぐにあげるから落ち着いて。また怪我がうずいちゃうよ」

魔石を一つ与えると、タヌセラも私と同じレベル7になった。

「キュウ！　キュウ！」

（もっとください！　もう全部ください！）

がっつかないで。一気には無理でしょうが。

最後の魔石から魔力を吸いこむと、契約獣のレベルは8に。

……ついに私を抜いたよ、この子。

タヌセラが今日食べた魔石は、ウルガルダ二個とレギドラン七個。金額に換算するとたぶん百万ゼア近くになる。

昨日に引き続き今日も百万……。本当にお金のかかる狸だよ……。

当のタヌセラは満足げな表情。を見せたかと思ったら、私の前できちっとお座りをした。

（オルセラ、私、もっともっと強くなりますから。ちゃんとあなたの役に立てるくらい）

……まったく。その気持ちが分かってるから、私も何とかしてあげたくなっちゃうんだけどね。

それにしても、魔石全部食べたのにタヌセラの怪我は治らなかったな。

するとその傷を見ていたリムマイアが私の不安を取り除くように言った。

「これぐらいなら大丈夫だ。魔力も充分だし、町に着く頃にはほぼ完治してるだろう」

「そっか、よかった。じゃ、レジセネに戻ろう」

「……待った。オルセラ、まだ魔力はかなり残ってるだろ？　ついでにモノドラギスと戦っていかないか？」

「…………。いや、もうさすがに帰るよ」

＊

大型魔獣との戦闘はきっちり断り、ようやくレジセネの町に帰還した。リムマイアがまず魔石を換金したいと言うので、ゲート横の関所へ。

今更だけど、関所では各種手続きの他、魔石の換金なんかもできる。規模も相当なもので、実は連なっている数階建ての建物全てがそうみたいだ。大きいのも当然。皆は関所と呼んでいるけど、正式には世界戦線協会前線基地と言うんだって。

そんな大層な機関の統括者がエリザさんで大丈夫なのか、と少し思ってしまった。

その彼女はリムマイアの話を聞くなり絶句した。信じられないものでも見るように私の顔をまじまじと。

「……オルセラ、今日一人で、ウルガルダ二頭とレギドラン七頭を討伐したって、本当なの……？　昨日ここに来たばかりなのに……？」

「そうなんですよ、大変でした。何度死ぬかと思ったか」

私達の会話に、受付のある部屋（かなり広いよ）にいた職員や戦士が一斉に振り返った。

一瞬の静寂。そののち、関所を、いや、堰《せき》を切ったように大騒ぎに。おそらく全員が〈識別〉を使っていると思う。こちらを見ながら口々に叫んだ。

「転送二日目なのにもう魔獣を狩ってるんですって！」

「しかも一般クラスのままウルガルダやレギドランの群れを！」

「どうして【メイド】のまま戦ってるんだ！」

「ウルガルダの魔石をラクームに与えてるそうよ！　正気じゃないわ！」

「オルセラとその契約獣がタヌセラって……」

……やっぱりと言うべきか、私のやってることは大分おかしいらしい。

けど、ここまで注目されるとは。

タヌセラも嫌だよね？　あ、そうでもないか。逆に喜んでるみたいだ。

「キュー？　キュッキュッキュー」

(どうです？　私、レベル8なんですよ)

皆、自分の高レベルにびっくりしてるって思ってるんだ……。そっとしておいてあげよう。

場を静めるようにリムマイアがパンパンと手を打ち鳴らした。

「お前ら、ちょっとは口を慎め。このオルセラは、世界戦線協会理事ルクトレアの娘で、聖母オルディアの姪だぞ（私は逆だと思うが）」

彼女の言葉で、部屋は再び静寂に包まれた。

しばらくして沈黙の空気を破ったのはエリザさんだった。

「……冗談でしょ？　だって、この子メイドよ？」

「本当だ。そういえば、ルクトレアが娘にメイドやらせてるって噂になってなかったか？」

「噂してたの私達（関所職員一同）だわ！　じゃあオルセラ、様が……？」

「そう。聖母が密かに鍛えてたみたいだな。でなきゃ来ていきなりこんな戦果は出せないだろ」

とリムマイアは私の肩に手を置く。来ていきなり戦わせたのはリムマイアだけどね。

エリザさんはゆっくりと職員達の方を向いた。そして号令をかける。

「全員整列！」

揃って皆で深々とお辞儀をした。

「「「オルセラお嬢様、大変失礼いたしました。ご無事で何よりです」」」

それから、エリザさんは呆然と立っている戦士達をちらり。

「あなた達も謝っておいた方がいいんじゃない？　どこの国所属でもあの方達に睨まれたくはないでしょ」

その言葉で彼らの体にも電気が走ったようになった。同様にお辞儀。

「「「オルセラお嬢様、大変失礼いたしました」」」

「や、やめてください！　それほど失礼でもありませんでしたから！」

慌てて頭を上げてもらっていると、隣でタヌセラも恐縮しているのに気付いた。

（そこまでしていただかなくても！　確かに私はレベル８ですけど！）

……違うよ、タヌセラ。

人の気も知らないで、リムマイアは面白そうに展開を眺めている。どうしてくれるの、この状況……。

「お前の母は世界トップクラスの権力、伯母はトップクラスの腕力を持ってるから、まあこうなるよな。

おーい、オルセラは身分とか全く気にしない奴だから、普通の後輩戦士として扱ってやってくれ。ちなみに、こいつが【メイド】のままなのは伯母さんに憧れてるからだ。そっとしておいてあげてほしい」

全員に呼びかけながら、リムマイアは得意げな顔で視線を送ってきた。

そうか、固有魔法のことは明かせないから、別の理由付けを考えてくれたんだ。リムマイア、意外と機転が利く。

私はタヌセラを抱え上げると、皆の方に向かって。

「私のことは普通にオルセラと呼んでください。まだ来たばかりなので色々と教えてもらえると助かります。こっちのタヌセラもとてもいい子なので、どうぞよろしく」

「キュー。キュー」

（レベル8のタヌセラです。どうぞよろしく）

契約獣とセットで挨拶をすると一気に場が和んだ。

私達を囲むように先輩戦士達（主にお姉さん達）が集まってきてくれた。

「リムマイアは結構雑だから、困ったことがあったら言ってね」

「ラクームってよく見ると可愛いわ。撫でていい？」

よかった、何とか受け入れてもらえそう。タヌセラもでかした。

一方で、関所の職員達もほっとした表情を浮かべていた。エリザさんが大きめのため息を吐く。

「焦ったわ……。首が飛ぶかと思ったわよ」

「大袈裟ですよ」

「オルセラ、知らないの？　あなたの母上、協会の人材開発局局長も兼務していて全職員の人事権を握っているのよ。次期理事長の最有力候補ね」

「私のお母さん、権力への執着心が一際強いから……」

「……まったく、危ないところだったわ（大変な娘に手を出すところだった！　……でも、権力者の娘というのもそそられ……）」

エリザさんの顔を見つめていたリムマイアがボソッと呟いた。

「……マジで首が飛ぶぞ」

そうこうしている間に私達を囲む戦士の数はさらに増えてきた。

やっぱりお姉さん達が多い。とにかく、人なつっこいラクーム、タヌセラが人気だ。

この最弱の魔獣は森で見掛けることがあっても、警戒心が強く、近寄ったらすぐに逃げていくらしい。こんなふうに触れ合えることはないんだって。そもそも魔獣は契約を結ぶまでは、決して人間に心を許すことはない。

そう言われてみれば、契約前からやけに馴れ馴れしかったタヌセラはずいぶん変わった魔獣だと思う。

という話をしているとリムマイアが笑いながら。

「出会ったのがオルセラだからじゃないか？　一緒にいるうちに性格もうつったんだろ。それより皆、〈狸火〉が見たいって言ってるぞ」

「でもこんな室内で、しかも人が大勢いる場所で危険……、ではないか。小さな火だし、全員戦士だし。じゃあタヌセラ、〈狸火〉使ってくれる？」

「キュ。キューーン」

（お安いご用です。むしろ見ていただきたい）

だろうね、お願い。

タヌセラがくいっと顔を上げると、その視線の先に、ボボウ！　と炎が浮かび上がった。

あれ……、結構大きい。ちょっとしたたき火くらいあるよ。

そうか、レベルと魔力が上がったからだ。

契約獣は得意げな顔を向けてくる。

（今回はまだフルパワーじゃありません。力をセーブしています）

何その、私が本気を出すと危ないので、みたいな……。でも、これなら武器として充分に使えそうだね。

戦士のお姉さん達も感心したように〈狸火〉を眺めている。

「ラクームでもレベルを上げてやれば戦力になりそうね」

「私もラクームと契約しようかな」

「私はタヌセラと契約したいわ」

「そうだ、今日タヌセラは結構大変な目に遭ったんでしょ？　オルセラ、ヒールストーンをあげるわ」

と手渡されたのは綺麗な水色の小石だった。

あ、これは私も知ってる。

ヒールストーンは怪我の治療をする魔法〈ヒール〉が込められた消費型の魔法道具。私の家や勤めていた王城にも、緊急時に備えて常に置いてあった。そのお値段、なんと一個十万ゼア。

「貰えないよ！　こんな高価なもの！」

私が慌ててそう言うと、全員が同じ眼差しを向けてきた。あ、これも知ってる。「本当に貴族（公爵）令嬢？」だね……。

すると、今度はボーイッシュな戦士がヒールストーンを投げてよこした。

「アタシもやるよ。なんかオルセラを気に入った」

彼女に続いて「私も」「私も」と次々に。あっという間に、十個のヒールストーンが手元に集まった。

ひゃ、百万相当！

……まるでお菓子でもくれるように。やっぱり戦士の人達ってお金持ってるんだな。だからといって、いただいてしまっていいのかな……。

「もらっておけばいいわよ」

戸惑う私に背後から声が。振り返るとエリザさんが部下達をひき連れて立っていた。

「リムマイアは面倒見がいいようで実はかなり雑だから、うっかりしていると死ぬことになるわ。命の危険を感じたら迷わず治療なさい」

関所統括者の言葉に戦士達もうんうんと頷く。

これにリムマイアは当然黙っていられなかった。

「ヒールストーンなら私だってちゃんと持っていってたし！　オルタヌセラが危なくなったらすぐに使うつもりだったぞ！」

名前引っつけないで。私に渡しておいてくれなきゃすぐに使えないし、結構危ない時あったよ。

……今回はエリザさんと皆さんの方が正しいみたいだ。

私は戦士のお姉さん達に向かって頭を下げた。

「ありがとうございます。いざという時はこれで治療します。ほら、タヌセラもお礼を言って。怪我を治せる石をもらったんだよ」

「キュ。キュキュー」

（ありがとうございます。魔石にならないように頑張ります）

狸の魔獣がペコリとお辞儀すると歓声が起こった。

再びタヌセラが皆からもふもふされている間に、エリザさんがスーと私に近付いてくる。

「私達からはこれを贈るわ」

差し出された手には腕輪が。彼女はそれを私の手首に装着させながら説明を始めた。

「この腕輪には〈プラスシールド〉の魔法が付与されているの。半径五メートル以内の好きな場所に魔法の盾を出すことができるわ。今着ているプレートアーマーはいい物だけど、防具がそれだけじゃ心許ないでしょうから。私達職員からこれをプレゼントよ」

早速〈プラスシールド〉を発動させてみた。

私の目の前に半透明の板が浮かび上がる。

これ、動かせるかな？　念じると魔法の板は空中を泳いで移動した。なるほど、こちらも半径五メートル以内なら可能みたい。これならタヌセラも守ってあげられるね。

こんなに便利な魔法道具をくれるなんて……。

視線をやるとエリザさんはじめ職員一同が満面の笑みを湛えていた。

「それでちょっとお願いがあるんだけどー……、帰ったら母上に、私達は皆しっかり仕事をしていたって伝えてくれない？」

……この腕輪、賄賂だ。

まあでも、〈プラスシールド〉があれば断然戦いやすくなるし、安全性も高まる。もらっておこうかな。

「……お母さんには、皆さん真面目に職務をこなしていて、私にもとても親切にしてくれたと伝えます」

「「「よろしくお願いします！」」」

関所の全職員、心からのお願いは確かに私に届いた。

お母さんにも感謝しないと。お母さんが協会の人事権を掌握しておいてくれたおかげで、私は安全に戦えるようになったよ。

関所統括者としてのエリザさんの仕事はまだ残っていた。

リムマイアにツカツカと靴音をたてて詰め寄る。

「オルセラを死なせたら私達全員を敵に回すわよ！　雑にはならない！」

「わ、分かった。……ざ、雑にはならない」

治癒と防御の魔法道具を手に入れて改めて思う。

……私、よく生きて今日を乗り切ったな。

第四章　二人のエンドライン

～オルディア視点～


女王の執務室にて。私はついに、ミレディアにオルセラが実の姉であることを明かした。

すると彼女はどんよりとした表情に。

え、それって、どういう反応？

ミレディアは執務机に手を乗せ、しばし間を空ける。

「……つまり、オルセラは父様の子、ということですか？」

「そう、私とアルフレッドの子供だよ」

「いえ、母様の子だということは分かっていました。オルセラは母様の分身のようにそっくりですから。てっきり別の男性との間にできた子で、それでルクトレア様に引き取っていただいたのかと……」

……あ、確かに、そう考えちゃうのが自然か……。

さらに、この一件は多くの者が事情を知っていて、お願いして黙ってもらっている。すごくわけありな空気が流れていたと思う……。

ミレディアは今度は机の上で頭を抱えていた。

「そして、これを聞いてしまった私は、今までバカ……マヌケな従姉で通していたオルセラを、今後は姉様と呼ばなくてはならないということですね？」

……とても嫌そうだね。バカもマヌケも、どっちも結構ひどいよ？

どうしてこれほど性格の異なる娘達が生まれたのか。

オルセラは容姿から中身まで、本当に私の分身みたいだ。私はあそこまでそそっかしくないけど。

一方のミレディアは、父親譲りの金髪に、人形のように整った顔。物心ついた頃から責任感と決断力が備わっており、天性の女王と言う他ない。

二人共、私の〈聖母〉の力のせいで、大きな宿命を背負っているのは間違いないだろう。

私は母として少しでもこの子達の助けになりたい。

決心したようにミレディアは「よし」と呟いた。

「百万歩譲って、これからはオルセラを姉様と呼びましょう」

「そんなに譲らなきゃならないの？」

「それで、今になってこの事実を私に明かした理由は何です？」

「分かるでしょ、オルセラを助けるために協力してほしいんだよ」

「私もルクトレア様から話は伺っています。姉様は今日もどうにか生き延びるようじゃないですか。母様が遊びと偽って仕込んでおいたおかげで今後も大丈夫そうですし、あとはあちらのアスラシス様にお任せしていいのでは？」

その通りではあるんだけど……。

私が返答に詰まっている間に、ミレディアは席から立ち上がっていた。私の手を取り、部屋の扉へと促す。

「用事があって私はこれから出なければいけません。鍵をかけるので母様も出てください」

あえなく私は執務室から追い出されてしまった。

……もう、百パーセント実の姉妹だと分かったんだから、もっと親身になってくれてもいいでしょ。

廊下を歩きながら何か手立てがないか考える。

オルセラが転送されてから丸一日が経過した。当然私もルクトレアから情報は得ており、この前後のオルセラの状況は把握している。それによれば、確かにあの子は大丈夫そうだ。

だけど、未来のことに関しては確定しているとは言い難いんだよね。ルクトレアが予知で見るのは、あくまでも可能性の一つ。いくつものビジョンに彼女の観測経験が加わった予測が予知だ。だから（信頼はしているけど）絶対ではないし、思いもかけない方向に転ぶことだってあると思う。

何よりオルセラはそそっかしい……。

ミレディアの言うようにあっちにはアスラシスもいるんだけど、彼女もずっとオルセラを見ているわけにはいかないだろうし。

アスラシスは、このヴェルセ王国に所属するもう一人の人類最終戦線。

エンドラインが二人いるので、片方は王国防衛に、もう片方は前線に配置されている（某最高権力者によって）。人類も国も、両方守らなきゃならないのは理解できるけどね。

それで、アスラシスにはレジセネ拠点のトップを務めてもらっていた。

彼女はとても頼りになる。魔力は私の方があるけど、戦闘技術はあちらが断然上だから。何しろ私に戦い方を教えてくれたのがアスラシスだ。王国の戦死率を抑えられているのは彼女のおかげでもある。

「……あの子、昔は暗殺者だったのに。人って変わるものだ……」

出会った頃のことを思い出したせいか、私は無意識にしみじみ呟いていた。

アスラシスは、元は私を殺しにきた最強の刺客だったんだよね。懐かしいな……、あの時は本当に死ぬかと思ったよ……、アルフレッドが。

あれはそう、オルセラが生まれるより前、私が王妃になったばかりの頃の話。

――――。

結婚から間もなくアルフレッドが王位につくと、王妃となった私の〈聖母〉が国全体に広がった。

固有魔法〈聖母〉の効果は、私の育んだものは全て何だかいい感じになる、というもの。

元々、メイド時代のこの魔法の恩恵といえば、私の入れたお茶が何だかいい感じに美味しくなる、という程度だった。それが王妃となった現在は、王国中の全ての農作物、産業、商業……、とにかくあらゆるものを何だかいい感じにする魔法になってしまった。

結果、このヴェルセ王国の経済は、私が王妃になってからかつてない急成長を続けている。

もちろん国民は誰もが喜んでくれているよ。私を聖母オルディアと呼び、崇める宗教団体ができるほどだ。

ただ、それはあくまでも国内に限った話。

「はぁ……」

お茶を飲みながら思わずため息が出た。

別にお茶がまずいわけじゃない。お茶は私が自分で入れた〈聖母〉のお茶なので問題なく美味しいよ。原因は今聞いた報告にある。

「……ごめん、もう一回言って」

「だから、ナイフを隠し持っていた事務官を一人と、あなたの食事に毒を混入させようとしていたメイドを一人、捕縛したと言ったのよ。どちらも最近入ったばかりの人だったわ」

そう報告してきたのは、もうすぐ最高権力者の座につくであろうルクトレアだった。

私の親友であり、王国を発展させるために私とアルフレッドの出会いから結婚までを裏から全力サポートしてくれた彼女。私がその計画を全て知ったのは結婚が決まった後になる。

だけど、……王妃になったらこんな毎日が待ってるなんて聞いてないよ。

私は今、日々命を狙われる生活を送っている……。

「予知能力がなくても、こうなることは予想できたでしょ」

さも当たり前のようにルクトレアは言った。

できないよ……、できてたら私は王妃になる話をもっとよく考えた……。

国を発展させる私の〈聖母〉は、周囲の国々にとってはこの上なく邪魔だということだ。

私が死ねば固有魔法の効果も失われる。

なので、関係が良好ではないあの国やこの国が、関係が良好であるはずのあの国やこの国までが、こぞって暗殺者を送りこんでくる。……この世界は本当に恐ろしい。

もう一度ため息をつこうとしたその時、お茶をしている部屋の扉が勢いよく開いた。

「オルディア！　大丈夫か！　また二人も刺客が入りこんでいたと聞いたぞ！」

慌てた様子で飛びこんできたのは、私の夫で現国王のアルフレッドだ。

「心配ないよ、もう捕まったそうだから。今回は文官とメイドだったから大したことないし」

私の言葉で彼は安堵の表情に変わった。

慣れとはすごい。命を狙われて大したことないと言えるようになるなんて。

では大したことのある刺客とはどんなものか。怖いのは本職、すなわち戦闘クラスの暗殺者だ。いざとなれば力のごり押しで私の命を取りにくるのでたまったものじゃない。

警護のために私の周辺には、腕の立つ戦士達が配置されていた。全員がレベル20以上の【ウォリアー】や【シューター】だよ。治癒職の【ヒーラー】までいる。

王国でも主力に近い布陣で〈聖母〉を死守する構えだ。

夫のアルフレッドも、「もしもの時は俺が」と言ってくれている。あ、今日も剣を携えてきてるね。第一王子で王位の継承が運命づけられていただけに、彼も幼い頃から訓練を積まされてきた。

ちなみに、アルフレッドのクラスは【セイバー】でレベルは15だよ。

……もしもの時は俺が、なんてまったくもう。命を狙われ続ける日々だけど、悪いことばかりじゃない、かもしれない。

いや、それでも悪いことの方が圧倒的に多いか。毒を飲まされるのはごめんだし……。

主に毒を盛ろうとするとは、同じ【メイド】として許せない！

怒りのままにテーブルを、ドン！　と叩くと大きなへこみが。

……や、やってしまった。

アルフレッドとルクトレアが呆れたような眼差しを向けてくる。

「……ごめん、さっきまたレベルが上がったから」

固有魔法を維持する必要があるので、当然ながら私のクラスは【メイド】のままだ。それが今、ちょっと大変なことになっている……。

王国全土に〈聖母〉が適用されるようになってから、私に入る経験値が跳ね上がった。結婚時、私は【メイド】レベル2だった。

戦闘クラスと異なり、一般クラスはレベルの上がりが遅い。定年間際のメイドでレベルは7といったところ。それでも全身を覆う魔力は着実に増えており、肉体も補強されているので、十代二十代の子達より遥かにきびきび動ける。

屋敷に押し入った数人の強盗（いずれも刃物所持）を、おばあさんのメイドがモップ一本で撃退したという逸話が残っているほど。だからレベル7でも普通の人よりかなり強化されているんだよね。

そして、今の私のレベルはといえば……。

「オルディアって今、レベルいくつになってるの？　もう私の〈識別〉じゃ分からないんだけど」

ルクトレアが首を傾げていた。

なお、〈識別〉は相手の情報を読み取る魔法。戦闘クラス、一般クラス関係なく、自分よりレベルが上の者の情報は閲覧できない。

……もうこのお城で私を〈識別〉できる者は一人もいなくなった。私のレベルを知っているのは直接教えているアルフレッドだけなんだよね。

まあ、ルクトレアにも伝えておいていいか。

私は机に指で数字を書いた。

「嘘でしょ？　……机を叩き割る日も、そう遠くないわね」

失礼な予言をしたルクトレアは、「ちょっとよろしいですか？」とアルフレッドを部屋の隅に連れていく。

何？　私には内緒の話なの？

そんなことされたら逆に気になるじゃない。

私は普段魔力を抑えて生活しているんだけど、少しだけ引き出してみようかな。

耳に集中っと。お、聞こえた聞こえた。

「……まずいことになりました。あのアスラシスが雇われたようです」

「アスラシスか……、確かにまずいな。何か手立てを考えないと」

……名前からして女性っぽいけど、誰なんだろう？

結局二人は、私の前ではその人物に関して触れずじまいだった。

後日、気になって仕方ない私は護衛の戦士達に聞いてみることに。

「ねえ皆、アスラシスって知ってる？」

「オルディア様、どうしてその名を？　もちろん知っていますよ」

「伝説の暗殺者ですから。現れたのはまだ二年ほど前ですが」

「今まで一度も仕事をしくじったことがないそうです」

「狙われたら終わりだともっぱらの噂ですね」

……伝説の暗殺者。……狙われたら終わり。

た、大変なのがやって来る。

どうしよう。任せっきりじゃいけない気がする。私も何か対策を練った方が……。

などと思っていたその日の晩のこと。

私とアルフレッドは二人で夕食をとっていた。私達の食事は、毎回私が〈聖母〉の力で何だかいい感じに作る。アルフレッドは魔法の力がなくても私の料理が食べたいと言ってくれるんだけど。

まったくもう。

あと、現実問題として毒入りご飯は可能な限り避けたいというのもある。

食事を進めていてふと違和感が。

あれ？　今日はどこかいつもと場の雰囲気が違う気がする……？　アルフレッドは、いつも通り美味しそうに食べてくれてるね。

それから、部屋の入口に視線をやった。

……え？

扉の前で護衛の戦士達が倒れている。

どういうこと！　いったい誰が！

とその時、窓辺の暗がりに人が立っているのに気付いた。こちらに向かって静かに歩いてくる。

アルフレッドが傍らの剣を取り、席から立ち上がった。

「何者だ！」

「……アルフレッド、あれ……、アスラシスだよ」

私には〈識別〉でその人物の情報が見えていた。

表示された名前はアスラシスで、クラスは【サムライ】、レベルは４４。

よ！　４４！　英雄クラスの一歩手前じゃない！

そして気になったのが、当のアスラシスの外見だ。長い黒髪の、まだ十歳を過ぎたばかりであろう少女だった。

あの年齢であの高レベル！　ありえない！　ありえない人間が目の前にいる！

加えて彼女は珍しい武器を携えていた。独特の鍔《つば》をした曲剣、確か東方の戦士が使う刀というものだったろうか。そういえば【サムライ】というクラスも東方独自だね。

少女は刀を鞘から抜くと、歩みを止めて微笑みを浮かべた。

「驚きましたね、私が〈識別〉で見れないとは。あなた、いったいレベルいくつなんですか？　一応確認しますが、聖母オルディア様で間違いないですよね？」

「……そうだよ」

つい正直に返事をしてしまった。まあ、この時点で誤魔化しも通用しないだろうし。

それなら私も気になっていることを聞こう。

「そっちこそ、その若さでどうしてそんなにレベルが高いの？」

「私の家は代々暗殺を生業《なりわい》にしていまして。幼少から様々な訓練を積まされてきたんです。私は覚えがよかったので、特に成長も早かったんですよ。家業で場数も結構踏んでいますし。子供時分のあだ名がアシュラで、ああ、鬼神のことなんですけど、それで西方デビューの際にこの名前に変えました」

今も子供でしょ……。しかしなるほど、暗殺者一族の最高傑作みたいな感じなんだね。

それにしても、闇の住人なのによく喋るな。

私が訝しんでいるのが伝わったらしく、アスラシスはもう一度微笑む。

「私はサービス精神が旺盛なんです。きちんとおみやげを渡しますし、依頼を受けたのはオルディア様だけですが……」

話しながら彼女は刀を構えた。

「ご夫婦揃って送ってあげます」

そんなサービスいらないよ！　気前のいい暗殺者ってすごく怖い！

アルフレッドも剣を構え、私に視線を送ってくる。

「オルディア！　離れているんだ！　俺が相手になる！」

言われるままに距離を取ったものの、私の頭の中は何とかしなければという思いでいっぱいだった。レベル差と、肌で感じる圧倒的な魔力差。剣を交えればどうなるかは目に見えている。考えている時間などなかった。

アスラシスがスーッと体を沈ませる。

アルフレッドを助けなきゃ！

とっさに私は抑えていた魔力を全て解放し、二人に向かって駆け出していた。

この場で起こっていることが全部ゆっくりに見える。

繰り出される刀。反応できずに斬られる夫。

斬らせないよ！

寸前でどうにか私が間に合った。アスラシスの驚く顔が目に入る。

一度も人を殴ったことのない私は、体ごと彼女にぶつかった。

ドォン！

気付けば目の前から暗殺者の姿が消えている。視線を泳がせると石の壁に大きな穴が開いており、町の夜景がよく見えた。

「アルフレッド！　よかった無事で！　私もう必死で！」

「うん……、すごい、体当たり、だったな……」

……やっぱり、私があの子を外まで吹っ飛ばしてしまったんだろうか。

と無残に変わり果てた壁に目をやっていると、そこにシュタッとアスラシスが戻ってきた。

「……あなた本当に、レベルいくつなんですか？」

「えーと、……54。だったけど、今の体当たりで55になった」

「そうですか……。ちなみに、私も今ので45に上がりました」

〈識別〉で確認すると、言葉通り彼女もレベルアップしていた。

考え事をするようにアスラシスは外の景色を眺める。

「あなたを殺そうと思えばできるんですけど……。やめます。私をこの国で雇ってくれません？」

唐突な申し出に、私とアルフレッドは顔を見合わせた。

黒髪の少女は刀をしまうと、トコトコと私の前に。

「オルディア様に戦い方を教えてあげます。これから私と毎日手合わせをしてください。私の方も膨大な経験値をいただけますし」

「経験値って？」

「先ほどの体当たり一発で信じられない量の経験値が入ったんですよ。おそらく〈聖母〉の効果でしょう。きっと私達、一緒にいればどんどん強くなれますよ」

「えー……、私、別に強くなんて……」

アスラシスは先ほど同様に微笑みながら私の顔を覗きこむ。

「いいじゃないですか。もうすぐ誰もあなたを暗殺なんてできなくなりますよ」

「私もいいと思うわ」

声と共に部屋の扉が開き、ルクトレアが入ってきた。彼女は持参した紙切れをアスラシスに差し出す。

「契約書よ。とりあえずこの条件でどう？」

「まあ、結構な厚待遇ですね」

「あくまでも当面の間よ。私が軍部の実権を握ったら、あなたには私に次ぐポストを用意する」

「まあ、素晴らしい。……あなたがルクトレア様ですね。お会いしたかったです」

「ふふ、あなた本当に暗殺に来たのかしら？」

「ふふ、全てお見通しですか」

私とアルフレッドが呆然と眺める前で、ルクトレアとアスラシスは笑い合っていた。

何、この状況……。ルクトレアなんて、まるでこうなることが分かっていたみたいに……、あ！

「ルクトレア！　この未来が見えてたでしょ！」

「事前にちゃんと伝えておいたじゃない。目的は売りこみだったけど」

……………。なるほど、開いた口が塞がらないっていうのはこういうことを言うのか。いつかのご令嬢達の気持ちが分かった気がする（どうもすみませんの件）。

私が口を開けたまま立っていると、アスラシスが話し始めた。

「ヴェルセ王国ほど有望な国はありませんよ。未来が見える最高指導者と、国を急速に発展させる王妃がいるのですから。旧暦時代なら大陸を統一できたほどです。私もしっかりお役に立ってみせますよ。とりあえずオルディア様、二人でエンドライン入りを目指しましょうか？」

……私、これからどうなっていくんだろう。

――――。

……当時の私に教えてあげたい。

私はあれから割とすぐに世界最強の一人になった。

アスラシスもその一人だし、頭の回転も速い。私だって彼女に任せておけばオルセラは大丈夫だとは思うんだけど、気になる不安要素が結構あるんだよね。面倒見のいい師匠は実はちょっと雑っぽいし、契約獣は最弱の魔獣。

やっぱりせめてオルセラのドジを補う何かがほしい。

何か、ドジを補う何か……。

頭を悩ませていると、行く手を阻むように、廊下の真ん中に一人の女性が立っていた。鮮やかな赤髪に、スラリとした体形。

もちろん私はこの子を知ってる。オルセラの先輩メイドで今は戦士のユイリスだ。

彼女は早速用件を切り出してきた。

「オルディア様、緊急用の転送魔法道具を私に使わせてください」

「オルセラを追いかけるつもり？　あの子ならもう心配ないよ。ルクトレアが大丈夫な未来を見たから」

……私も心配だからこうして悩んでるんだけど。周囲を不安にもさせたくないし。

ユイリスの気持ちは嬉しいけど、今のこの子を一人で行かせるなんてできない。ちょっと厳しめのことを言っちゃうよ、ごめんね。

「それに、送るならもっとレベルの高い戦士にするよ。転送水晶はとても高価だし、あなたに使うわけにはいかない」

き、厳しすぎたかな！

と思っていたら、彼女は準備していたようにすぐに反論してきた。

「ですが、私はオルセラと四年間一緒に仕事をしてきました。あの子がドジを踏みそうなところは大体分かります。私ならそれを未然に防ぎ、適切なサポートが可能です」

「私が欲していたもの！　まさに適任だ！」

……しまった、つい本音が。

でも実際、ユイリスを送るわけにはいかない。期待の新人なんだから。

この子のクラスは【セイバー】で、レベルは6。

半年の訓練でここまで成長する戦士はまずいない。通常はレベル2か3まで、才能がある人でも4だ。6なんて前代未聞なんだよね。加えて、発現したのが反則のような固有魔法。

メイドの頃もよく仕事のできる子だと思っていたけど、彼女の真価はこっちだった。だからこそ、ユイリスは時間をかけて丁寧に育てなきゃならない。

さらにつっぱねようとしたその時、廊下の向こうからミレディアが歩いてくるのが見えた。

「私も適任だと思います。ユイリス、これを使うといい」

そう言って彼女は透き通った水晶玉を取り出す。

「転送水晶じゃない！　いくら女王でも無断で持ち出しちゃダメでしょ！」

慌てる私にミレディアは冷静な眼差し。

「母様、これは私が自分の金で入手したものです」

……なんて落ち着いてるの。私、本当にこの子を産んだのかな。

だけど自分の金って、貯金のほとんどを使っちゃったんじゃない？　ここまでするなんて……。

オルセラがドジでマヌケな従姉だろうが実の姉だろうが、ミレディアなりに何とか助けようとしてたってことか。

まったく、この子ったら。さすが私の産んだ子。

「それでもやっぱり認められない。転送水晶は一人用なんだよ」

「ユイリスなら大丈夫です。私は彼女の才能は、アスラシス様に並ぶほどだと思っています。必ず姉様の力になってくれますよ」

確信めいた言葉には妙に説得力があった。

なぜか抗《あらが》い難《がた》い。く、天性の女王たる所以か。

でもやっぱりレベルがねー……。

……アスラシスに並ぶほど、か。じゃあ、〈聖母〉の力を使って、私が付きっきりで鍛えたら何とかなるかな？

私はミレディアの手から水晶玉を摘まみ上げた。

「分かったよ、ただし条件がある。一週間私の訓練に耐え、レベルを8まで上げること。途中で弱音を吐いたりレベルが達しなかった場合、この水晶は渡さない。かなりきついよ。どうする？」

ふふ、これは気後れしちゃうかな。

「やります」

ユイリスはまっすぐな眼差しで迷うことなく即答していた。

そ、そう？　じゃあやろうか。

なぜか逆に私の方が気後れする……。世界最強の一人なのに。

第五章　メイド、雑な師匠に鍛えられる。

すごい……、私、運搬戦士になったみたい！

私は今、角竜種モノドラギスの背に乗って森の中を疾走していた。

昨日の訓練（という名のガチ実戦）終わりに、リムマイアは確かに言った。この魔獣と戦ってみないかと。

あれから一夜明け、私は当然のように体長十五メートルあるこの巨竜と戦わせられている。つまり、現在私が乗っているのは野生のモノドラギス。正真正銘、敵の魔獣だ。

戦闘開始後すぐに、一番の死角である背中を取ることができた。それからは振り落とされないように必死にしがみつき、今に至る。

角竜が背後の私をギロリと睨んできた。

まるで、「下りろ！」と言わんばかりだね。そりゃそうか。悪いけど、従うわけにはいかないよ。

上半身を起こし、剣を振り上げたその時だった。

モノドラギスが結構な大きさの木に突進。これをへし折った。

葉っぱやら木の枝やら木材やらが私にビシバシ当たる。

いたたたた！　やめてー！

しかし、角竜はさらに木への体当たりを繰り返す。

……あっちも必死か。命のやり取りだもんね。

……もう決着をつけさせてもらうよ。

今度こそしっかり剣をモノドラギスの背に突き刺した。

「〈サンダーウエポン〉――!」

刃から雷を流しこむと魔獣は動きを止める。

地面に倒れる瞬間に、私は跳び上がって衝撃を回避。横腹に着地し、起き上がろうとするモノドラギスにもう一度〈サンダーウエポン〉を流しこんだ。

バリバリバリバリバリッ!

やっぱり二発必要だったか……。

これだけ大きな魔獣を仕留めるには、今の私にはこの方法しかないんだけど。

頭を悩ませながら、転がっている魔石を拾った。

向こうからリムマイアとタヌセラが駆けてくるのが見える。

「よくやった! これでもうオルセラはサフィドナの森の魔獣にやられることはないだろう。私が多少雑になっても死なない」

最後のはたぶん、ここにはいないエリザさんに向けてかな。

そう言った後に、リムマイアは思い出したように振り返った。

「森に棲息《せいそく》してる奴は大丈夫だろうが、たまに上から襲ってくるから気を付けろ」

「上からって何……。ところで、こういう大型魔獣って皆どうやって倒してるの？　やっぱり背中に乗って？」

「普通ここで狩りをしてるレベルの戦士は、オルセラみたいに乗れない。魔獣の方も警戒してるからな。遠距離近距離、色々な魔法を駆使してちょっとずつ削っていくんだ」

「それだと一日にちょっとしか狩れなくない？」

「だから、モノドラギスやウルガルダはチームで一日に一、二頭狩れたら充分なんだ。それ、四十万前後になるし」

とリムマイアは私の持つ魔石を指さした。

……そうだったんだ。当り前のように連続で戦わせられてるから、それが普通だと思ってたよ……。もう今更だからいいけど。

「じゃあ、ベテランの戦士達はどうしてるの？」

「急所を狙うのが常道だな。私のようにリーチの長い武器じゃない場合は魔法で補う」

なるほど、やっぱり魔法なんだ。

私はレベル7になってあと一つ魔法を入れられそうな余裕ができた。できれば大型魔獣にも対抗できる魔法がほしいんだけど、そのためにはお金がいる。

固有魔法で誰かのいらなくなった魔法を呼べたとしても、望むものが来るとは限らないし（そもそも魔法を狙って呼べるかも怪しいし）。度々リムマイアに出してもらうのも申し訳ないし。なので、……お金がいるんだよ。

ちらりと視線をやると、タヌセラがじっと魔石を見つめていた。

ところが、狸の魔獣はすぐにそっぽを向く。

あれ……？

（オルセラが今、お金が欲しくてたまらないのは分かっています。私は今日は……、我慢します）

この子がこんなことを言う（思う）なんて……。

レベルだけじゃなく、精神的にも成長してるんだね。

「あ、そうだ、タヌセラ」

呼びかけると契約獣はギュンと振り返った。

「キュキュッ！」

（やっぱりくれるんですか！）

「………、魔石じゃなくて。今からだけど、いける？」

すると途端にタヌセラは硬直した。

実は今朝、この子が言ってきたんだよね。レギドランに昨日のリベンジがしたいって。一匹で戦うのはまだ早い気がするんだけど。

「キ、キュー」

（や、やれます）

……本当に大丈夫？

――。

走竜種レギドランと対峙する獣竜種ラクーム、タヌセラ。

生まれ持った戦闘力の差はあまりにも大きい。レギドランの体長は二メートルで獲物を裂くのに適した鋭い牙と爪を持っている。一方のラクームは体長四十センチほどで、その牙と爪は鋭いと表現するのも躊躇われるほどだ。

だけど、あちらはレベル2なのに対し、タヌセラはレベル8。

魔力の量も断然こっちが上だし、勝機はあるよ。頑張れ、タヌセラ！

私達が戦っているのは六頭からなるレギドランの群れだった。

リムマイアは例によって木の上に潜伏。

私は契約獣が一対一になれるように、他の竜達を牽制している。

腕輪に付与された魔法、〈プラスシールド〉がとても役立っていた。半径五メートル以内ならどこにでも出現、移動させられるので、まるで私が二人いるように敵の動きを阻《はば》める。

それにしてもタヌセラ、勇敢に飛びかかっていった昨日とは違って、今日はどこか慎重だな。もしかして緊張してる？

昨日は必死な状況だったし、改めてとなると仕方ないのかも。

「そうそう、タヌセラが倒した敵の魔石はもちろん自分で食べていいからね」

私の言葉に契約獣はまたもギュンと振り向く。

（倒した敵の魔石、全部ですか……？）

「ぜ、全部だよ」

「キュ――――――ッ！」

え！　タヌセラの魔力の質が一気に高まっていく！

襲いかかってきたレギドランの爪を、タヌセラは軽やかなステップで避けた。

即座に地面を蹴って竜に体当たり、というより頭突きをお見舞い。

ズドーン！

牙も爪も届かないなら、確かにこれしかないとも言える！　そしてただの頭突きが結構な威力だ！

弾き飛ばされたレギドランは大地に横たわっていた。

間髪を容れずにタヌセラは〈狸火〉を発射。続けざまにもう一発。

激しく燃え上がった竜が魔石に変わるや、契約獣は私に視線をよこす。

（オルセラ！　次お願いします！）

は、はいどうぞ！

再び一対一になると、タヌセラは左右に素早く動いて相手を攪乱《かくらん》する。からの頭突き。〈狸火〉、さらに〈狸火〉。

レギドラン、あっという間に魔石と化す。

（オルセラ！　次を！）

頭突き。〈狸火〉、〈狸火〉。

（次を！）

ズドーン！　ボボウ！　ボボウ！

（次！）

ズドーン！　ボボウ！　ボボウ！

（次！）

「もうあと一頭だよ……。自分で行って。ちょっと待った！　行っちゃダメ！　もう〈狸火〉一回撃てるかどうかでしょ！　魔力が残り少ないせいで能力も下がってるよ！」

引き止める私に、タヌセラはキリリとした表情を返してきた。

（〈狸火〉がなくても頭突きがあります。能力が下がっているなら気合で補えばいいのです！）

「キュ――――ッ！（突撃――――っ！）」

ズドーン！　ズドーン！　ズドーン！　ズドーン！

昨日は一頭も倒せなかったのに……。

……この子、案外すごく強くなるんじゃない？

目の前に並んだ六つの魔石を眺め、タヌセラは至福の表情を浮かべていた。

嬉しい気持ちは分かるけど、怪我の治療が先だよ。

最後のレギドランとの戦闘で無茶をしたこの子は、かなりの反撃を受けてしまった。傷の具合は決して浅くない。

私は取り出したヒールストーンをタヌセラの頭に乗っけた。すぐに柔らかな光が契約獣を包みこむ。怪我は見る見る完治し、なぜか全身の毛並みも艶やかになった。

（すごいです！　あっという間に傷が！　あと体調もすこぶるよくなりました！）

証明するようにピョンと跳ねるタヌセラ。

そういえば、軽い病気ならヒールストーン一個で治せるって聞いたことがある。さすが十万ゼアの小石だ。

タヌセラは改めて魔石の前に座り直した。

「キュキュッ。キューイ？」

（健康になったらがぜん食欲が湧いてきました。食べていいですか？）

「どうぞ、召し上がれ」

一気にたいらげるかと思いきや、タヌセラは一個一個ゆっくり食べていく。

（自分の力で手に入れた魔石は格別です！）

確かに一匹で倒すのは初めてだもんね。存分に味わうといいよ。

意気揚々と食べていたタヌセラだが、途中でその口が止まった。突然、目から涙を溢れさせる。

「ど！　どうしたの！」

（……私は、気付いたらこの姿で森の中にいました。そして自分の立場を理解した時に訪れたのは、絶望。私はただ他の魔獣の糧になるためだけの存在なのかと……。でも、あなたと出会って運命は変わりました。こんな日が来るなんて思いもしませんでした。……オルセラ、私なんかと契約して

くれて、本当にありがとう）

……この子が私を必死に守ろうとしたり、とにかく強くなろうとするのは、私に恩返しをしたいからなのかな……？

おや？　タヌセラの頭から湯気が。

「……照れるなら言わなきゃいいのに」

「クキュー……」

（思ったより恥ずかしかったです……）

お礼を言うべきなのは私の方かもしれない。すごくいい魔獣と巡り合えた気がする。

と思っていると、魔石を食べていたタヌセラのレベルが9に上がった。ちなみに、契約獣は自分よりレベルが上でも〈識別〉で見られるよ。

（また私が先に行ってしまってすみません。オルセラ、早く私に追いついてくださいね）

………………。お礼はいいや。

先ほどのレギドランとの戦闘で、私はレベル7から8になった。

そうそう、それでリムマイアに確認したいことがあったんだ。とっくに戦いは終わってるのに、どうして出てこないんだろ？

振り返ると彼女はすぐそこに立っていた。微笑ましいものでも見るような眼差し。

「なんか、邪魔しちゃ悪い気がして」

「気配まで絶ってお気遣いどうも……。教えてほしいんだけど、もしかして契約獣が倒した敵の経験値って私にも入ったりするの？」

「というより、オルセラにしか入らない。魔獣がレベルを上げる手段は魔石を食べる以外にないから」

「そうだったんだ、じゃあちゃんと魔石あげないといけないね」

「お前はちゃんとあげてると思うぞ。むしろあげすぎだ」

リムマイアは魔石を完食したタヌセラの元へ。その毛に手を埋める。

「おお……、ヒールストーンのおかげでつやつやのふわふわだな。触ってて気持ちいい。私の契約獣もこんなにもふもふだったらよかったのに」

「え、リムマイアってもう契約獣いるの？　一度も見てないけど」

「ちょっと面倒な奴だからあまり呼ばないようにしてるんだ。あいつと解約して私も毛のあるのと契約し直そうかな」

そう言って彼女はタヌセラを撫でる速度を一層上げる。

ふーん、契約獣って必要に応じて呼べたりもするんだ。それにしても、ちょっと面倒っていったいどんな魔獣なんだろ。

私もタヌセラの頭を撫でながら。

「リムマイアももふもふの契約獣がほしくなったってさ」

（でしたらぜひラクームを！　私の仲間を増やしてください！）

「いやいや、さすがにラクームはない。最弱だし」

「……だってさ」

「…………、クッ！」

それならもう触らせません！　と言うように契約獣は後ろに跳んだ。

この後、私はさらにモノドラギスとウルガルダを一頭ずつ狩った。

百万以上稼いだところで町への帰路に。

帰り道、リムマイアはずっと口を尖らせていた。

「まだ魔力には余裕があるだろ。もうちょっと頑張らないか？」

「充分頑張ったよ。……余裕のある時に引き上げないとどうなるか、私は昨日身に沁《し》みた」

レジセネの町に着くと、まずは魔石を換金するために関所へと向かった。

しかし、建物に入る前に昨日の戦士達から呼び止められ、可愛がられる羽目に。もちろん言葉通りの意味で、タヌセラが、だよ。

「この子！　今日一匹でレギドランの群れを討伐したんだって！」

お姉さん達にモフられる狸の魔獣。

「私もマジでラクームと契約しようかな」

「私はマジでタヌセラと契約したいわ」

「ヒールストーンで上質な毛並みに……」

「オルセラ、ヒールストーンを一個使っちゃったんでしょ？　私のを分けてあげる」

「い、いいんですか？　ありがとうございます」

治癒の魔法道具は補充され、再び十個になった。

タヌセラもよかったね。本当に仲間が増えそうじゃない？

お姉さん達がタヌセラの魔力（魅力）の虜《とりこ》になっているので、とりあえず魔石を換金しにいくことに。関所の入口に足を向けたその時だった。

突然、私の横の壁が内側から押されるように膨らむ。

ドンッ！

空気を震わせる凄まじい爆発。

爆風で吹き飛ばされた私を、回りこんだリムマイアがキャッチしてくれた。

「ななな何事！　私どうして爆撃されたの！」

「いや、巻きこまれただけだろ」

二人で新たにできた入口から中の様子を窺った。

どうやらやったのは受付に詰め寄っている女の子らしい。かなりの美少女で、髪を両サイドで二つにくくっている。そして、物々しい重装備。背中に大きなボウガンを二つも背負っていた。

彼女を見たリムマイアが、やっぱりな、といった感じで呟く。

「あいつの名はメルポリー、人間兵器と呼ばれてる奴だ」

に、人間兵器……？

私とリムマイアは受付にいるメルポリーさんの元へ。

少し距離を置いて様子を窺う。

受付は対応していた職員の人からエリザさんに代わっていた。なだめるように彼女は手をパタパタさせる。

「メ、メルポリー、冷静に。爆発させちゃダメよ」

「だから、しっかり探してと言ってる。彼の名前がないわけない！」

とメルポリーさんは怒りのままに手元にあったペンを投げた。

ペンはまっすぐ私に向かって飛んでくる。

な、何かやばい気がする！　あのペンから危険な魔力を感じるような……。……そうだ、さっき
エリザさんは確かに言った。爆発させちゃダメって！

〈プラスシールド〉発動！

ボンッ！

慌てて出した魔法の盾に触れるや、ペンは突然爆発を起こした。

ほんとに爆発した！　危なかったー！

隣のリムマイアが興奮気味に。

「すごいぞオルセラ！　よく防いだ！」

「……あの人の力、何なの？」

「メルポリーのクラスは【シューター】、レベルは47な。その固有魔法は、〈放ったものが爆発する〉だ」

「…………。まるで悪魔みたいな能力だね」

人間兵器って呼ばれるわけだ……。

あの背中にある大量の矢も全て爆発させるってことでしょ。大変な火力じゃない……。すごく可愛い子なのに、何とも恐ろしい固有魔法に目覚めたものだ。

私同様、リムマイアも困った人を見るような目で彼女を眺めていた。

「あいつな、怒ると物を手当たり次第に投げる癖があるんだ……。そして、怒るとつい固有魔法を使ってしまう癖がある……」

イコール、怒ると手当たり次第に周囲を爆破する癖がある、と。間違いない。メルポリーさんはとても困った人だ。

それで、どうして彼女はそんなに怒ってるんだろう？

「もう一回見て！　絶対あるから！」

メルポリーさんが今度はペン入れ（十本ほどペンが入ってるよ）に手を伸ばす。

阻止するべくエリザさんもペン入れを掴んだ。

「これはやめて！　建物が崩壊する！　探したけど本当にないのよ！」

「そんなはずない！　手紙には二日前に転送されると書いてあった！」

「だとしたら、残念だけど……」

「………、そんなはず、ない！」

……二日前？

私が転送されてきたのと同じ日だ。

その時、メルポリーさんが首につけているペンダントが目に入った。

あ、これと一緒……。

私はポケットからチェーン紐のペンダントを取り出した。リボルバーが出て来た後、〈人がいらなくなったものを呼び寄せる〉を連発していて現れたあれだよ。捨てるわけにもいかず、ずっと持っていたんだよね……。

メルポリーさんはそれまでと一転して押し黙ってしまっていた。

私はゆっくりと彼女の隣へ。

「あの、もしかしてこれ……、ご存じじゃないですか？」

「それ！　どこでそのペンダントを！」

「これは私の魔法で」

言いかけると、即座にリムマイアが「待った」をかけた。

「エリザ、部屋を貸してくれ」

「いいけど、爆破しないようにちゃんと見張っててよ……」

リムマイアの機転で、私達は関所の個室に移動することになった。

部屋に入るなり、早速リムマイアが尋ねる。

「メルポリー、そのペンダントは何なんだ？」

「これは私達兄弟の証し」

「兄弟って、孤児院のか？」

「そう、全員が同じ物を持ってる」

「……そういうことか。お前の言いつけを破って志願した奴がいたんだな？」

「うん、一番年の近い弟が私に黙って……」

今のでリムマイアは事情が分かったらしい。改めて私にも説明してくれた。

孤児院で育ったメルポリーさんは、経営の苦しい院を支えるために戦士となったそうだ。幸いにも彼女は戦闘の才と固有魔法に恵まれ、かなりの収入を得られるようになった。

孤児院は潤い、教育など充分な支援を受けられるようになった他の子供達は、各々好きな道に進むことが可能になったんだって。

「だけど、戦士にだけはならないように言ってる。私はたまたま運がよかっただけで、この世界で生き残るのがどれほど大変か知ってるから」

メルポリーさんはしみじみと呟いた。私の手からペンダントを受け取ると、それを見つめながら言葉を続ける。

「二日前に到着するはずだった弟は、ずっと私と一緒に戦いたいと言っていた。ついに私には内緒で事を進めたみたい。私の事情は分かったはず。どうしてあなたがこのペンダントを持ってるのか教えて」

私が視線を向けるとリムマイアは、仕方ないだろ、といった顔を返してきた。

私は、自分の固有魔法のことから、ウルガルダと戦闘中のチームに遭遇したことまで、全てを話した。そして、おそらく大事なものであるそのペンダントが私の所に来たということは、もう持ち主はこの世を去っているだろうということも。

「……そう。…………。……オルセラ、といったか、ペンダントを持っていてくれてありがとう」

メルポリーさんは無理矢理に自分を納得させたみたいに見えた。それから、ペンダントに語りかけるように小さく「バカ……」と。

その後、彼女はエリザさん達に謝って帰っていった。

固有魔法〈人がいらなくなったものを呼び寄せる〉は、私の意思だけじゃなく、元の所有者の意思も介在する余地があると思う。

……もしかしたら、あのペンダント、メルポリーさんに届けてほしかったのかな？

魔石を換金してもらいながら、ふとそんな気がした。

今更ながら、戦士それぞれに抱えているものがあるのだと実感する。

「弟さん、メルポリーさん一人を戦いにいかせてることが申し訳なくて、何とか力になりたかったんだね、きっと」

私の言葉にリムマイアは「それだけじゃない気がするがな」と言った。

「まあ、オルセラにはまだ早いか」

「どういうこと？　私達、同い年でしょ……。そういえば、リムマイアも孤児院で育ったんだよね？」

「私のとこはメルポリーの孤児院とは大分違うが。まあ、そのうち話してやる。オルセラの使ってるその剣と鎧にも関係することだし」

「まさかこの装備、すごい物だったりするの？」

「ああ、すごい。私の国の公爵令嬢が金にものを言わせて作った武具だからな」

なんか、ろくでもない感じがする……。

リムマイアは時折、とても同い年に見えない時がある。ただの経験の差、だけなのかな。

見つめていると、彼女は何かを思い出したように「あ」と。

「オルセラ、もしかしたら私、その剣に付与されてる魔法、教えてないかも……」

……何だって？

＊

リムマイアの話を聞き終わった私は、まず自分の剣を抜いた。剣先を見つめながら強く念じ、実際に口にも出して唱える。

「〈プラスソード〉！」

すると剣全体を覆うように、長さ一メートルほどの魔法の刃が出来上がっていた。

確認した私はゆっくりとリムマイアの方に視線を向ける。

「剣！　伸びるじゃない！」

「伸びる。どうやら伝え忘れていたようだな」

「こんな魔法が宿っているならちゃんと教えておいてくれないと！」

「いや、悪い悪い」

「……ざ、雑か」

ちなみに、私達はまだ関所のエントランスにいて、用意されている待合席で話しこんでいた。

受付の中を移動してエリザさんがこちらへ。

「言ったでしょ。リムマイアは雑なのよ」

これに周りの職員や戦士が、うんうん、と一斉に相槌を打つ。

……甘く見ていた、リムマイアの雑さを。

この〈プラスソード〉があれば、昨日も今日も、もっと楽に戦えたよ……。死にそうになることもなかったかも。

いや、切り替えよう。生きているうちに知れただけでもよしとするべきだ。たった今、大型魔獣に通用する魔法が新たに一つ手に入ったと思えばいい。

「さ、魔石の換金も済んだし、ご飯を買って帰ろうか」

「おお、なんか晴れやかだなオルセラ」

リムマイアと一緒に関所の外に出ると、そこには人だかりが。よく見えないけど、たぶん中心にいるのはタヌセラだ。

傍に寄っていくと、二人の女性の話す声が聞こえてきた。

「このラクーム、すごく可愛いわね」

「ですよね。〈識別〉で分かる通り、オルセラって子の契約獣なんです」

「噂の【メイド】よね……。そういえば〈識別〉で見えたんだけど、あなた、レベル16なのね。私はレベル21の【シューター】よ。よかったら、今度一緒に狩りに行かない？」

「格上の遠距離職！　すごく助かります！　ぜひ！」

「よろしくね。しっかり援護するから」

なるほど、ああやってチームを組んだりするんだね。私の噂ってのが気になるけど、タヌセラが皆に好かれていて、その役にも立ってるみたいでよかったよ。

「リムマイア、見た？　私の契約獣がチーム結成に貢献したよ」

「……見た。タヌセラの力で私にも仲間ができるだろうか」

ちょっと待って！　リムマイアにチーム組まれたら私が困る！

彼女は人だかりに向かって腕を組む。

「私はレベル８６の【ベルセレス】だ。誰か私とチームを組まないか？」

静まり返る戦士達。

その後、ササーと全員が場を離れ始める。

「俺にはもう仲間が……」

「皆に相談しないと……」

「リムマイアはちょっと……」

「リムマイアだしな……」

そうして狸の魔獣だけが残った。

……心配する必要なかった。ほらタヌセラ、帰るよ。

「なんだよ！」

リムマイアが力任せに地団駄を踏むと、グラッと少し地面が揺れた。

そもそも、どうしてリムマイアはチームを組んでもらえないんだろう？　雑なところはあっても相当頼りになるのに。皆からも嫌われてるような雰囲気じゃない。むしろ好かれてるよね？

考えているとタヌセラが鼻先で私の脚を突ついてきた。

「キュー。キュー」

（お腹が空きました。早く行きましょう）

「そうだね、行こう。あれ？　タヌセラ、また毛並みがよくなってない？」

（皆さんにいっぱい触られたら、体が軽くなりました）

もふられすぎて血行がよくなったらしい。

町の大通りに入ると、私はポンと腰の道具入れを叩いた。

「今日は私が支払うね。リムマイアもタヌセラも、食べたいの言って」

「豪気だな、じゃ今日はケーキをホール買いしよう。二万くらいするぞ？」

「大丈夫だよ、稼ぎが百万以上あったの見てたでしょ」

「キュ！　キュキュー！」

（肉まん！　肉まん十個買ってくださいオルセラ！）

はいはい……。

買い物を終えた私達はリムマイアの家に帰宅。いつも通り二階のテラスで購入した食べ物を広げた。肉まん以外にも、ハンバーガーやホットドッグなど、私の大好きなジャンクフードが並ぶ。

私も今日は食べたいものばかり買っちゃったよ。美味しそう！

「ほんと、公爵令嬢っぽくないな……。そうだ、その剣と鎧はもうオルセラにやるよ」

装備を外す私を眺めながらリムマイアが言った。

「いいの？」

「いいよ、持つべき者の元に行った感じだし」

「持つべき者って？」

尋ねると彼女は紙に、『公爵令嬢→私→公爵令嬢』と書いた。

……ああそう。

さっきちょっとだけ聞いたんだけど、この剣と鎧は、元はミッシェルさんというリムマイアの友人である公爵令嬢の持ち物だったんだって。そのミッシェルさんも今は公爵家の当主となり、国でリムマイアを支えてくれているらしい。

メルポリーさんについて知った時に思ったのは、戦士の状況は所属する国によって大分違うということ。

きちんと支援してくれる人がいるのって、やっぱり大事なんだな。

リムマイアは思い立ったようにまた紙に何かを書き始めていた。

「オルセラの現在の装備を書き出してみた。見ろ、ろくでもないぞ」

『オルセラ　【メイド】　レベル8
装備一覧

公爵令嬢が金にものをいわせて作った剣
公爵令嬢が金にものをいわせて作った鎧
拾得物の銃
賄賂の腕輪』
……私の装備、確かにろくでもない。
現実から目を背けると、タヌセラが肉まんを咥えて家の中に入っていくのが見えた。
「タヌセラ、それ、どこに持っていくの？」
「モファ、モファファファ」
（お腹いっぱいになったので、誰にも見つからない場所に隠しておくんです）
これをリムマイアに告げるや、彼女は慌てて狸の魔獣を捕まえた。
「やめろ！　絶対に隠したの忘れて腐らせるから！」
リムマイアにとって、家ってこだわりのある大事な場所なんだよね。
さすがにそこは雑になれなかったみたいだ。

第六章　メイド、上位魔獣に遭遇する。

転送されてから四日目の朝を迎えた。

森に入る前に、今日もまず買い物をしていくことに。

昨日、私の剣には〈プラスソード〉の魔法が宿っていると分かった。ほしかった大型魔獣にも通用する魔法は手に入ったわけだけど、他にも必要なものがある。

何と言っても、空になっているリボルバーの銃弾だ。この魔法武器は私の魔力を必要としないので、いざという時の生命線になる。

というわけで、マジックな銃器を扱っているお店へ向かった。

並ぶ商品の価格を見た私は驚きを隠せなかった。

魔法が付与された銃弾は、安いものでも一発二万ゼアする。やっぱり魔力を消費せずに使えるのでものすごく高価みたい……。

ちなみに、私のリボルバーに最初から入っていた弾はとてもいいものだった。しばらく継続して燃える〈カースファイア〉なる魔法が宿っていて、値段はなんと一発八十万。

そりゃそうだよね……、一発でウルガルダやモノドラギスを仕留めちゃうんだもん……。

さすがに〈カースファイア〉弾は買えないので、私は二万の銃弾を十発と十万のちょっとお高めのやつを二発購入した。それと練習用の通常弾ね。森の中で試し撃ちして腕を磨くことにしたよ。

「……本当に、戦士ってお金がかかる」

銃器店を出ながら私がそう言うと、隣でリムマイアが笑った。

「一番金を使うのは、銃をメイン武器にしてる【シューター】だ。確かに強いんだけど、下手すると赤字になる。やってるのはかっこつけな奴ばかりだな、はは」

ふーん、ロマンって感じなのかな。私は節約したいし、緊急用にしよう。

装備の買い物は銃弾だけで、あとはいつも通り食べ物の調達だ。

飲食店の並ぶ通りに足を向けると、前を歩いていたタヌセラが振り返った。

(オルセラに一つ言っておくことがあります)

急にどうしたの？

何だか凛々しい空気を纏ってるし、もしかして強くなってきて戦力としての自覚が芽生え始めたのかも。

「キュ、キュキュー」

(肉まんだけは、買い忘れないように気を付けてください)

……気のせいだった。

この狸、昨日あんなに食べたのに飽きないんだね。リムマイアによって肉まんの取り置きを禁止されたタヌセラは、結局一匹で十個全てをたいらげた。まあ飽きないのなら買ってあげるけど。

肉まんの他、適当に美味しそうなものを見繕った。あ、ハンバーガーは外せないよね。

じっと私の顔を見つめるリムマイア。

「オルセラ、昨日あんなにハンバーガー食べてたのに飽きないんだな」

「……うん、飽きない」

必要なものを買い揃えた私達はゲートへと向かった。

その森との境界に到着してみるとやけに騒がしい。関所から職員の皆さんが出てきて、戦士達に何かを呼びかけていた。

私達の所にもエリザさんが駆けてくる。

「今日はサフィドナの森に入らない方がいいわよ」

「どうしたんですか？」

「ついさっきメルポリーが、魔獣に復讐する、って行っちゃったのよ……」

それって、普通に魔獣を狩るということでは？　どうしてそれで立入禁止になるんだろ。

と思っていると、リムマイアが「まずいな」と言った。

「何がまずいの？」

「メルポリーの狩りはとにかく派手だ」

「固有魔法が〈放ったものが爆発する〉だからね。でも、さすがに人を巻きこんだりはしないでしょ？（私は巻きこまれたけど）」

「あいつだって平常心の時はそれくらいの分別はある。まずいのは、そのせいで余計な奴を呼ぶかもしれないってことだ」

「余計な奴？」

「飛竜種、あるいは、鳥竜種な」

この言葉を受けてエリザさんが補足の説明をする。

「サフィドナの森で派手に立ち回ったり大きな魔力を使ったりするとね、上空を飛行中の、もしくは台地の上にいるのがちょっかいを出してくることがあるのよ」

話によると、サフィドナの森ではレベル１０台後半、２０台の戦士達も狩りをするらしい。

そんなベテランでも気を付けなければならないことが二つある。一つが魔獣の密集するデッドゾーン。そしてもう一つが、件の突然襲いくる飛竜種や鳥竜種だ。これらの魔獣はとても巨大で基本的に高レベルなので、ベテランのチームでも全滅の危険があるんだとか。

そもそも当のメルポリーさんはたった一人で大丈夫なんだろうか……。

森に目をやると、ちょうど遠くの方で爆発が起こった。

それを見ていた戦士のお姉さん達がくるりと踵を返す。

「今日は無理だわ。お休みにしましょ」

「そうね。あら、タヌセラがいるわ」

狩りを断念した戦士達は気を紛らわせるようにタヌセラをもふり出した。

……こんなベテランの人達でも中止にするんだから、私達もやめておくべきだよね。

「じゃあ、私達も今日はお休みに」

「何言ってんだ。行くぞ」

私の意見を即却下してリムマイアはずんずんゲートに歩いていく。

「…………。……行くの？」

「行く。心配すんな、もし上から襲ってきても私が対処するから」

……うっかり雑になって、私やタヌセラが食べられたり、しないよね？

森に入った私達は、最初に出会ったモノドラギスと戦うことになった。

遠くから時折聞こえる爆発音。それに誘われて空からやって来るかもしれない強い魔獣。気になることは色々とあったけど、今はこの戦闘に集中することにした。

私もタヌセラも、まだこの大型魔獣を相手に余裕をかませる立場にはない。

そう、今回はタヌセラも一緒に戦う。

睨み合う体長四十センチの狸と体長十五メートルの一角竜。

回りこむようにタヌセラが横へと駆け出した。

（私をただのラクームと思わないことです。もうレベル9なんですから！〈狸火〉！）

「キュー！」

タヌセラの火炎放射を受け、モノドラギスは身を竦ませる。

昨日のレギドラン戦の後にレベルが上がっているので、〈狸火〉の威力はさらに増していた。もうこの森最大の魔獣にも通用するほどだ。

ただのラクームじゃないことは相手にも充分に伝わったらしい。

モノドラギスは警戒するようにじりじりとタヌセラとの距離を詰めていく。数メートルの所まで近付くと、不意に一角竜は得意の突進攻撃に。

「私もいるんだよ！」

一匹と一頭の間に〈プラスシールド〉を展開した。

巨竜の体当たりで魔法の盾は砕け散ったものの、その突撃を遅らせることには成功する。この間に契約獣は易々と回避。

突進が空を切ったモノドラギスが停止後に振り向く。

私はすでに、その頭の下で剣を構えていた。

振り抜くと同時に〈プラスソード〉を発動。伸びた刃が一角竜の首を裂いた。

巨体が大地に崩れ、程なく塵と化す。

魔石を拾いながら、私は消費した魔力を確認した。

……〈サンダーボルト〉一発分も使ってない。タヌセラと〈プラスソード〉のおかげで急所を狙えたからずいぶん節約できたね。一気に戦力が増えたみたいだ。これならまだまだ戦えそう。

「タヌセラ、もう一頭、大型のいこうか。次の魔石はあげるよ」

「キューイ！　キュキューイ！」

(行きましょう！　今度は私、すごい〈狸火〉出しちゃいますよ！)

……テンションが段違いじゃない。気持ちは分かるけど。

「じゃあ、次の魔獣を探しに移動しようか」

視線を向けるとリムマイアは、メルポリーさんがいるであろう爆発音が聞こえてくる方を見つめていた。

「リムマイア？」

「あ、悪い悪い。えーと、大型魔獣をバッサバッサいっちゃうんだったな」

「言ってないし、雑か。とりあえずもう一頭、って言ったんだよ」

移動を開始した私達はすぐにウルガルダと遭遇した。こちらも、やる気まんまんのタヌセラと連携して討伐する。

恍惚とした表情で魔石を食す契約獣を眺めていたら、レギドランの群れが現れたので撃退。

その後、ゴツゴツした鱗に覆われた体長五メートルほどのドラゴンが二頭で襲いかかってきた。

剣で斬りつけるも……。

ギィイン！

「……石を叩いたみたい。なんて硬さだ」

〈識別〉で見てみると、この魔獣は鎧竜種のブロドトンというらしい。

……こんな敵もいるのか。動きは遅いからあまり怖くはないけど、倒すのは骨が折れそう……。

すると、タヌセラから提言が。

〈私の炎が有効かもしれません〉

実際、その通りだった。一頭はタヌセラの〈狸火〉三発で、もう一頭は私の〈サンダーボルト〉二発で仕留めることができた。

ブロドトンの魔石の取引価格は十万前後とのこと。魔力の消費量を考えると、ちょっと割に合わない魔獣だと思う。

「鎧竜種は大体硬いから魔法で倒すのが定石なんだよ。その魔石を契約獣に食べさせると体が丈夫になるとかで、それ目的で狩る奴も多いな」

リムマイアがそう教えてくれたので、ブロドトンの魔石は二つともタヌセラにあげることにした。

狸は嬉々として瞬く間にたいらげる。

(何だか私の毛も丈夫になった気がします)

ん？　待って、この子の毛がゴワゴワになったりしたら戦士のお姉さん達ががっかりするかもしれない。慌てて毛の中に手を埋めると、いつも通りふんわり柔らかな感触。

「気のせいだよ」

それにしても、吸収する魔力によって成長が変わってくるなんて面白いね。じゃあ、走竜種の魔石を食べればスピードが上がるってことなのかな？　あ、タヌセラはレギドランの魔石を結構食べてるから素早いのか。

契約獣を育てるって奥が深いな。楽しいと言えなくもない。タヌセラはどんどんレベルが上がるし……。

ついさっき、私の契約獣はレベル10になった。

先輩方によると私も上がるのは早いらしいけど。やっぱり一般クラスだから？　……いや、それだけ戦ってる気がする。タヌセラにあまり差をつけられたくないし、私もレベルアップまで頑張ろうかな。

「オルセラ、今日はもう帰るぞ」

私は耳を疑った。そう言ったのは、普段は限界まで戦わせようとするリムマイアだったのだから。

彼女はまたメルポリーさんのいる方角を気にしていた。

「あいつ、荒れまくってる。これは確実に上から来るな。巻きこまれるのもやっぱ面倒だし撤収しよう」

「メルポリーさんは大丈夫なの？」

「やばくなったら自分で逃げるくらいはできるさ。他の奴とは違うから。あいつは戦士になってまだ二年も経ってないんだよ」

「え……？　でも確か、レベルは４７って」

「そう。つまりメルポリーは通常の戦士の十年以上に二年弱で追いついたってことだ。それだけ素質がある」

たった二年で英雄クラス目前まで……、大変な才能だ。だったら本当に心配なんてしなくていいのかもしれない。

だけど、昨日の別れ際のメルポリーさんの様子が気になった。

……今、彼女を放っておいたら危ない。

「リムマイア、メルポリーさんの所に行こう」

「私が帰ろうって言ってるのに、どうしてオルセラが行きたがるんだ？　完全にいつもと逆だろ」

そうなんだけど……。

私なんかが駆けつけても、何の役にも立たないのは分かってる。でも、幸いここには英雄クラス超えの戦士がいる。

急いでリムマイアを連れていかないと、取り返しのつかない事態になる気がするんだよ。

＊

森を走っていると、前方に二羽、いや、二頭の竜が降り立つのが見えた。

どちらも同じ種類で、竜の頭部と体に、鳥のような翼を持っている。サイズは体長十五メートルのモノドラギスより少し大きいくらいだろうか。

だけど、その内に秘めたる魔力は角竜とは比べものにならない気がする。

「リ、リムマイア、何なの、あの魔獣」

隣を駆ける師匠に視線をやった。彼女にしては珍しく、やや険しい表情になっている。

「鳥竜種のシャロゴルテだ。まさか二頭来るとは……。……メルポリー、ちゃんと逃げろよ」

そう、あの二頭が舞い降りたのはメルポリーさんがいるであろう場所だ。

そこでたて続けに大きな爆発が起こった。

リムマイアがその茶色の髪をわしわしとかく。

「あのバカ！　戦う気か！　一人で勝てる相手じゃないのは分かるだろ！」

……私は、こうなることが分かってたんだと思う。

昨日、別れ際のメルポリーさんから感じた嫌な予感。自暴自棄というか、どこか投げやりになっている印象を受けた。

きっと、守ろうとしていたものを失ったのがこたえてるんだ。

彼女はたぶん、もうこの戦争に嫌気がさしてる。

私達がメルポリーさんの姿を捉えた時、彼女は二つの連射式ボウガンを撃ちまくっていた。放たれた矢はシャロゴルテ達に当たるなり次々に爆発。

シュドドドドドドドドドンッ！

す、凄まじい……。本当に人間兵器みたいな人だ……。

でも、爆発の威力が弱まってきてる。魔力が尽きかけてるんだ！　まずい！

攻撃が緩んだ隙を突いて鳥竜の一頭が高々とジャンプ。後脚（前脚はない）の鋭い鉤爪をメルポリーさんに向けて振り下ろす。

とっさに私は一頭と一人の間に走りこんでいた。

迫りくる爪に〈サンダーボルト〉を放つも勢いを少し弱めただけ。

リボルバーを抜いて引き金を絞る。発射された二万ゼアの〈ファイアボール〉弾が燃え上がり、そこに遅れて駆けつけたタヌセラが〈狸火〉を重ねた。

二段重ねの炎に、シャロゴルテは翼を羽ばたかせて後方に退く。

「ありがとうタヌセラ！　助かったよ！」

「キュキュ！　キュー……イ……」

（オルセラが無茶をするのは分かっていますので！　ですがこの魔獣……、私達では到底敵いそうにないですね……）

そうだね……、まず無理だ……。

私達の全力の攻撃でも牽制程度にしかなってないんだから。だけど逃げるわけにはいかないよ。

こんな状態のメルポリーさんをおいて。

魔力をほぼ使い切ってしまったらしく、彼女は地面に膝をついている。

額に汗を浮かべながら、メルポリーさんは私の顔を見上げた。

「オルセラ……、どうして……？」

「メルポリーさん、死んじゃダメです。……失った人は戻ってきませんけど、メルポリーさんにはまだ守るべき人達がいるんじゃないですか？」

「私の守るべき……、……そうだった」

どうやら彼女は孤児院の皆のことを思い出したようだ。

昨日の関所での様子からそんな気はしていたけど、彼女は一つのことに囚われると周囲が見えなくなるらしい。

私は鳥竜達に向かって剣を構えた。

「私にそのペンダントを託した人も、絶対にメルポリーさんには死んでほしくないと思っているはずです。だから、私は絶対にあなたを助けます！」

「オルセラ……」

私はあの人（達）を見捨てて一人だけ逃げた……。だからせめて、その願いだけは必ず叶える！

とタヌセラが注意を促すように私の足をつついてくる。

（そうは言ってもオルセラ、先ほども言ったように私達の敵う相手ではありませんよ。ほらあれ）

二頭のシャロゴルテは揃って口を大きく開き、その目の前には強力な冷気の塊が浮かんでいた。

「キューキュー」

（あれは私の〈狸火〉とは比べものにならないほどの魔力が込められた魔法です）

「わざわざご指摘どうも。見れば分かるよ」

一発でも防ぎようがないのに、あんなの二発も同時に撃たれたら……！　助けるも何も私にはどうしようもなかった！

二門の冷却砲が発射された。

木々や草花を瞬時に凍てつかせながら私達に迫る。

ところが、私達の背後から放たれた雷の波動がこれとぶつかり、相殺。

私のより遥かに大きな雷撃……。

振り返るとリムマイアが大槍を構えて立っていた。

……リムマイア、助けてくれるのを期待していたけど。……すごいギリギリだった。

視線をやるとタヌセラも頷いて同意する。

（危うく冷凍狸になる寸前でした……）

リムマイアは私の所まで歩いてくるとじっと顔を見つめる。

それから、私の髪をくしゃっと雑に撫でた。

「ちょ、ちょっと、何?」

「はは、オルセラお前、やっぱりいいぞ。本当に気に入った」

よく分からないけど、リムマイアはずいぶん嬉しそうにこう言った。そして、大槍をブンッと一度大きく振って鳥竜達の方に足を進める。

「後で私の話を聞いてくれないか? とりあえずここは……、私が引き受けた」


対戦相手が代わったことで鳥竜達はより慎重になっているようだった。

……私達二人と一匹より、リムマイア一人の方が怖いってこと?

私の疑問が伝わったらしく、タヌセラがフーと息を吐いた。

「キュ、キュキュー……」

(当然ですよ、メルポリーさんは魔力を使い果たしていますし、私達オルタヌセラは戦力的にいないも同然、空気なんですから……)

全くその通りだけど、自分で言ってて悲しくならない……?

さっきまで地面に膝をついていたメルポリーさんは、もう立つのを諦めて普通に座ってしまっている。水筒を取り出し、本格的に休憩し始めた。

「リムマイアがやってくれるなら終わったも同然。オルセラも座るといい。リンゴジュース、飲む?」

「それ、リンゴジュースなんですか……」

「魔法（道具の）瓶だから冷たくて美味しい」

「今、そういう甘いのはいいです……」

「キュッ！　キュッ！」

（私！　飲みたいです！）

専用の水入れでジュースを飲むタヌセラを眺めつつ、私も仕方なく草地に腰を下ろした。

観戦する私達に、リムマイアが呆れ果てたような視線を送ってくる。

「のんびりしすぎだろ、別にいいが。オルセラ、せっかくだから私の本気を少しだけ見せてやる」

「本気って？」

「〈戦闘狂〉を使う。こいつら相手なら出力は五分の一くらいだな」

「……暴走して私達を攻撃してきたりしない？」

「お前の中で私の魔法はどんなイメージだ……。この程度なら完全に制御できる」

リムマイアの〈戦闘狂〉はどれだけ理性を奪われても基本的に敵味方の区別はつくみたい。理性や戦闘後の疲労と引き換えに、一時的に魔力量と身体能力を上昇させる固有魔法のようだ。

リムマイアが〈戦闘狂〉を発動させると、そろそろ襲いかかろうかと様子を窺っていたシャロゴルテ達が硬直した。

それは私も同じだった。

こ、これで、五分の一なの……？

私にはリムマイアの正確な実力なんて分からないけど、通常時でも大変な魔力量だってのは分かる。それが今、たぶん倍以上にまで増えた……。

全力で使えばこの五倍ってこと？

……リムマイアはこれまで私の固有魔法を散々やばいって言ってきたけど、やばいのはそっちじゃない……。

リムマイアは固まっている二頭の鳥竜に目をやった。

「これでも多かったか。弟子に力を見せると約束したからな、悪いが……、逃がさないぞ？」

魔獣達の心中を見透かしたように彼女はニヤッと笑った。

……なぜか、すごく邪悪な笑みに見える。

覚悟を決めたらしく、シャロゴルテ達は揃って地面を蹴った。

対するリムマイアは大槍を一振り。

すると、発生した雷の大波が森の木々ごと鳥竜達を空高く吹き飛ばした。

なんて破壊力！　私の〈サンダースラッシュ〉とは規模が違う！

大技を放ったリムマイアは振り返って私を見る。

「今のは〈サンダーウェーブ〉な。オルセラもサンダー系魔法をⅡまで使えるようになれば習得できるぞ。じゃあまあ、そこでゆっくり観戦してろ」

そう言った直後、彼女の姿は目の前から消えた。

え、どこに……？

視線を彷徨わせると、もう上空に飛ばされたシャロゴルテの真上に移動していた。

大槍を薙ぎ、雷の斬撃で一頭を森に叩き落とす。

あれが〈サンダースラッシュ〉の上位互換かな？　やっぱり私のとは込められてる魔力が違いすぎるね……。

そのままリムマイアは魔法で作った半透明の板に乗って空中に留まっている。

「あれは〈ステップ〉という魔法」

メルポリーさんがクッキーなんかのお菓子を食べながらそう教えてくれた。言われた通り本当にのんびりしている。

彼女はお菓子の入った包みを私の前にずずいと。

「オルセラも、食べる？」

「いえ、ジュースよりもっと無理です……。喉を通りません……」

……やけに私に勧めてくるね。あ、タヌセラまたもらってる。これは後で歯磨きだな。

上空ではリムマイアが大槍に雷を纏わせてシャロゴルテと戦っていた。さっきまでのように大技は使わず、攻め急ぐこともない。

おかげで鳥竜も何とか凌げているんだけど、どうしてあんな戦い方をしてるの……？

一緒に空での戦闘を眺めていたメルポリーさんがポツリと。

「あれ、たぶん肩慣らし」

「肩慣らし、ですか？」

「そう、上位魔獣との戦闘で後れをとらないための。リムマイアはまるで格下みたいに扱ってるけど、シャロゴルテはかなり強く、厄介な相手。何しろ、私がたった今殺されそうになったくらいだから」

言いつつメルポリーさんはクッキーをもぐもぐ食べる。

とてもたった今殺されそうになった人には見えない……。彼女は相当なメンタルの持ち主だ。

だけどそういえば、リムマイアは最近は私に付きっきりでこの森の魔獣としか戦っていなかった。ちょっと申し訳ない気がする……。あんなに強い戦士なんだから、本来は実力に見合った仲間達といるべきなんだろう。

「あのメルポリーさん、どうしてリムマイアに仲間ができないか知っていますか？」

「知っている。答は、あれ」

と彼女は戦闘中のリムマイアを指さした。

「…………？　どういうことです？」

「リムマイアと一緒に戦っていると嫌でも思い知らされるから。格の違いというやつを。それは、レベル、センス、殺気、覇気、あらゆる面で。チームを組めば痛感させられ、次第に耐え切れなくなる。だから、リムマイアは皆から好かれていながらも、頻繁に追放処分を受けている」

「そうだったんですね……。でも少し戦いの才能があるだけで」

「少しじゃない」

メルポリーさんはすぐに私の言葉を遮った。そのままどこか悔しそうな表情で話を続ける。

「リムマイアは私には才能があると言ってくれるけど、素直に受け取れない。あっちは転送からたった一年でレベル５０に到達したんだから」

戦士にとってレベル５０は一つの頂と言われている。辿り着くのに幾度もの死線を越えなければならず、その先は急激に上がりが遅くなるため。

多くの戦士にとっての目標地点であり、ゆえに到達した者は英雄と呼ばれる。

「だけど、リムマイアは通過点のように易々と乗り越え、その後もレベルを上げ続けている。二、三年以内にエンドライン入りするのが確実と言われるほど」

そうだ……、もうレベル８６なんだから、レベル１００の人類最終戦線の入口は見えている。しかもまだ十五歳だなんてすごいことだ。

私はもう一度、上空のリムマイアに視線をやった。

「エンドラインって基本的に単独行動ですよね？　リムマイアもあんなに強いなら仲間は必要ないんじゃ……」

「私もそう思う。契約獣だって恐ろしく強いから。でも、リムマイアはなぜかずっと仲間を探し続けている」

そう言った直後に、突然メルポリーさんは森の方を向いた。それから、「非常にまずい」と呟く。

私もそちらに視線を移し、すぐに状況は理解できた。

……確かに、これは非常にまずい。

先ほど森に叩き落とされたシャロゴルテが、私達に向かってまっすぐ飛んでくる。まるで忍び足のような、魔力を抑えた低空飛行。

私達を捕捉した鳥竜の目がキラリと光った。

タヌセラの全身の毛が一斉に逆立つ。

（あ！　あれは私達を人質にするつもりではないでしょうか！）

わ！　私もそんな気がする！

ところが、私達に迫ってきていたシャロゴルテが、突如として空中で停止した。

鳥竜の後方に目をやると、そこにはいつの間にかリムマイアの姿が。彼女の掌からは何本もの魔力の紐が伸びている。その先端はシャロゴルテの胴や翼など、全身に引っ付いていた。

あの紐で後ろから引っ張ってるってことなんだろうけど、魔獣との体格差からすれば驚くべき光景だ……！

と隣を見ると、メルポリーさんは特に驚いた様子もなくお菓子を食べている。

「……リムマイアのあの魔法は何なんですか？」

「〈マジックロープ〉という割と初歩の便利魔法。同時に複数本を出せるのもすごいけど、あの一本一本に相当な魔力が込められてる。あんな魔法で上位魔獣の動きを止めるなんて、まさに驚くべき光景」

いえ、言うほど驚いてないですよね？

リムマイアは紐の束を引いてシャロゴルテをのけ反らせると、立っていた〈ステップ〉の足場から跳んだ。鳥竜の巨体に飛び蹴りを食らわし、そのまま地面に叩きつける。

魔獣を上から踏みつける格好で狂戦士の少女は語りかけ始めた。

「お前ら、二頭で行動してるから絶対に何かしてくると思ったぞ。別に卑怯と言うつもりはないが。命を懸けた戦いだから相手の弱点を狙うのは当然だ。あいつらはこの上ない弱点だしな」

リムマイアは私達にちらっと視線を寄こして笑みを浮かべた。

失礼だな！　まったくその通りだけど！

「お前は後で相手してやるから少し待ってろ。これをやろう」

リムマイアが手をかざすと、雷の網がシャロゴルテの全身を包みこむ。すぐに密着して一気に締めつけた。

唸り声を上げながらもがく鳥竜を尻目に、彼女は再び空中の足場に戻る。

ふと、思い出したようにこちらを振り返った。

「これは〈サンダージェイル〉だ。発動してる間は意識が乱れて魔法も使えなくなるから安心しろ」

そう言い残して、リムマイアはもう一頭の元へ駆けていった。

……助かった。今回はリムマイアが雑になってなくてよかったよ……。

私とタヌセラは顔を見合わせ、揃って胸を撫で下ろす。

しかし、メルポリーさんはどこか不満そうな表情をしていた。

「あのままこいつを仕留めればいいものを。リムマイアめ、オルセラに余裕のあるとこを見せたいのか？　こんなものを目の前に置いていかれた私達の気持ちを考えろ。…………、オルセラ、そのリボルバーの魔法弾をちょっと見せて」

「え……、はい、どうぞ」

求められるままに銃弾を手渡した。

それから、電流の網でがんじがらめになっているシャロゴルテに目を向ける。

どうにか逃れようと必死で暴れる鳥竜。

……た、確かに、こんな荒れ狂う上位魔獣が目の前にいたら怖くて仕方ない。

この拘束魔法はあれだけ余裕を見せていたリムマイアが張ったものだから、まさか破られたりはしないいんだろうけど……。

「キューン……、キュキュー？」

（うーん……、あそこ少しほつれてないですか？）

タヌセラが鼻先で指し示した箇所は網目がやや大きくなっているように見える。

いやいや、まさか。最初からあんな感じだったよ。

と言おうとしたら、その隣の網目がバチッと弾け飛んだ。

「……メルポリーさん、この〈サンダージェイル〉、大丈夫ですよね？」

「どうだろ。ただ一つ言えるのは、シャロゴルテが自由になって一度でも攻撃してきたら、私達は全員死ぬということ」

「そうなる前にきっとまたリムマイアが……」

「リムマイアは基本的に雑。さっきのはたまたまだと思う」

「…………、……い、今すぐここから逃げましょう」

「その必要はない。オルセラがこの魔獣を倒してしまえばいい」

そう言ってメルポリーさんは一発の銃弾を摘まみ上げた。

それは私が奮発して買った、二つの十万ゼア弾の一つ。風属性の〈エアカッター・ラッシュ〉が込められた弾丸だ。魔法としては中位の結構下の方で、とてもこんな上位魔獣を倒しきる威力はないと思う。

率直にこう意見を述べると、メルポリーさんは胸を張った。

「心配ない、私が力を貸す。私のメイン武器はこのボウガンじゃない。習得している魔法」

「それってつまり……、放った魔法も爆発させられるってことですか？」

「そう、特に相性がいいのは火と風。あと、私が接触した人が放ったものも爆発させられる」

だとしたら、メルポリーさんの固有魔法は思っていたよりずっと高性能だ。自分だけじゃなく、仲間の撃つ全ての魔法に爆発の威力を加えられるんだから。

「まず私が【シューター】として、オルセラに遠距離武器の使い方を教えてあげる」

メルポリーさんはリボルバーを握った私に手取り足取り教えてくれた。

にしてもやけに密着してくるけど……。ううん、それだけ熱心に指導してくれているんだよね。

私はこの時になって初めて、銃器のどの部分に魔力を流せば威力が高まるか、銃弾自体に魔力を集中させれば込められた魔法の威力を上げられること、などを知った。

かなり大事なことなのに、リムマイアは何一つ教えてくれてないな……。

不慣れながらも、私はどうにかリボルバーに魔力を纏わせた。

「最初にしては上出来。じゃあ私は残りの全魔力を固有魔法に込めてオルセラに送る」

私にかぶさるようにメルポリーさんは後ろから抱きついてきた。

こ、こんなに密着するの？　ううん、きっと固有魔法の発動に必要なんだよね。

準備が整い、雷の網の中でもがくシャロゴルテに銃口を向けた。ふと、無抵抗な相手を撃つ何とも言えない罪悪感が。

背後に引っ付いているメルポリーさんにも私の迷いが伝わったらしい。

「普通に攻撃していいと思う。あの魔獣とは現在戦闘中で、一時的に魔法で隙をつくっただけ。言ってみれば、オルセラが〈サンダーボルト〉で動きを止めているのと同じ状態」

「あ、確かにそうですね。リムマイアがあまりにも簡単に長時間、無力化させちゃったから……」

「それに余裕をかましてる場合でもないよ。見て」

促されて視線をやると、シャロゴルテを封じている〈サンダージェイル〉の網目が、バチッバチッと次々に弾けていく。

あわわわわわわ！　本当に余裕をかましてる場合じゃなかった！

私の耳元でメルポリーさんが囁く。

「一度でも攻撃されたら、私達は全員死ぬ」

「や、やります！　撃ちます！」

改めてリボルバーを構えると引き金に指を当てた。

後ろのメルポリーさんから魔法が流れこむのが伝わってくる。そして、彼女は叫んだ。

「〈爆発するエアカッター・ラッシュ〉弾、発射！」

「は！　発射ーっ！」

ドンッ！

シュバババババババッ！

ボボボボボボボボボンッ！

着弾と同時に、無数の風の刃が鳥竜の巨体を切りつける。さらに風刃は本来の攻撃直後に爆発。放ったのはたった一発の弾丸。しかし、シャロゴルテはまるで四方八方から集中砲火を浴びているようだった。

攻撃が止むと、魔獣は地響きと共に大地に横たわった。

……大変な破壊力だ。

たぶん効いているのは、風魔法よりメルポリーさんが付与した爆発だよね。もう立つのも辛い状態なのに、ここまでの威力を出せるなんて。やっぱりこの人も他の戦士達とは違うんだ。

振り返ろうとしたその時。私の背中に抱きついていたメルポリーさんはふらーっと倒れ出す。

彼女が美少女だからだろうか、その様がやけにゆっくりに見える。おかげでタヌセラが下に滑りこんでクッションになるのが間に合った。

「なんてもふもふ……、ありがとう、狸。……それより、敵はまだ塵に変わっていない。オルセラ、ありったけの魔力を叩きこめ。

……一度でも攻撃されたら、私達は全員死ぬ……」

そう言い残してメルポリーさんは意識を失った。

私は契約獣と顔を見合わせる。

一人と一匹の間に、メルポリーさんの最後の言葉がくるくると舞っていた。

「やるよ！　タヌセラ！」

（はい！　オルセラ！）

私は剣を抜いて魔力の刃を作り上げる。

タヌセラは目の前に炎を浮かべて発射態勢に。

「〈サンダースラッシュ〉！　〈サンダースラッシュ〉！　〈サンダースラッシュ〉！　────」

（〈狸火〉！　〈狸火〉！　〈狸火〉！　────）

ドドドドドドドドド────！

この時、私はただただ必死で、罪悪感を感じている余裕なんて全くなかった。私とタヌセラの心にあったのは、死にたくない。この思いだけ。

シャロゴルテの体が塵になると、私は【メイド】レベル8から一気にレベル11まで上がった。

地獄の戦場に転送されて四日目。メイドの通常業務を百歳まで続けても絶対辿り着けない領域に、私は足を踏み入れることになった。

第七章　メイド、闇の魔獣に試される。

私はシャロゴルテの魔石を拾い上げ、これをじっと見つめた。

……この魔石、換金したらいったいいくらになるんだろう？　台地の上にいる上位魔獣だから、この森にいる敵のものよりずっと高額だよね？

ん……？

気付くとタヌセラも魔石を凝視していた。

（……大丈夫です、分かっています。私がいただけるような代物ではないということは。……それ食べたら私の背中に翼が生えるかもしれませんけど）

そんな突然変異みたいな進化は起こらないでしょ……。めちゃ欲しいんじゃない。

上空に目を向けると、ちょうどリムマイアもう一頭のシャロゴルテを雷の斬撃で仕留めるところだった。出現した魔石を空中でキャッチし、こちらに戻ってくる。

「人の獲物を横取りしたらダメだろ、オルセラ」

「横取りしたくてしたんじゃないよ……。あと少しでリムマイアの〈サンダージェイル〉が解除されて、私達全員やられちゃうとこだったんだから」

「何言ってんだ、あの魔法はまだまだ大丈夫だったんだぞ。ちなみに、途中で網目が弾けていくのは仕様で、全てが解けるまで効果は完全に持続する」

「それ、先に言っておいて……」

「だがまあ、よく倒したものだ。銃やメルポリーの助けがあったとはいえ、な。私達の中でも、転送四日目で上位魔獣を狩った奴なんていないぞ」

そう笑いながらリムマイアは倒れているメルポリーさんの傍らに行き、「たぶんこいつに発破をかけられたんだろうが」とその顔を覗きこんだ。

図星だよ……。彼女は爆発させる能力だけに発破をかけるのも得意みたい。

けどリムマイアが今言った、私達の中、とはどういうことだろう。英雄クラスの人達の中でも、って意味かな？

考えているうちに、リムマイアにつっつかれてメルポリーさんが目を覚ました。

まず私の顔を見て、それから〈識別〉で上がっているレベルを確認したと思う。

「オルセラ、よかった……。絶対、オルセラなら倒せると思った」

立ち上がろうとしたメルポリーさんだが、ふらっとよろめく。

危ない、まだ魔力はほとんど空の状態なんだ。

私が抱き止めると、彼女はしがみつくように強く抱きついてきた。

「メ、メルポリーさん……？」

見ていたリムマイアがため息まじりに。

「メルポリー、さっき銃を撃つ時もオルセラに抱きついていたな？　そもそもお前の固有魔法は指の一本でも触れていれば効果範囲を拡張できるはずだろ。お前まさか、オルセラのことが……」

え……？　まさか、何……？

引っ付いているメルポリーさんが顔を上げ、私を見つめてくる。

ち、近いです。

「オルセラ、リムマイアが雑になって困ったら私に言って。爆破してあげる」

「爆破されてたまるか。ったく、オルセラも面倒な奴に……」

リムマイアは私からベリッとメルポリーさんを引き剥がした。

どういうことなの……？

私が首を傾げていると、狂戦士の少女はもう一度ため息をついた。

「鈍感で無自覚か。あまり深く考えないから運はいいのかもな」

「失礼だな……。私、運がいいの？」

「間違いなくいいだろ。これまでだって色々とそうだったし、今回も属性相性のいいシャロゴルテが相手だったからな」

魔獣にはそれぞれ得意とする属性があり、ゆえに弱点となる苦手な属性もあるらしい。

鳥竜種シャロゴルテの場合は、水属性の魔法が得意で雷属性に弱い。だからリムマイアは徹底して雷魔法で攻めていた。彼女自身、雷の属性を好んでよく使うそうだけど、それだけじゃやっていけないので他の属性も習得しているんだって。

私がシャロゴルテを倒しきれたのは、最後の〈サンダースラッシュ〉の連射が割と効いていたみたいだ。

じゃあ、タヌセラにも苦手な属性とかあるのかな。火が得意属性だとしたら、水とか？

（そうですね、冷たいのは嫌な気がします。お風呂も水浴びだけより、しっかり湯船に浸かりたい方です）

確かにこの子は毎晩、すごく長湯してる。属性が影響していたのか……。

「キューン、キューーン。キュ」

（今日は身の凍る思いをしたので、ゆっくりお風呂で温まりたいです。早く帰りましょう）

「そっか、上位のしかも苦手な敵なのによく頑張ったね。もう町に戻ろう」

とリムマイアに視線を向けると、彼女は険しい表情で空を見上げていた。やがて小さな声で
「……最悪だ」と呟く。

師匠のただならぬ様子に、私も上空を仰いだ。

しばらくして雲を纏いながら巨大な竜が降りてきた。

深緑の鱗に全身を覆われ、その体長はシャロゴルテの倍近くあるだろうか。つまり、目測でおそらく体長三十五メートルほど。

でででででで、でかい！

もう空を飛んでいるのが信じられないくらいの大きさだ！

初めて目の当たりにするサイズの魔獣に私が言葉を失っていると、地面に座るメルポリーさんが冷静な口調で。

「あれを呼んだのは私じゃない。リムマイアがバカみたいな魔力で派手に立ち回ったから」

「分かってる……」

うなだれるリムマイアは、説明を求める私の視線に気付く。

「あいつは飛竜種のグラバノスだ。見ての通りのでかさでかなりタフな奴なんだが……。最悪なのは地属性の魔獣で、私の得意な雷が効きにくいということな。……はぁ、倒せなくはないがもう一度〈戦闘狂〉を使うのもさすがに疲れるし、仕方ない」

彼女の言うようにその固有魔法の効果はすでに切れており、魔力も元の状態に戻っていた。

どうするつもりなのかと見ていると、リムマイアは右手を高々と掲げた。その先に小さな魔法陣が出現する。

「オルセラ、ついでだから私の契約獣を見せてやろう。今呼び出してるからすぐに来る」

え、どこから？

ときょろつく間もなく、上空の雲を突き破って真っ黒な飛竜が姿を現した。

黒竜はそのまま高速でグラバノスに突進する。

二頭一緒になって森の中に落下した。

ズゥン！　と大きな地響き。

土煙が収まると、黒竜がその脚で緑の飛竜を押さえつけているのが見えた。

私にとっては、あの二頭はどちらも怪物だ。

だけど何となく分かる。真っ黒な竜の方、体格はグラバノスより少し小さいけど（それでもたぶん体長二十五メートルくらいはある）、内包している魔力量はこっちが遥かに多いと。

シャロゴルテやグラバノスより、間違いなく格段に強い。

その黒竜を眺めつつリムマイアが言った。

「飛竜種ディアボルーゼ、あいつが私の契約獣だ」

「あれが、リムマイアの契約獣……」

私は思わず狸の魔獣に目をやっていた。向こうも私を見返してくる。

「ク、キュ……」

あ、タヌセラ、泣きそう……。


グラバノスがその巨体を震わせると、上に乗っていたディアボルーゼはすぐに跳び退いた。

睨み合う二頭の飛竜。

こんな大きな生き物同士が戦うなんて……。

絶対にもっと離れた方がいいよね。

タヌセラ、しょんぼりしてる場合じゃないから！　早く逃げるよ！　そうだ、メルポリーさんは立てないから背負っていかなきゃ！

と視線を向けると、彼女は落ち着いた様子でまたリンゴジュースを飲んでいた。

「こんな怪獣決戦は滅多に見れない。ゆっくり見物させてもらう」

「残念だが、期待には応えられないぞ。すぐに終わる」

リムマイアは大型魔獣達を眺めながらそう言った。

全く慌てる素振りのない熟練戦士達を見て、私にも平常心が戻ってきた。メルポリーさんの隣に腰を下ろし、リンゴジュースを受け取る。

緊張の連続でさすがに喉が渇いちゃったよ。ああ、魔法（道具の）瓶のおかげで冷たくて美味しい。え、タヌセラもまた欲しいの？　あとで絶対歯磨きね。

「このメイドと狸……、だからゆっくり見物するなって……。ほら、始まるぞ」

リムマイアの発言を契機にしたように、飛竜達の間に緊迫した空気が流れ出す。

ずっとどこか気後れしていたグラバノスが最初に動いた。

前脚をドン！　と鳴らすと、大地がめくれていくつもの大岩が宙に浮かび上がる。

この深緑の竜が得意とする地属性の魔法なんだろうけど、すごい規模だ。もちろんただ岩を浮かせるだけじゃないよね……。

思った通り、巨岩群は黒竜に向かって一斉に発射された。

この攻撃に対し、ディアボルーゼは目の前に漆黒の防壁を築く。

大岩は魔法の壁に触れるなりことごとく消滅した。砕けるわけでもなく、まるでとても細かく分解されるように。

「あ、あの壁、怖い……。何なの、あの属性……」

私が呟くと、飲んでいたジュースをリムマイアが上から抜き取った。

「ちょっとくれ、私も喉が渇いた。あれは闇属性だ。光以外のどの属性にもまんべんなく効くし、魔力吸収の特性も持つ厄介なやつな」

「吸収って……？」

「今のもそう。さっきの岩はグラバノスが魔法で構築したものだから、そのつないでいた魔力を吸収してあんな感じに細かくなった」

「そうなんだ……。ところであの闇の壁、ちょっと大きくなってない？」

「だから魔力を吸収したって言ってるだろ。あの防壁は一気に壊さないとどんどん強化される。あと、吸った魔力はディアボルーゼ本体にも入るから、あいつは基本的に魔力切れの心配がいらない」

そんな能力、ありなの……？

だとしたら、リムマイアの契約獣は本当に強い。反則みたいな魔法がある上に、たぶんあの黒竜自身も……、あれ？

視線をやると、先ほどまでいたはずの場所からディアボルーゼの姿が消えている。

黒竜はすでに緑の飛竜のすぐ隣に移動していた。

虚を突かれたのはグラバノスも同様だったらしい。回し蹴りのように放たれたディアボルーゼの尻尾を、その腹部にもろに食らった。

体長三十五メートルあるグラバノスの体が大空へと弾き飛ばされる。

即座にディアボルーゼは空中の敵に向かって口を開いた。

発射されたのは真っ黒な火炎放射。

ゴオオオオオオオオッ！

闇の黒炎に呑みこまれ、グラバノスの巨躯は塵へと変わった。

……攻撃に移ってからわずか数秒で決着。本当に、すぐに終わった……。

勝利したディアボルーゼを見つめていると、突然その全身が光り始めた。直後、黒竜の姿がこつ然と消える。

今のって、転送の光かな？　仕事が済んだから帰っちゃったってこと？

これが見当違いであることはすぐに分かった。

「……さあ、来るぞ。ここからが大変なんだ」

リムマイアは今日一番の神妙な面持ちになっていた。

来るって、何が？　リムマイアほどの戦士がここまで警戒するなんて……。

私も一緒になって森の奥に視線をやった。やがて現れたのは——。

え……、リム、マイア……？

そこには、顔と背丈がリムマイアと完全に同じ人間が立っていた。違うのは、真っ黒な髪と金色の瞳。そして、側頭部から生える二本の角と腰の尻尾。

……信じられないけど、魔力の感じから間違いない。この子、あのディアボルーゼだ。

何とか現実を理解しようと頭をフル稼働させていると、横からメルポリーさんが。

「オルセラ、知らなかった？　契約獣は数年経つと人化の魔法を覚える。その際、ベースとなるのは契約者の姿」

全然知らなかった……、初耳だよ……。タヌセラ、知ってた？

尋ねると私の契約獣はふるふると首を横に振った。

「キュウン。キュキュー？」

（いいえ、私も初耳です。ですがそういえば、角や尻尾を付けた人を町で時々見掛けませんでした？）

……いたね。あれ、ファッションとか、魔法装備の何かかと思っていたんだけど。

リムマイアが自分と同じ顔の少女の隣に並ぶ。

「改めて紹介する。こいつが私の契約獣、ディアボルーゼのゼノレイネだ」

名前を呼ばれたゼノレイネさんはしばし私の顔を凝視。

それからリムマイアが持つ魔石に視線を移した。先ほど倒したシャロゴルテのもので、大きさはおむすび（ライスボール）くらいある。不意にそれを奪い取ったゼノレイネさんは、まるでおむすびのように齧りついた。

魔石が砕け、溢れ出した魔力が彼女の口に吸いこまれる。

「おい！　お前勝手に！」

抗議の声を上げるリムマイアに、ゼノレイネさんはビシッと指を突きつけた。

「黙れ。何やら面白い状況になっておるのに、今までわしを呼ばなかった罰じゃ。もう少しで自分から出ていくところじゃったぞ」

こ、この人（魔獣）、やりたい放題だ……。

ちょっと待って、確か契約獣は契約者には逆らえないはずだよね？

私の疑問を察したリムマイアが大きめのため息をついた。

「契約の内容が違うんだ……。言ってみれば、私とこいつはほぼ対等な関係」

「むしろわしの方が上じゃ」

「お前が黙れ。……町の皆にも悪いからなかなか呼べないんだ」

基本的にゼノレイネさんの方から人間に危害を加えることはできないけど、彼女が自分への攻撃だと認識した場合は反撃できるみたい。

つまり、判定はゼノレイネさんの主観によるので、周囲の人は怖くて仕方ない。

メルポリーさんがジュースのおかわりを注ぎながら。

「自在に結界を通り抜けできるから余計にたちが悪い。ゼノレイネは気まぐれで思いついたように行動する。周りにとっては危険極まりない存在。リムマイアに仲間ができないのは契約獣の存在も大きい」

本当に大変な契約獣だ……。私も攻撃判定されないように気を付けないと。下手すると町中で暗黒竜が大暴れなんてことに……。

ゼノレイネさんの動きに注意を払っていると、彼女はタヌセラの前でしゃがみこんだ。考え事をするように狸の顔をまじまじと見つめる。

「キュ、キュキュー」

（わ、私は悪いラクームじゃないですよ）

「ふむ、何を言っておるのか全然分からんのう」

私が間に入って通訳をすると、ゼノレイネさんは納得したように頷く。

「確かに悪くない。ラクームにしてはやけにうまそうじゃ」

「ピ……！」

タヌセラは跳び上がって私に抱きついてきた。

（こ、この方！　敵の魔獣と全く同じ目で私を見てくるのですが！）

……ああ、うん。食べられないように気を付けようね。

危険な上位魔獣達を退けたところで、私達はレジセネの町に戻ることになった。

歩けないメルポリーさんをリムマイアが〈マジックロープ〉でくくって引っ張っていこうとしていたので、私が背負っていくことにした。いくら何でも可哀想でしょ……。

おんぶするとメルポリーさんはやはりぎゅっと密着してきた。

……まあいいか、背負いやすいし。

歩き出してしばらくすると、彼女がタヌセラに何かをあげ始めた。後ろからガリガリと音がする。

「メルポリーさん、あまりタヌセラにクッキーあげないで。虫歯になっちゃう」

私がそう言うと、前を歩いていたゼノレイネさんが振り返った。

「わしら魔獣は虫歯になどならんぞ。普通の生物ではないからの。時間と共にあらゆる傷が魔力で癒えるのじゃ」

この言葉に契約者のリムマイアがため息をつく。

「私はこいつと契約するまで何度も戦ったが、毎回、完全回復してきてうんざりしたな……」

「魔力の多い人間も似たようなもんじゃろうが」

……何度も戦った末に今があるのか。上位の魔獣と契約するのは簡単じゃないんだね。

それに比べて私とタヌセラは、

……あれ、あの子が食べてるの、クッキーじゃない！

背後を見ると、メルポリーさんがあげているのは魔石だった。

「これは私が狩りまくってたウルガルダの魔石だよ。狸も頑張ったからご褒美」

「キュキュー！」

（メルポリーさん大好きです！）

「うちの狸に、どうもすみません……」

「契約獣の餌付けも大事だから」

「え……？」

よくは分からないものの、しっかり餌付けされたタヌセラは私と同じレベル11になった。

契約獣は満足げな表情で私の隣をトコトコと歩く。

（ところでオルセラ、いずれ私も人に変身できる魔法を覚えるんですよね？　待ち遠しくて仕方ないです！）

そうだ、タヌセラもゆくゆくはゼノレイネさんみたいに……。

ちょっと待って、あの理屈でいくと体は私がベースで、同じ姿ってことだよね。それで髪は茶色で、たぶん狸の耳と尻尾が付け足される、と。

………。

まさに私の狸版、完全なるタヌセラができ上がる！

「……そんなに急がないで、ゆっくりでいいよ」

「キュ？」

タヌセラが首を傾げていると、前方から戻ってきたゼノレイネさんが突然その顔を掴んだ。じーっと見つめた後に、今度は確認するように体の毛に手を埋める。

「さっきから気になっておったのじゃが……、このラクームやはり……」

「た！　食べないでくださいよ！」

私が慌てて止めようとした瞬間、彼女はガバッとタヌセラに抱きついた。

「ものすごくもふもふで可愛いのじゃ！」

………、ん？

恐ろしい暗黒竜の、あまりにも意外な行動に固まる私。

リムマイアが呆れ気味の笑みを浮かべる。

「ゼノレイネはなぜか可愛いぬいぐるみとかが好きなんだ。私の家、鍵のかかった部屋があったろ？　あそこにはこいつの集めたもふもふのコレクションが詰まってる」

「わしの宝物庫なのじゃ」

ゼノレイネさんは剥製《はくせい》のように微動だにしないタヌセラを持ち上げた。そのまま脇に抱える。

「名前はタヌセラじゃったか、気に入ったぞ。オルセラ、お前のこともな」

彼女はリムマイアと同じ顔で笑いながら、腰の袋から魔石を取り出した。

シャロゴルテの魔石より一回り大きい……、あのグラバノスのかな？

「今日はわしがこいつで馳走してやろう。何でも食いたいものを言え」

ゼノレイネさんの背中の紋様が輝き、突如そこから黒い翼が生える。それを使って彼女が宙に浮かぶと、さすがにタヌセラも硬直したままではいられなかったらしい。

「キュ、キュー！　キュー！」

（オ、オルセラ！　助けてください！）

「そうかそうか、そんなにキューリが好きなら山盛り買ってやるのじゃ」

すでに見え始めていた町のゲートに向かって、タヌセラを抱えたゼノレイネさんはスイーッと飛んでいった。すると、すぐにそちらから悲鳴の数々が。

「いやー！　ゼノレイネよ！」

「何解き放ってんだリムマイア！」

「リムマイアどこだー！」

「もうタヌセラが捕獲されているわ！」

「タヌセラー！」

飛来した黒竜の少女に、ゲート前の戦士達は大パニックだった。

私がゆっくりと視線をやると、リムマイアは「ああもう！」と頭をかきながら後を追う。

……なるほど、ゼノレイネさんが皆からどれだけ恐れられているか分かった気がする。確かにこれは敵の魔獣よりたちが悪いかもしれない。

私もメルポリーさんを背負ってゲートへと足を進めた。

関所に入ると、入口すぐの所にリムマイアが立っていた。

「大丈夫だ、コレットが対応してくれている」

「コレットさん……？　ここじゃあまり見掛けない人だけど」

「今は奥で仕事をしてるからな。私ともゼノレイネとも長い付き合いだから心配ない」

受付では二十代半ばの天然パーマの女性職員がゼノレイネさんと向かい合っている。

その職員、コレットさんがカウンターに積まれた札束を指し示した。

「きちんと適正な金額です。駄々をこねてまた魔獣化したら、さすがにエリザさんも本気で怒りますよ。今はアスラシスさんもいるんですから」

「ア、アスラシス、戻ってきておるのかの……？」

「ええ、つい先ほど。……ゼノレイネさんが魔石にされちゃうかもしれませんね」

「…………、……この額でいいのじゃ」

「あとその抱えてる狸を解放してあげてください」

交渉が成立したところで、コレットさんは私達の方に視線を移してきた。一転して笑顔を弾けさせる。

「リムマイアさん、もしやお隣の方が噂のオルセラさんですか！」

「ああ、そうだ。後で紹介しようと思っていたんだが、手間が省けたな」

「聞いてますよ、すごい成長速度らしいですね」

「うむ、今日はシャロゴルテを倒してレベル11になった」

「ええー！　転送四日目で上位魔獣を！　もうレベル11ですって！」

コレットさんの大袈裟なリアクションで、他の職員や戦士達の注目が一斉に私に集まった。〈識別〉を使える人達が起点となり、今回も関所中が大変な騒ぎに。

……コレットさん、最初は落ち着いた雰囲気のベテランさんかと思ったのに、結構困った人みたいだ。

リムマイアが私の肩にポンと手を乗せる。

「あれはコレットの病気のようなものだ。何年経っても直らん」

人も魔獣も見掛けによらないということだろうか。それにしても、リムマイアの周りは変わった人（魔獣）が多いな……。

＊

騒がしくなった場を収めるように、コレットさんは手をパンパンと打ち鳴らした。

「皆さん！　転送四日目で上位魔獣を倒してレベル11になったとはいえオルセラさんはまだ新人さんなんですよ！　そんなに注目されるとやりづらいでしょう！」

誰もが、注目させたのはあんただろ、という視線をコレットさんに投げかける。

彼女は全く気にすることなく、リムマイアとの会話を再開させていた。

「そうそう、ナタリーと調査団も戻ってきていますよ。アスラシスさんが同行させてくれたようです」

「本当か、じゃあちょっと話を聞いてくるかな」

「そうしてください。今回、アスラシスさんは二頭の守護魔獣を討伐したそうです。これを受けて、ついに作戦を決行することになりました。エリザさんは今、その件で彼女の所に行っています」

「……いよいよか」

リムマイアが神妙な口ぶりで呟いた。

私の背中にいるメルポリーさんも緊張しているのが伝わってくる。

状況は全然分からないけど、何か大変なことが始まるみたいだ……。

なお、先ほどから話に出てくるアスラシスさんは、私のヴェルセ王国所属のエンドラインになる。

前にリムマイアが言った、強い奴、とはやはり彼女のことらしい。

アスラシスさんは私が幼い頃からこの戦場にいて、王国にも年に数回しか帰還しない。なので、私も顔を合わせたのは数えるほど。以前は東方出身の上品なお姉さんという感じしかしなかったけど、少しだけ戦闘経験を重ねた今ならまた印象は違うのかもしれない。リムマイアが強いって言うくらいだし。

その狂戦士の少女は私の顔を見ながらため息をついていた。

「お前、せめてあと一年早くドジって転送されてきたらよかったのに……」

「何それ、どういう意味……」

「言っても仕方ないか。ほらメルポリー、いつまでオルセラの背中にいるんだ。とっくに歩けるくらいには回復してるだろ」

リムマイアは私が背負っているメルポリーさんをベリッと引き剥がした。分離させられた彼女はしっかりした足取りで立つ。

「さっきから人をベリベリと。どうやら、やっぱりリムマイアはいつか爆破しないといけないようだ」

「だったらもっとレベルを上げろ」

リムマイアの言葉に、コレットさんが「充分に高レベルですよ」と反論した。天然パーマの職員は再び仕事モードのきちんとした雰囲気に戻っている。

「メルポリーさんはすでに英雄クラスの実力ですし、爆破拡張の能力は大きな戦力です。今回の作戦には欠かせません。もちろんリムマイアさんもですよ。固有魔法を使えばもうエンドライン級なんですから。契約獣のゼノレイネさんはまさに守護魔獣級ですし」

これに今度はゼノレイネさんが反論する。

「わしはとうにあの台地の守護魔獣共を超えておるぞ。なんせレベルは１０５じゃからの。それより、わしが参戦することを前提に勝手に話を進めるな」

黒竜の少女は不満そうに尻尾で床をビタンビタンと叩いた。

すると、コレットさんは受付カウンターの下に手を入れる。取り出したのは大きな熊のぬいぐるみだった。

「何卒、ご一考ください」

「………。仕方ないのう」

ゼノレイネさんはタヌセラを持っているのとは反対の腕でぬいぐるみを抱えた。

……この職場の人達、賄賂を贈るの得意にしてるな。

だけど、守護魔獣って普通の魔獣とどう違うの？　本当に分からないことだらけだよ……。

私が首を傾げていると、リムマイアが声に出して笑った。

「知りたいことはあとでゼノレイネに聞けばいい。ゼノレイネ、私はナタリー達の所に寄っていくから、先に飯を買って帰っていてくれ」

リムマイアはそう言い残すと、「お前も来るんだ」とメルポリーさんを引っ張って部屋の奥へと消えていった。

一方のゼノレイネさんは関所の入口へと歩いていく。

「面倒じゃのう……。ああ、オルセラ、その金を持ってきてくれ。わしは見ての通り狸と熊で両手が塞がっとる。飯を買って余った分はお前にやるからの」

「ええ！　……さっき金額交渉までしていたのに、いいんですか？」

「構わん、餞別《せんべつ》じゃ。その金で早く自分を強化しろ。さもないとオルセラ、この先は本当に死ぬことになるぞ」

「え……」

恐ろしく不吉な暗示をされたが、言われるままにカウンターのお金に手を伸ばした。

札束が四つに、プラスアルファ。……あのグラバノス、上位魔獣なだけあってこんなに高額の魔石なんだ。

あ、私のシャロゴルテの魔石はどうしよう。まだ換金しなくていいか。

四百万ゼア超のお金を回収していると、コレットさんがスッと顔を寄せてきた。

「私も後でリムマイアさんと一緒に伺います。お肉は多めに買っておいてください。私！　非戦闘員なので皆さんほど豪遊できないんです！」

「わ、分かりました……」

迫力に押されるように、私もゼノレイネさんを追って関所を出た。

……お肉へのただならぬ執念を感じた。世界戦線協会のお給料はどれくらいか分からないけど、確かに戦士じゃなきゃここの物価はきついよね。

「コレットは非戦闘員じゃが、あの遠慮のなさと物怖じしない性格で各国との調整役を担っておる。エリザの片腕、統括補佐としてなかなかの激務らしいからの、肉くらいは好きなだけ食わせてやろう」

飲食店の並ぶ通りへの道すがら、ゼノレイネさんはそう呟く。それから彼女はついでに、協会に所属する他の人達のことも教えてくれた。

まずは先ほど話に出てきたナタリーさん。彼女はリムマイアと同じドルソニア王国の戦士で、今は協会に出向中らしい。何でも分析能力にとても優れているそうで、エリザさんのもう一方の片腕、コレットさんと対になる統括補佐とのこと。

ナタリーさんは定期的に自ら台地の上まで足を運ぶんだとか。

それに同行するのが協会の精鋭部隊である調査団だ。全員がレベル４０以上の戦士で、団長を務めるハロルドさんもドルソニア王国からの出向なんだって。

「リムマイアももう半分は協会所属みたいなものじゃからの。……あいつはとにかく面倒事を引き受けよる。あれこそ病気じゃよ。わしも苦労が絶えんのじゃ……」

ため息まじりにゼノレイネさんは愚痴をこぼしていた。

……すごく分かる気がする。たぶん私もその面倒事の一つだろうし……。

食料品店の並ぶ通りに入った私達は、まずコレットさんご要望のお肉を買うことにした。牛、豚、鳥、羊、猪をそれぞれ一キロずつ。羊と猪、いるかな……。

それから、ゼノレイネさんは思い出したようにとある店舗に視線を向けた。

「たぶんメルポリーも来るじゃろ。あの菓子店で甘いものでも買っていってやろう」

意外と、と言ったら失礼かもしれないけど魔獣なのにそんなことに気が回るんだな。と思っていると、店に入ったゼノレイネさんは目を輝かせてショーケース内のケーキを眺め始める。

……甘いもの、間違いなくゼノレイネさんも好きだよね。この人、（本体は）恐ろしい姿と力なのに恐ろしく乙女だ……。

あれ、上機嫌だったのに急に不穏な空気に。

「わしのお気に入り、イチゴソースのレアチーズケーキがないのじゃ」

黒竜の少女は再び尻尾でビタンビタンと床を叩きだす。

すると、店員さんは即座にカウンターの下を探る動き。

「今回、イチゴが入荷できなかったもので。他の商品をご検討いただけると有難いです」

そう言いながら猫のぬいぐるみをそっと差し出した。

「…………。仕方ないのう。ではラズベリーソースのレアチーズケーキを一ホール、あとシュークリームを二十個もらおうかの。オルセラ、頼んだぞ」

店を出ていくゼノレイネさん。支払いを済ませた私は、スイーツと猫を抱えて慌てて後を追った。

ゼノレイネさんと一緒に買い物をして分かったのは、商人の人達は割と彼女の扱いに慣れているということ。おそらく皆さん、ぬいぐるみを常備してらっしゃる。

おかげで私達の買い出しはスムーズに進んだ。他に購入したものといえば、全員で摘まめるピザやフライドポテト、サラダなど。

瞬く間に私は、狸と熊を抱えるゼノレイネさんより大荷物になった。

しかし、彼女はまだ何か買う気のようだ。

「タヌセラの大好物のキューリを買ってやらんと」

「……タヌセラの大好物は肉まんです」

最後に肉まんを購入すると私の積載量は限界に達した。

リムマイアの家に到着し、私達は鍵のかかった部屋の前へ。

「しばし待っておれ。絶対に覗いてはならんのじゃ」

とゼノレイネさんはもふもふ達を抱えて、彼女の宝物庫の中に入っていった。扉が閉まるや、かん高い声が。

「皆の者！　ただいまなのじゃ！　会いたかったぞ！　のほほほほほほほほほ！」

もっふ――――っ！

……たぶん、ぬいぐるみの海にダイブしたんだと思う。

――待つこと約十五分、部屋の扉が静かに開いた。

「待たせたの。では飯にしようか」

満足げな表情のゼノレイネさんが手ぶらで出てきた。

……ん？　手ぶらで？

鍵のかけられた扉の向こうから、「キューン……、キューン……」と鳴き声が聞こえる。

「タ！　タヌセラは出してあげてください！」

「いかんいかん、うっかりコレクションしてしもうたのじゃ」

宝物庫を出たタヌセラは、二階の屋外テラスで呆然と風に吹かれていた。

食べられないって分かっていても、遥かに格上の魔獣にずっと持たれたままじゃ疲れちゃうよね……。

やっぱりここは私が契約者としてきちんと言わないと！　怖いけど！

「ゼ！　ゼノレイネさん！　タヌセラをぬいぐるみのように扱うのは、や、やめてください！　私の大切な契約獣なんです！」

「ほう……、オルセラ、わしのすることに異を唱えるか？　わしの力は先ほど見たはずじゃぞ」

突如、ゼノレイネさんの雰囲気が一変し、その体から黒い魔力が溢れ出す。

殺気に満ちた竜の眼差しが私の全身を射貫いた。

本気で怒らせてしまった！　尻尾でビタンビタンどころじゃない！　こここ殺されるっ！

だけど……！

「ゆ、譲れないことは……、譲れません！」

ゼノレイネさんは私の目を見つめたまま全く動かない。その一秒一秒がとても長く感じられた。

やがて、まるで嘘のように彼女から一切の敵意が消え去る。

「すまんかったの、ちょっと試してみたくなったのじゃ」

「冗談、だったんですか……？」

「いいや、完全に食うつもりじゃった（そのつもりで殺気を放った）」

「ええー……。……たぶんチーズケーキの方が美味しいですよ」

「ほっほっほ、もっともじゃ。今後は、タヌセラをちゃんと仲間の契約獣として扱う。それでよいな？」

「あ、はい。お願いします」

はぁ、本当に殺されるかと思ったよ……。

ん？　タヌセラ、どうしたの？

狸の契約獣は涙を流しながらふるふると震えている。

「キュ、キュ……。キュー！」

（オルセラ、私のためにそこまで……。大好きですー！）

感極まったタヌセラは、飛びこむように私に抱きついてきた。

これを見ていたゼノレイネさんもうずうずし始める。

「たまらん！　仲間として尊重するがもふもふするのは許してほしいのじゃー！」

私に抱きつく狸に抱きついた。

待って二人（匹）共！　間に結構な大きさの毛玉魔獣が挟まってるだけにすごく暑苦しい！

場が落ち着いたところで、私達はご飯の準備を開始した。

その合間に、私は気になっていたことをゼノレイネさんに聞いてみることに。

「さっき関所で話していた、作戦っていったい何なんですか？」

「ああ、あれを取りにいく作戦じゃよ」

そう言って彼女は東の空を指さした。

あれって、まさか……。

「台地、ですか……？」

「そう、東の台地を奪還するのじゃ」

「とても大きいですけど……、そんなのどうやるんです？」

「全ての守護魔獣を倒せばよい」

守護魔獣というのは台地に点在する一際強い上位魔獣らしい。通常の魔獣と異なるのは、それぞれがオンリーワンの存在であり、一度討伐すれば次の生成まで時間がかかるということ。

全守護魔獣を倒せば、つまり守護魔獣が一頭もいない状態をつくれば、台地全体の魔獣の発生を抑制できるそうだ。その台地を人間が勢力圏に置いたことになる。

ただ、そう簡単にはいかない。

何しろ守護魔獣は他の個体より抜けて強いので。

「今回、二頭も討伐できたのはヴェルセ王国の戦士達が総出で行っておったからじゃ。お前の国、戦士の質は世界トップクラスじゃし、アスラシスに関して言えば、わしはエンドライン最強じゃと思っとる」

話しながらその最強戦士のことを思い出したのか、ゼノレイネさんは小さく身震いした。にしても私の国、そんなに強かったんだ……。

そういえばお母さん（ルクトレア総司令）、この戦争は量より質が大事だから戦士達の育成にかなりの予算を注ぎこんでるって言ってたっけ。

私は体をさすっている黒竜少女に目をやった。

「でも、ゼノレイネさんも相当強い魔獣なんでしょ？　コレットさんが守護魔獣級だって」

「当然じゃろ。わし、元は守護魔獣じゃもん」

……改めて、リムマイアはすごい魔獣と契約したな。いわゆるエリアボスの一角じゃん。

そして私、さっきは本当に危なかった……。

ちょうどご飯の準備ができた頃、私達のいる二階の屋外テラスからリムマイアが帰ってくるのが見えた。メルポリーさんとコレットさんも一緒だ。

程なく私達の所まで上がってきた彼女達は、並んだお肉や料理、スイーツに小さな歓声を上げた。

まずメルポリーさんが抱えていた袋をずいっと前に。

「私も甘いものを買ってきた。イチゴソースのがなかったから、ブルーベリーソースのレアチーズケーキ。とシュークリーム二十個」

彼女は早速シュークリームを一つ取り出し、私の口元に押しつけてきた。

「オルセラ、食べて」

「ご、ご飯の後でいただきます。……ケーキ結構かぶってますし、シュークリームは四十個になりましたね」

丁重にお断りしつつ視線を横にやると、リムマイアとコレットさんが二人で何やらゼノレイネさんを説得している。不承不承ながら納得した黒竜の少女は、憂さを晴らすようにメルポリーさんが持つシュークリームに齧りついた。

たぶん、これから始まる作戦に関してのことだよね。

私もきちんとリムマイアに確認しておかないと。

「ねえリムマイア、東の台地を奪還しにいくって聞いたんだけど……」

「ああ、今夜エリザが緊急ラインを使って世界戦線協会の理事会を招集する。おそらく承認されるだろう。それを受けて、私とゼノレイネ、メルポリー、エリザは、明後日には台地へ発つことになると思う」

「そんなにすぐなの……？」

「作戦の開始自体は十日後くらいだが、前乗りして下地を整えておく感じだ。今回は失敗できないからな。まあオルセラは何も心配しなくていい。ほら、飯にしよう」

不安げな私の表情を見てリムマイアが先手を取った。また私の銀髪をくしゃっと雑に撫でる。

それから彼女は、各々一キロずつある肉の塊五つの前に立った。流れるようにナイフを振ると、肉は瞬く間に全て一口サイズに。

これを待っていました、と言わんばかりにコレットさんが鉄板の前に陣取る。

「私も決戦までに可能な限りの戦力を集めなければなりませんからね。明日から大忙しなのでしっかり精をつけないと。さあ、どんどん焼くので皆さんもどんどん食べてください！」

言いつつ彼女は、牛、豚、鳥、羊、猪、と次々に肉を鉄板に並べていく。

本当にどんどん焼き上がるので、私達は一気に食事モードになった。もう鳥以外は何の肉を食べているのか分からない。

有難いことに、ゼノレイネさんがタヌセラにも肉を取ってくれている。

「お前も早く人化できるようになるといいのう」

「キュキュー！　キュ、キュッキュッ」

（お肉美味しいです！　あ、そろそろ肉まんにいきたいのですが）

「ふむ、シュークリームが食いたいのじゃな。ほれ」

（いえ、それではなく肉まんを）

「キュ、キュモファ！」

タヌセラは問答無用で口にシュークリームを突っこまれていた。

……早く人化できるようになるといいね。私、完全なるタヌセラが来ても我慢するから。

けどタヌセラ、もうすっかりゼノレイネさんに慣れたみたいだ。

それは私も同じなのかもしれなかった。さっき殺されそうになった一件から、彼女の方が認めてくれた気がする。

おかげで私もこの賑やかな食事会を楽しむことができていた。

「戦士達の打ち上げってこんな感じなのかな。すごく楽しい」

私の呟きにリムマイアが笑みをこぼす。

「これから嫌ってほど経験することになるぞ。そのためにも、今回の作戦は絶対に成功させないとな」

リムマイアはまるで自分に言い聞かせているようだった。

楽しい時間というものはあっという間に過ぎる。

ひたすら肉を焼き、食べ続けたコレットさんが最初に満足そうな顔で帰っていった。

次いでメルポリーさんが余ったシュークリームを袋に詰めながら、

「私はこの作戦で死ぬかもしれない。だから明日は思い残すことのない一日にする。オルセラ、また明日」

縁起でもない言葉を残して去った。

「あいつの役割は後方からの援護じゃからまず死なんじゃろ」

呆れ気味にそう言うとゼノレイネさんも席を立つ。

「わしはタヌセラと風呂にでも入るかの。あ、伝えてくれオルセラ」

「キュ、キュキュー！　キューイ！」

（そうそう、今日は温泉でしっかり温まるのでした！　行ってきまーす！）

タヌセラが足取り軽く家の中へ。

その後を追って歩き出したゼノレイネさんだが、ふと振り返ってリムマイアを見た。

「わしもオルセラがそうじゃと思うぞ。ここまでは幸運が先行しておるようじゃが、それも今だけじゃろ。こいつは間違いなく強くなる。ま、同じくらい死ぬ可能性もあるがの」

「やけに打ち解けていると思ったら……、お前、オルセラに何をした？」

「なに、ちょいと食おうとしただけじゃよ」

「お前な……」

「じゃが、こいつはそんなことなかったかのようにわしに接してきよる。大したメイドじゃ。

……リムマイア、五年待った甲斐があったかもしれんぞ」

最後の言葉を微笑みと共に発し、ゼノレイネさんも家に入っていった。

私がそうって、どういうこと……？

あとこの先、二分の一の確率で死ぬって言われた気が……。

とりあえず、私はリムマイアが何か言うのを待つことにした。

しばらく沈黙が続いた後に、彼女は一つ大きく息を吐く。

「……どこから話せばいいだろうな。まあ最初からいくか」

「森の中で言ってた話だね。最初からってこの戦場に来てから？」

「いや、それよりもっと前。私が生まれる前からだ」

「……え？　生まれる前って……？」

「一部の奴しか知らないことだが、この戦争にはいわゆる転生者という人間達が絡んでいる。大体は歴史に名を残したり、伝記になったりしてる奴だな。私もその一人だ」

…………。

……転送者じゃなくて、転生者？

突拍子もない事実に、私は頭が回らなかった。しかし、リムマイアは冗談を言っているようには見えない。私の反応を待って再び黙ってしまっている。

な、何か言わないと……！

「……リムマイアも、誰かの生まれ変わりってことだよね？　その人、というかリムマイアも、伝記になってたりするの？」

「うむ、あるぞ。……ろくでもない内容だがな」

やや恥ずかしそうに言った後に、リムマイアは座っていた椅子から立ち上がる。風を浴びるように少しテラスを歩き、それから私の方に振り向いた。

「私達転生者にはどうも役割みたいなものがあるらしい。オルセラ、きっと私はお前を待っていたんだ」

第八章　狂戦士、転生する。

～リムマイア視点～


体に打ちつけていた雨を急に感じなくなった。

止んだのか、と空を見上げると無数の水滴が空中で停止している。

何だ、これは……？

時間が止まっている……？

……そうか、ついにその時が来たのか。

俺の、最期の瞬間が。

疲労し切った俺を取り囲むのは何万もの軍勢だった。

複数の国からなる連合軍だ。

たった一人の男を殺すために大層なことだな。いや、戦場に生きた者としては誉《ほまれ》と言うべきか。

持てる力を存分に振るって好き勝手に生きてきた。

悔いなど、あるはずがない。

こうして、最凶の狂戦士と恐れられた俺の人生は幕を閉じた。

――――。


何の因果か、長い時を経て俺は二度目の生を得ることになった。

不思議なことに生まれた直後から意識がはっきりし、前世の記憶も持っていた。それによって、今回は以前の人生とは何もかも異なっていると知る。

まず俺、いや、私は体が女性だった。

そして、リムマイアと名付けられた私は、赤子のうちに母の手で捨てられた。

前世の行いが最悪だったせいだろうか、出だしからなかなかにハードだ。

私の生まれたドルソニア王国は貧富の差が激しかった。

金のある奴は何でも持っているし、金のない奴は何一つ持っていない。当然ながら私は後者で、その最底辺にいた。

育ったのは劣悪この上ない環境の孤児院。まずくて少ない飯と理不尽な暴力に私は八歳まで耐えた。

この年齢まで我慢したのは、体の成長を待っていたからだ。

今の体は惰弱と断ずる他ない。おそらく女性としても小柄な方で、身長もそれほど伸びないだろう。

だが、私には前世の記憶と戦闘技術がある。体の内に秘められた魔力を効率よく鍛え、それを全身に纏うことで身体能力を上げることができた。

八歳児の現在でも、魔力を使えば複数の大人が相手でも問題ないと踏んだ。

さあ、恩返しといこうか。

私は孤児院の一番広い部屋に報復するべき大人達を呼び集めた。

「これよりお前達をボコボコにする。なお、今までの行いによって度合いに個人差があることは理解しておけ」

ちなみに、全く報復の必要のない大人は最初から呼んでいない。自分がどれだけ苦しかろうと決して他者を害さない、聖人のような人間も少数ながら存在する。

私が言うのも何だが、ここにいるのは欲望のままに生きるクズ共だ。

子供相手に一斉にかかってきたクズ共の間を、私はスルスルと縫うように素早く移動。抜き去り際、それぞれの腹に一発ずつおみまいしておいた。

振り返ると、全員が悶絶して床に膝をついている。

よし、ではここから個人差をつけていこう。

ガッ！　ガガッ！　ゴッ！　ガガガガッ！　ゴキッ！

孤児院中に響きそうなほどの悲鳴が次々に上がった。まったく、耳障りな。

理不尽な暴力を振るっていた大人共をこのタイミングでボコボコにしたのは、体の成長以外にも理由がある。今から院を出るつもりだった。

だが、残される皆のために一応の釘は刺しておかねば。

「これからもたまに様子を見にくるぞ。まだやってるようなら……、分かってるな？」

こうして、孤児院を出た私は晴れて浮浪児となる。

この世界でも腕力が大いに役立った。私は、一週間後には一帯の浮浪児達のリーダーになり、一か月後には不良集団の幹部をボコボコにしてその席を奪い取る。

これで衣食住の心配はなくなったが、私はまだ満足できなかった。道を歩いているとたまに見掛ける別世界の住人達。貴族とか呼ばれる奴らだ。私はあいつらよりでかい家に住みたい。

そもそも、前世の私が戦場に身を投じたのも、最初は単純に金がほしかったからにすぎない。今回は最底辺スタートゆえに願望が強くなっているのかもしれないな。

そこに辿り着ける可能性がある道はいくつかある。

一つは、今いる不良集団がまもなく犯罪組織になるので、そこで力を尽くして共に成り上がる道。しかし、正直なところ、人殺しや命を蝕《むしば》む麻薬の商売はやりたくなかった。

前世の私はあまりにも人の命を奪いすぎた。

たとえ生まれ変わっても到底償える数ではないし、そこまでの気持ちもない。ただ、かつてと同じ生き方をしたくないのは確かだ。

あの命が尽きる瞬間、悔いはないと思ったのは強がりだった。

今の小さな体になって初めて気付いた。

人に恐れられるあの生き方そのものが、強がりだったのだと。

自らの進むべき道について私は結論を出した。

十歳になっていた私は、長らく世話になった不良集団のリーダーに別れを告げる。

「そうか、これからって時にリムマイアに抜けられるのは痛いんだがな。お前は雑なところはあるが、面倒見もいいし。けど、そう決めたなら応援する。リムマイアならきっと生き残れるさ」

「今までありがとうな。立派な犯罪組織になれよ」

仲間達にも礼と別れを言い、その足で国の訓練所に入った。

私が選んだのは戦士になる道だった。

以前生きた時代から、間に空白の歴史があるので定かではない。しかし、少なくとも千年以上は経過している。かつては国同士で激しく争っていたが、その空白の期間中に事態は一変していた。

現在、人類は魔獣という共通の敵と戦争状態にあった。

各国から派遣され、その前線で力を振るうのが戦士だ。

国を代表するほどの腕前になれば、貴族以上の地位が与えられるので私の目的とも合致する。

そう、あくまでも目的は金。人類のために、とか、前世での罪ほろぼしに、などでは断じてない。

ただ己の欲を満たしたいがゆえに選んだ道だ。うむ。

なお、訓練所というのは国の各地にあり、そこで推薦を得た者が戦場への転送者に選ばれた。

転送魔法の構築には時間がかかり、このドルソニア王国の場合、転送できるのは一か月に一度きり、たった六人。

その狭き枠に入る必要があるわけだが、要はとにかく強くなればいい。

訓練の前に、私はクラスを授かることになった。

わざわざこんなものを授かるのには理由がある。レベルに応じて能力が補強され、また、必ず固有魔法が一つ発現するからだ。

通常、クラスは自由に選べるのだが……。

目の前では私を担当した役人が困惑の表情を浮かべていた。

「……あなたに付与できるクラスは、一つだけ、のようです」

「何となくそんな気はしていた……。【ベルセルク】だろ?」

「……いえ、違います」

「む? じゃあ何だ?」

「【ベルセレス】です」

………………、ほほう。

前世でも私はなぜか【ベルセルク】という狂戦士のクラスしか選択できなかった。まあ、【ベルセレス】でも似たようなものだろう。

そして、発現した固有魔法を確認する。

私の固有魔法は〈戦闘狂〉だった。

その効果は、一定時間膨大な魔力と身体能力を得る代わりに思考が戦闘本能に支配される、というもの。

……やはり、こちらは前世と同じか。

伝わってくる禍々しい感じも全く一緒だ。今の惰弱な体でこの魔法を制御できるか? いや、確実に持っていかれる。

当分の間、〈戦闘狂〉は封印した方がよさそうだな。

「間違いない、それはやばい魔法だ」

そう言ったのは、この訓練所で師範をしているレオだった。

年齢は四十何歳とかだったか。まあ、師範のおっさんだ。

ここの入所試験で他の参加者達をボコボコにしたら、このレオが付きっきりで私の指導をする運びになった。早く鍛えられそうだし悪くない。

きちんとした戦闘訓練をみっちり受けることができ、私の体は戦いに向けたものに変わっていった。

――――。

訓練を始めてから二か月が経過した。

今日もいつも通り、レオと木剣で打ち合いだ。

「おい、師匠。日に日に纏う魔力が増えていってないか？」

「うるさい、お前のせいで俺のプライドはズタズタなんだぞ」

「プライドが何だって？　おい、油断するなよ」

レオが振り下ろした剣を自分のそれでいなしながら、回し蹴りをみぞおちに叩きこんだ。

おっさん、堪らず地面に膝をつく。

「……これだ。だから、体を覆う魔力を増やしてるんだよ……」

いくら効率よく魔力を増やせるといっても、私はまだ十歳でレベルも4だ。魔力量はレオの方が断然多いし、レベルも遥かに上（26らしい）。だてにおっさんになってない。

だが、戦いの技術や経験（踏んだ場数）は私が上だろう。この惰弱な体もそれなりにはなってきた。レオには悪いが、まあ一対一なら負ける気はしない。

一通り愚痴をこぼした後にレオは立ち直った。わざとらしく咳払いをして胸を張る。うむ、師匠としての威厳が少し戻ったな。

「リムマイア、決まったぞ。お前は次の転送で戦場に行く」

「おお、急だな。だが、望むところだ」

「欠員が出てな。ちょうど俺が同行する番だったから、職権でお前をねじこんだ」

「でかした師匠」

「お前、本当に俺を師匠だと思ってるか……？　まあいい、装備を選んでこい」

言われるままに、私は訓練所の倉庫へ向かった。

ここでは戦闘訓練の他、魔獣についても勉強する。魔獣は普通の獣より相当大きい。その牙や爪がこんな鉄素材の武具で防げるか？

……ないよりはマシか。

しかし、武器は大事だな。確か大型魔獣は体長十メートルを超える。それを仕留められるものとなると……。

私の身長より遥かに長い、刃渡り百五十センチほどの大剣を手に取った。

魔力で補えば何とか扱えるだろう。

剣を鞘から抜いてその場で軽く素振りをした。

前世で使っていたものより大分小振りだが……。

「まあ、今の体ならこれくらいだな」

「どこがだ。どう見てもでかすぎだろ」

倉庫の入口でレオが呆れ果てていた。

「そんなもの振り回している十歳児、見たことないぞ」

今、おっさんの目の前にいるだろうが。

程なく、一緒に転送されるメンバーとの顔合わせが行われることになった。

転送先は広大な森の中で、拠点となるレジセネの町まで全員で協力して行かなければならない。

これから数日かけて連携強化などの訓練をする。

メンバーは私と同じく、どこかの訓練所から推薦された連中だ。なのでそこそこ腕は立つはずだった。

ドルソニア王国王城の一室にて、私はテーブルに着いた四人の顔を眺めた。

経験と魔力感知で、〈識別〉の魔法を使わなくても大体の実力は分かる。

やっぱり、そこそこだな。年齢は十代から二十代。魔力量は私より少ないし、腕前はレオにも及ばない。おっさんはベテラン戦士として同行するわけだし、そりゃそうか。

そのレオが仕切って私達に自己紹介をさせた。

私の番になると四人共、興味津々といった様子だ。一人だけどう見ても子供だしな。

固有魔法〈戦闘狂〉が珍しいというのもある。

他の奴もここにいるだけあって戦いに適した固有魔法だった。〈筋力強化〉とか、戦闘用としてはまあ一般的な感じだな。

にしても、変なのが一人まざってないか？

ミッシェルという奴、格好も雰囲気も普通じゃない。

……こいつ、どう見ても貴族のお嬢様だ。そして、一人だけ明らかに実力が足りていない。〈識別〉で確認すると他の三人はレベル２、彼女だけレベル１だった。あと、お前の固有魔法、〈二度寝〉って何だ？

ミッシェルの方も私をじっと見つめていた。カクンと首を傾げる。

「こんな子供も戦場に行くのですか？」

すると、テーブルの横に立っていたレオが私の肩に手を。

「こいつは俺が直接稽古をつけていた。クソガキだが才能のある奴でな、二か月でレベルは４になった」

これを聞いた四人は信じられないといった目で私を見てくる。どいつもこいつも失礼だな。世間の常識から言えば仕方ないか。

こういう時のやり方は前世から変わらない。

腕力で分からせるのが一番だ。

「だったら、今から全員で手合わせしよう。勝ち残った奴がリーダーだ」

私がそう提案すると、レオが呆れたような視線をよこしてきた。

てっとり早くていいだろ？

「いいですよ！　受けて立ちましょう！」

こう言って真っ先に席を立ったのはミッシェルだった。

このお嬢、どうしてそんなに自信満々なんだ……。お前が一番弱いんだぞ。いや、最弱ゆえに分からないか。

皆で城の中にある訓練場に移動した。

さっきは総当たり戦みたいに言ったが、そんな必要はない。

私はミッシェル以外の三人を順番にボコボコに、はできないので、いずれも適当にあしらった。

そしていよいよ、ミッシェルが私の前に。

……おい、なんだその装備。

いかにも上等そうなあつらえ立てピカピカの武具。しかも、剣と鎧からはなんか魔力感じるぞ。

なるほど……、あれが自信満々にしていた理由か。

「ふふふふ、この剣と鎧には魔法が宿っています」

聞いてもいないのに、ミッシェルは自分から解説を始めた。

「鎧には全身を守ってくれる防御の魔法が。一方、剣には切れ味を増す魔法に加え、魔力の刃を作り出す〈プラスソード〉が込められています。どちらも名のある職人にお願いした特注品ですよ！」

つまり、金にものを言わせて揃えた武具ってことだな。

彼女が剣をかざすと、その剣先に十センチほどの魔法の刃がぴょこんと伸びた。

……短い。おそらく〈プラスソード〉の源は本人の魔力か。

ここで、審判をしていたレオが遠慮がちに出てきた。

「これは訓練だから本物の武器は禁止だ、……ですよ」

おっさん、権力には弱いタイプなのか？

「その装備で構わない。私もこのままでいい」

と私は木剣を構える。

なお、身につけている防具も訓練用の最低限のものだけだ。

途端にミッシェルは慌て出した。

「いけません！　あなたを殺してしまいますよ！」

「だったらフル装備で出てくるな。大丈夫だから、早くかかってこい」

「もうどうなっても知りませんからー！」

ミッシェルは魔法の剣を大きく振り上げて突っこんできた。

訓練期間はたぶん一週間ってところか。全く形になってない。

振り下ろされた剣を、私は木剣で受け止めた。

「え……？　嘘……」

戸惑いを隠せないミッシェル。

戦闘中に隙を見せるとは、やっぱりまだまだだな。

私は剣を持っているのとは逆の左手で彼女の腹を突く。殴る直前に防御魔法の抵抗。それを突き破ってみぞおちに拳を埋めた。

ミッシェルが膝をつき、開始二秒で決着だ。

「……そんな、どうして……」

私は木剣にも左拳にもかなりの魔力を込めていた。

それは木が金属より硬くなるほどだし、素手で魔法防壁を貫通できるほどだ。

「間違いなくその剣も鎧もいい物だ。ダメだったのは扱う奴だな」

「わ、私……、ですか……」

バタンと倒れた彼女はそのまま意識を失った。レオが大慌てで駆け寄る。

「ミミミミミッシェル様ー！」

「師匠、この人いったい何なんだ？」

「公爵家のご令嬢だ……。ゆえあって今回、参加なさっている……」

面倒なのが入ってきたな。公爵家といえばトップ貴族だろ。

気にもなるし、チームのリーダー（全勝したので当然そうなる）として放ってもおけないので、私はミッシェルから事情を聞くことにした。目が覚めた彼女に。

「飯でも行こう。おごってやる」

公爵令嬢に人生初の下町グルメをごちそうしつつ話を聞いた。

彼女の家は権力争いに敗れ、現在、没落の危機にあるらしい。状況を打開するために思いついたのが、自らが国の英雄となって家を盛り立てるという秘策。

いや、完全に失策だろ……。

ミッシェル本人も私との手合わせでそれを痛感したようだ。

それでもまだ諦め切れない様子。

大金を注ぎこんで装備も作ってしまっているしな。理由はそれだけじゃないか。好奇心旺盛の困ったお嬢だ。

「足手まといになるのは分かっています。一度戦場を見てみたいのです。……お願いします、リムマイアさん」

……しょうがないか。

面倒事を引き受けてしまう私の悪い癖が出た。

「ところで、お嬢の固有魔法〈二度寝〉って何だ?」

「これは二度寝する前に使っておくと、起きた時には肉体的疲労、精神的疲労、あと魔力も、完全回復するという魔法です」

……結構すごいな。発動させるのに二回寝ないといけないが。

とりあえず、戦場では到底使えるものじゃないと分かった。

転送の日まであまり日数もないが、私とレオはできる限りメンバーを鍛えることにした。

なかなかハードな訓練になったものの、ミッシェルだけは毎日はつらつとやって来ていた。たぶん〈二度寝〉の効果だろう。しかし、案の定と言うべきか、その腕前はさほど変わり映えしなかったが……。

＊

新暦四六一年四月上旬。

いよいよ転送の日がやって来た。

構築された転送の光の前で、レオが私達に注意を促す。

「いいか、俺達は森のどこに飛ばされるか分からない。すぐ目の前に魔獣がいてもおかしくないんだ。全員、心の準備だけはしっかりしてろ」

全員で手をつなぎ、転送の光に近付く。誰ともなく光が体に移り、気付けば六人共に全身が輝いていた。

直後に周囲の景色が一変する。

王城にいたはずの私達は、薄暗い森の中に立っていた。

ざわざわと風に揺れる木々。

すぐ目の前には鼻息荒く睨みつけてくる竜。

…………。

……本当にいた。

おっさんが余計なことを言うからだぞ！

頭部から一角を生やした、体長十五メートルほどのドラゴンが私達からわずかな距離の所に。

この魔獣の名前は全員が頭に叩きこんでいるだろう。

角竜種モノドラギス。一帯の森では最大にして最強の魔獣になる。しょっぱなから大変な奴を引き当てたものだ。

「全員下がれ！　俺が相手をする！」

レオの声で、呆然と巨竜を見つめていた四人が我に返る。

「こっちだ！　急げ！　巻きこまれたら死ぬぞ！」

私の誘導で即座にその場から離れた。

いきなりこんな大型魔獣との戦闘は想定していない。皆が呆然としていたように、情報では知っていてもいざ前にすると迫力に圧倒される。

四人に目を向けると、その思考が手に取るように分かった。

……こんな巨大なものと戦って、勝てるのか……？

といった感じだな、たぶん。一人は思考を読むまでもないが。

ミッシェルが装備をカタカタと鳴らして震えていた。

「む、無理です……。やっぱり、え、英雄になろうなんて、愚かな夢でした……」

そうか、結構すぐに答が出てよかったな。だが……。

彼女は泣きながら私にすがりつく。

「……い、今すぐ帰らせてください！」

もう遅い。

町に着くまで頑張れ。

とりあえず、あのモノドラギスはレオに任せておいて大丈夫だろう。

おっさんだが師範を務めているだけあって、彼はそれなりに戦闘経験がある。レベルも26だ。

こんな時のための同行者でもあるしな。そのクラスは【ウォリアー】で固有魔法は〈高速移動〉らしい。使用時、魔力と筋力がそれに適した形で強化される。

レオは素早く動き回って巨竜を翻弄《ほんろう》していた。剣で斬りつけ、あるいは魔法を飛ばし、徐々にその体力を削っていく。

やっぱり問題ないな。あとは隙が生まれたら急所を突いて仕留めるはずだ。

「皆（ミッシェル以外）、あれはお手本みたいな戦い方だからしっかり見とけよ。……待った、それより武器を抜け」

呼びかけつつ、私も背中の大剣を抜いた。

こっちに近付いてくる複数の魔力を感じる。足音も聞こえてきたな。

現れたのは体長二メートルくらいの竜、五頭。こいつらは確か、走竜種のレギドランか。

一応尋ねておくかな。

「師匠、どうする？」

「そっちで何とかしてくれ！」

「だろうな。全員、フォーメーションだ」

戦闘時の陣形は考えてあった。

私は自由に動ける遊撃。残りはミッシェルを守って壁を作る。

じゃ早速、遊撃手として先手を取らせてもらうぞ。

地面を強く蹴り、素早く一頭の懐に入った。大剣を一閃。

ザンッ！

レギドランを斜めに斬り裂き、その命を奪った。

休まずすぐに次の竜へ。

振り下ろされた鉤爪を避け、ギュン！　と横に回りこむ。

喉元を突いてこちらも一撃で仕留めた。

自分で言うのも何だが、小さくて重い攻撃を出せる私は、敵からすれば怖い相手だと思う。小柄なこの体格も役に立ってるってことになるが、もう少し身長はほしいかな。実力を示すのにいちいちボコボコにしてられん。

と仲間達の方に目をやると、あちらにもレギドランが一頭行ってしまっていた。

奴らも各訓練所から選ばれてきてるわけだから大丈夫なはずなんだが、どうも緊張してるみたいだな。

私自身、ある程度は気圧されるのを覚悟していた。

しかし、実際に魔獣を前にしても想像を超えるものではなかったし、体もしっかり動く。やはり前世の経験が大きいのだろうか。だとしたら、こいつらに同じことを求めるのは酷かもしれない。

仕方ない、応援してやろう。

「それくらい倒せないと戦士としてやっていくのは厳しいな。公爵令嬢と一緒に帰ることになるぞ」

「一緒に帰りますか！」

いや、ミッシェルは守ってもらってるんだから。

しかし、三人の闘志に火をつける助けになったらしく、格段に動きがよくなった。彼らが協力して初めての魔獣を討伐している間に、私も残りの二頭を片付けた。

地面に転がっている煌く宝石、魔石を拾い上げる。

魔獣は命が尽きると肉体は塵と化し、魔力の一部がこうやって結晶化するそうだ。結構な高値で売れるらしい。

私は集めた四つの魔石をミッシェルに手渡した。

「私達の初めての稼ぎだ。しっかり持っててくれ」

「私達の、初めての……！」

お嬢は何もしてないけどな。

ちなみに、魔獣を倒した者には経験値が入る。私にもレギドラン四頭から流れこんできていた。

……これはいい。

自分で鍛えるより断然増えるじゃないか。もうレベル5が目前にまで。この調子で魔獣を狩っていけば、今の小さな体でものし上がれそうだ。

現代には素晴らしい獲物がいた！

「リ、リムマイアさん、どうしたんですか？　すごく邪悪な笑い方して」

ミッシェルに指摘されて口元を正した。

いかん、つい前世の名残が……。

それにしても、こんなに続けて魔獣と遭遇するとは。

事前の話では、魔獣が一番大人しくなる真昼を狙って転送されるので、運がよければ全く戦わずに町まで行けるかも、ということだった。

まさか、この場所は……。

「来て早々、レギドランの群れを叩くとは、お前達なかなか見込みがあるぞ（やったのは大体リムマイアだが）」

レオもモノドラギスを倒して戻ってきていた。おっさんもなかなか頑張ったぞ。

「待て師匠、まだ仕留めてないだろ」

「何を言ってるんだ？　確かに魔石がここに……」

私とレオの視線の先には、元気な角竜の姿が。

よく見るとあいつは無傷だな。じゃあ、新しく来た奴だ。

師匠、悪いがもう一頭……、と言おうとした瞬間、その隣に体長十メートルほどある狼頭のドラゴンが現れた。

あれは獣竜種のウルガルダといって、モノドラギスと並ぶ一帯の最強魔獣になる。

さらに別々の方角からモノドラギスとウルガルダがそれぞれ一頭ずつ。そして、四頭の大型魔獣に誘われるように、レギドランなど体長五メートル以下の魔獣達も続々と集まってきた。数にして数十頭はいるだろうか。

私達六人は完全に囲まれてしまった。

間違いない、この場所は……。

「デッドゾーンに転送されたみたいだな、私達」

「ああ、終わった……」

棒立ちのレオが力ない声で返事をしていた。

無理もないが。

魔獣は戦場の不特定の所で、自然発生的に誕生する。

ただ一箇所だけ生成の集中するエリアがあった。デッドゾーンと呼ばれる地獄の戦場。無数の魔獣が活動する超危険地帯だ。

もし初心者ばかりのチームがこんな場所に転送されたらどうなるか、結果は火を見るよりも明らかだろう。

過去数十年に及ぶドルソニアの転送記録の中で、デッドゾーンに飛ばされて無事町に辿り着けたのはたった二例。たまたま同行者が英雄クラスの戦士だった時だけ。

通常は生存率0パーセントと言われている。師範のおっさんが同行者じゃ切り抜けるのはまず不可能だ……。

そのレオが早々に諦めの言葉を吐いたせいもあり、他の皆は顔面蒼白になっていた。

ミッシェルは何かを悟ったように微笑みを浮かべている。

おい、大丈夫か。

「私です……。私が安易に、英雄になろうなんて考えたから、きっと天罰が下ったんです……」

だとしたら、巻きこんだ私達にまず言うことがあるだろ。

とにかくもう全員が諦めの境地に至りつつある。私だって……。

……いや、私はごめんだな。

せっかく得た二度目の人生。失うにしても全力で抗ってからだ。

……あれを使うしかないか。

「師匠、私の〈戦闘狂〉を使おう」

「お前……、まだ一度だって試したこともないだろ」

「やってみるしかない。私ができるだけ仕留めるから、皆も死ぬ気で戦え」

全員の顔を順番に見る。

「諦めるのは全てを出し切ってからだ」

主に一番諦めの早かったおっさんに向けて言ったのだが、その言葉は意外な奴に届いた。

ミッシェルがつけていた鎧を外す。剣と一緒に私によこした。

「使ってください、リムマイアさん。私にできるのはこれくらい。全てを出し切りました」

「装備がお嬢の全てか……。でもありがとう、助かる」

礼を言いながら、私は鎧を着替えて剣を持ち替える。

それから、自分の中にある〈戦闘狂〉と向かい合った。

私はクラスを授かって以来この固有魔法を避けてきたし、できるならまだ使いたくはないと思っていた。制御できる自信がなかったからだ。

前世では初めて使用した際、急激な肉体の変化と魔力の上昇に耐えきれず、私は意識を失った。

あの負荷に、今の体がもつか？

悩んでいる状況ではないし、もう選択の余地もない！

絶対に使いこなしてみせる！

いくぞ……、〈戦闘狂〉発動！

ズオオオオオオオ！

くっ、体が熱い……！

この魔力量、やはりこの魔法は怪物だ……！

暴発しそうだ……。抑えろ……、抑えろ……。

こちらに向かってくるレギドランの群れが目に入った。

とっさに剣に付与された〈プラスソード〉の魔法を使う。剣先が伸びて広がり、刃渡り二メートルほどの魔力の大剣に。

迎撃を、と思った瞬間。

シュザザザン！

気付いたら、もう私は群れの後方にいた。レギドラン達が一斉に崩れる。

……以前と一緒だ、自分が斬ったのかも分からないほどの自然な反応……。まるで息をするように敵を……。

ゆっくり考える間もなく、体はすぐに次の行動に移る。

タンッ！　と地面を蹴って空中へ。

眼下にモノドラギスの巨体を捉え、その首筋に剣を振り抜いた。

沈めた大型魔獣の体に着地するや、また即座に次の標的を探す。

……やはり、戦鬼が取り憑いたみたいに体が勝手に動く。

本能に、呑まれる……。

そう思ったのを最後に、私の意識は戦い一色に染まった。

――――。


気付けば私は草地に寝転び、空を見上げていた。

体に全く力が入らない……。

どうにか意識は失わずに済んだが。魔力も空に近いし、〈戦闘狂〉、相変わらず反動が半端ないな……。

もう周囲に魔獣の姿は見当たらない。日に照らされて輝く魔石が点々と落ちているだけだった。

レオが皆を引き連れて私の所に。

「まるで戦鬼だったぞ……。死ぬ気で戦うも何も、俺達は全然何もしていない」

「それは悪かった。まあ、こういうやばい固有魔法なんだ」

「やばいのはお前自身だ。リムマイア本来の能力と〈戦闘狂〉がぴったりはまった感じがしたな」

この魔法とは前世からの腐れ縁だからな。

ため息をつきながらレオは私の体を起こし、自分の背中に背負う。

「お前はレベルでも俺なんてすぐに追い抜くだろうさ」

「ああ、今の戦闘で一気に上がったからな。【ベルセレス】レベル10になった。おそらく来月中には抜くだろう」

「そんなにすぐか……」

「だが、おっさんはずっと私の師匠だ。何一つ私に勝てるものがなくなってもな」

「お前……、絶対に俺のこと師匠と思ってないだろ……」

何だ、喜ぶと思って言ってやったのに。

しかし、これからまたこの固有魔法と付き合っていくのか……。

人の気も知らないで、ミッシェルがにこやかな表情で私の横に並んできた。

「おかげさまで生きて帰還できそうです。その剣と鎧は差し上げますね。きっとリムマイアさんは、本当に国の英雄になると思います」

英雄か、確かに私もそこを目指していた。金のために。

だが、なったらなったで、また面倒なことに巻きこまれそうな気がする……。

デッドゾーンを突破した私達は、その後は一度も魔獣に遭遇することなく、レジセネの町に無事到着した。

この町は世界各国が資金を出し合って築いた、前線最大の拠点だ。それだけに東西南北に数キロと相当な広さがある。

そして、町を挟むように東側と西側には巨大な台地が。

遥か上空にあるあの台地の天辺にもかなりの面積の地面が広がっていて、そこも魔獣との戦場になっているらしい。むしろそっちが主戦場と言っていい。

魔獣が支配するこの地域には、こんな巨大な台地がいくつも存在する。まるで領土を奪い合うように、台地を巡って繰り広げられているのが人類の戦争だった。

名声を得るにはまず台地の上まで行かなければならないが、そこに辿り着けるのは一握りの戦士だけだ。

ちなみに、町の南側に広がる私達が転送された森林地帯はサフィドナの森という。

ほとんどの戦士はこの初心者向けの森か、上に行くための通路である台地内部の洞窟で脱落するそうだな。それ以前に、レジセネの町に辿り着けるのは転送された者の半分ほどというデータもある。

まあ、私達も危うく全滅するところだったんだが……。

一言で表すなら、やはりここは地獄の戦場ということだ。

町の入口になっている大きな門の前まで行くと、他にも大勢の戦士の姿があった。

おっと、いかん。

「師匠、下ろしてくれ。もう歩けるくらいには魔力は回復した」

私はレオに背負われたままだった。

ただでさえ私だけ子供なのに、おんぶされたまま入場してなるものか。

地面に下りながら周囲を見回す。

誰も彼も、大なり小なりほっとした表情に見えるな。この町は結界で覆われているからやはり安心するんだろう。（そのせいで町に直接転送できないわけだが）

「まずは関所で登録するぞ」

私達を先導するレオがゲートの横にある建物を指さした。

あれは世界戦線協会の前線基地で、簡略的に関所と呼ばれている。

レオに続いて中に入り、名簿に所属国と名前を記載してもらうと、本当に無事到着したという実感が湧いてきた。

また、この関所では魔石の換金もしてくれる。

私が袋からジャラジャラと魔石を出すと、受付の女性職員は目を丸くした。

「あの……、あなた方、たった今着いたばかりですよね……？」

「ああ、あんたがさっき登録してくれただろ」

「では、この大量の魔石は……？」

「私達、デッドゾーンに転送されたんだ。大変だったんだぞ」

「デッドゾーンを生き抜いたんですか！」

受付の彼女が叫ぶと部屋は騒然となった。

そうか、普通は生存率0パーセントだったな。しかし、うるさい。

居合わせた戦士達や職員達は口々に「信じられない！」とか「ありえない！」と。

これにムッとしたミッシェルがずずいと私を押し出した。

「嘘じゃありません！　このリムマイアさんが！　たった一人で！　デッドゾーンの魔獣を殲滅《せんめつ》したんですよ！」

おい、ミッシェル……。

案の定、私に視線が集中する。

受付の女性が再び遠慮がちに尋ねてきた。

「失礼ですが、リムマイアさんはまだ子供のように見えるのですが……」

「……その通りだ。十歳だから世間一般的には、子供に当たる」

「十歳ですか！」

再び彼女が叫ぶと周囲はもう収拾がつかない状態に。

レオがさも楽しげに笑みを浮かべながら私の肩に手を乗せる。

「よかったな、リムマイア。大型ルーキー誕生だ。いや、小型か。お前、意外と美少女だからきっと人気出るぞ」

そう、惰弱なこの体の唯一とも言える取り柄が容姿の愛らしさだ。

柔らかな茶色の髪に緑色の瞳。私は結構な美少女だった。

……確かに名声を得たいと思ったが、こんな形で注目されるのは違う気がする。見ろ、皆まるで小動物を愛でるような目で私を……。

あいつら、絶対に私がデッドゾーンを突破したとか信じてないだろ。今は魔力も消耗しているしな。

そんな周囲の反応にレオはもう一度笑みをこぼした。

「愛でていられるのも今だけだ。お前が活動を始めたら、嫌でも実力を知ることになるだろうさ」

「……はぁ、もういい。早く魔石を換金してくれ」

受付の職員を急かして本来の仕事をさせた。程なく、カウンターに札束が五つ並ぶ。

五百万ゼアか、こんなもんだろ。なお、ゼアは世界の共通通貨になる。町角で売っている肉まんが大体一個百ゼアくらいだな。

私はカウンターの金に手を伸ばした。

「じゃあ、この金は」

ミッシェル以外のチームメンバー三人に札束を一つずつ渡した。

残り二つを懐にしまう私を、全員がきょとんとした顔で見てくる。

「ほとんど私が倒したんだから、ちょっとくらい取り分多くてもいいだろ？　ミッシェルはもう帰るし、師匠は同行者なんだから我慢してくれ」

すると、レオが「そうじゃなくて」と言った。

「ほとんどお前が倒したから、全部持っていくと思ったんだが……」

うむ、前世の私なら迷いなくそうしていた。

今世でもそうしたい気持ちは山々だ、が。

「この戦場は思っていたよりやばい。三人はその金で強化魔法を買え」

とりあえず、王国の拠点より先に、魔法店に行くか。

関所を出た私達は、その足で魔法を買いに専門店へと向かった。

店内に入ると、小瓶に収納された半透明の結晶がずらりと並んでいる。

あれらは魔法結晶と呼ばれ、体内に取りこむことですぐにその魔法を使えるようになるという便利なものだ。ただし、相当値が張る。

習得できる魔法やその数は、レベル、魔力の熟練度などで決まるが、今のチームメンバー達でも初歩魔法二つくらいならいけるだろう。

「よし、ゲイン系はどれも一つ百万だな。お前達、〈アタックゲイン〉〈ガードゲイン〉〈スピードゲイン〉のどれか一つ好きなの買って習得しろ」

それぞれ、攻撃、防御、速さ、を強化する基本魔法になる。本来なら全部まとめて習得したいところだが、まあ一つあるだけでも生存率は変わってくるはず。

さて、二百万ある私も強化魔法を二つ覚えてもいいのだが。

と並んでいる結晶を順番に見ていく。

前世の時代からずいぶん経っているので、新しい魔法もかなり増えてるな。

かつて溢れていた粗悪な魔法は、やはりほぼ淘汰《とうた》されたようだ。逆を言えば、現在でも残っている魔法は選び抜かれた質のいいものということになる。

前世で使い勝手がよかったのは雷属性だったか。おそらく魔獣に対しても有効に違いない。

最もランクの低い〈サンダーボルト〉なら二百万で何とか買えるだろ。

しかし、その値札を見て私は固まった。

に、二百五十万、だと……！

「なあ、誰か一人、金返して……」

振り返ると、もう全員が各自ゲインを選んで会計を済ませていた。ほくほくした顔で魔法結晶を眺めている。

言えん……。前の私なら返品させた上で奪い返していたが、今の私にはできん……。

皆、あんなに嬉しそうにしてるし……。

だが、〈サンダーボルト〉は何としても今すぐほしいところだ。

「リムマイアさん、その魔法がほしいんですか？」

横でミッシェルが首を傾げていた。

……そんなこと、気前よく百万を配った今、口が裂けても言えんっ！

黙っていると彼女は背中のリュックから札束を取り出した。

「足りない分は私が出します。買ってください、それ」

ミッシェル……、剣も鎧もくれるし、魔法まで。なんていい奴だ。

彼女に五十万ゼアを補ってもらい、私は〈サンダーボルト〉を入手することができた。

小瓶に入った結晶を眺めているとレオが。

「ほくほくした顔してずいぶん嬉しそうだな。まるで本当の子供みたいだぞ」

……紛れもなく私は本当の子供だぞ（外側は）。

魔法店での買い物を終えた私達は、ようやくドルソニア王国の拠点に向かうことになった。森の中とは打って変わって、意気揚々と先頭を歩くミッシェル。その足がピタリと止まった。

「その前に帰還用の転送を予約してきます」

「なら、俺もやっておくか」

レオも思い出したように呟いた。

転送の光を構築するのには時間がかかる。専門の訓練を積んだ魔法技師が数人がかりで一か月ほどだ。なので、ミッシェルもレオも帰るのは早くて一か月後になる。

金の方も結構かかるようだから順番待ちとかはないらしいが、早めに予約するに越したことはないな。

そして、訪れた転送所にて。

ミッシェルはカウンターにすがりつくように泣き崩れていた。

料金表を見ると転送は一人四百万ゼアと書いてある。

カウンターの上には札束が四つ。ただし、そのうちの一つは高さが半分しかない。

……そうか、五十万、足りなかったか。

どうして料金きっかりしか持ってこなかったんだ……。

「実は……、特注の装備を作るのに私が動かせるお金は全て使ってしまい……、これは執事から借りてきたんです……」

めそめそとミッシェルはそう述べた。

使用人から金を借りるお嬢って何なんだ……。

だが、足りなくなったのは私のせいだし、用立ててやるか。

「ちょっと待ってろ。今から魔獣を狩って五十万つくってきてやる」

「それは助かりますが別に今からじゃなくても！」

「いいや、今から行く」

譲らないでいるとレオが私の顔を覗きこんできた。

「……お前、今すぐ〈サンダーボルト〉を使いたくて仕方ないだろ？　ウズウズが顔に出てるぞ。子供らしいといえばらしいが、戦場に来てから急にはしゃぎ出すってどうなんだ？」

別にはしゃいでなんか、いや、少しうかれてる感じはするな。雰囲気が懐かしいというか。

「とにかく、今からさっと行ってくる。魔力もそこそこ戻ってるから心配するな。皆は先に拠点に向かってくれ」

＊

足取り軽く、私は関所へと駆けた。

中に入ると先ほどと同じカウンターに向かう。受付の女性も一緒だった。

もちろん彼女も私のことを覚えていた。

「リムマイアさん、どうなさいました？」

「さっきの魔石買い取り一覧を見せてほしいのだが」

私が知りたかったのは各魔獣の単体価格だ。

ふむ、大型のモノドラギスとウルガルダはどちらも三十万から四十万ほどになっているな。

では、大型を一頭と、あと小型（といっても結構大きいが）の群れを一つ狩ればいいか。それで五十万に届くだろう。

「ありがとう。じゃ、行ってくる」

「行くって……、どちらへ？」

「狩りだ。今から魔獣を狩りにいく」

「ついさっき町に到着したばかりなのにもうですか！」

受付の女性が叫ぶと、また一斉に周囲の視線が私に集まった。

この娘はまったく……、名前を確認しておくか。

カウンターに置かれたネームプレートに目をやると、彼女の名はコレットというらしい。

「……コレット、いちいちリアクションで私に注目を集めるな」

「ごめんなさい、癖なんです……」

「……困った奴だな」

「ごめんなさい……」

何となく、この娘とは長い付き合いになりそうな気がする。

「まあ心配するな、コレット。デッドゾーンを経験した甲斐あって、この辺りの魔獣の力は大体把握できた。今の魔力でも問題ない。新しい魔法も手に入れたしな」

と私は笑みを浮かべながら手をかざす。そこからバチバチと小さな稲妻が走った。

「な、なんて邪悪な笑顔……。やはり、リムマイアさん、普通の十歳児じゃありませんね……」

いかん、これ以上喋っていると正体がバレそうだ。

私は早々に関所を出ると、そのまま再びサフィドナの森に入った。

空を見上げると、日が傾き始めている。そろそろ魔獣も活発に動き出す頃だろう。獲物を見つけるのもそれほど苦労しないはず。

耳をすまし、同時に魔力感知の範囲を広げた。

………、いた、大型だ。

しかし、これは……、とりあえず向かうか。

標的のいる場所を目指して森の中を駆ける。

程なく、魔獣の荒々しい雄叫びが聞こえてきた。それと、複数の人間の声。

そう、私が見つけた魔獣は今まさに交戦中だった。

気配を消して茂みから様子を窺う。

大型魔獣は、狼頭にドラゴンの体をしたウルガルダだ。その体長は約十メートル。

対する人間は六人の男女で、そのうちの何人かはすでに負傷している。

鍛えてる感じはするが、こいつらは間違いなく初心者だな。私達と同じ、今日転送されてきた奴らだ。どうやらレオみたいな熟練の同行者はいないらしい。

転送者の事情は国によって全く異なる。目の前の光景を見れば、ドルソニア王国の私達は恵まれているというのが分かった。

さて、この状況、どうするかな。

通常、他のチームが戦闘中の魔獣に手を出すのはルール違反になる。戦士同士の争いを避けるために、世界戦線協会がはっきりとそう明示していた。

いや、そうは言ってもだ……。

放っておいたらこいつら、全滅するぞ？

だから私もつい様子を見にきてしまったわけだが……。

どうする……、前世の私なら完全に知ったことじゃない。勝手に死んでおけ、と吐き捨ててこの場を去っていただろう。

く、最低な自分を思い出したら余計に引けなくなってきた。

……よし、ふらっと散歩にでもきた感じで出ていこう。奴らの方から助けを求めてくるはずだ。

それで交戦権は私に移る。

私はふらっと茂みから出た。

さあ！　助けを求めてこい！

チームのリーダーらしき男性が、私を見つけて慌てて走り寄ってくる。

「どうしてこんな所に子供が！　キミ！　俺達が戦っている間に早く逃げるんだ！」

……あれ？

予想外の展開に呆然と立っていると、彼はさらに言葉を続ける。

「きっとすぐ近くに町がある！　そこまで振り返らずに走るんだ！」

……ああ、私はその町から来たので知ってる。

すると、リーダーだけじゃなくチームの残り五人も集まってきて、私の周りに壁を作った。

「この子だけは絶対に助けないと！」

「ああ！　俺達の命に代えても！」

「ふっ、いい死に場所を見つけたわ」

「そうだな、悪い最期じゃない」

「さ！　あなた！　今のうちに早く行って！」

……いかん、私の愛らしい容姿がこいつらの何かに火をつけてしまったらしい。歴戦の勇士みたいな口振りの奴もいるが、お前ら転送されてきたばかりの新人だろ……。

………、……もういい。

「違う！　私の方がお前らを助けに来たんだ！」

私が叫ぶと全員きょとんとした顔に。

「ただの子供が一人でこんな地獄の森を歩いてるわけないだろ！　見ろ！　鎧を着てるし剣も持ってる！」

どうして私がここまで説明しないといけないんだ……。

なお、私達がこうしている間、魔獣が親切に待ってくれるはずもない。

ウルガルダはグッと体を沈ませて、今まさに飛びかかってこようとしていた。

私はそちらを睨みつけながら殺気を放った。

「すぐに相手してやるから、少し待っていろ……!」

パチ、パチ……、パチ……、パチパチ……。

狼頭の魔獣は、予定とは反対の背後へと飛び退いた。

まったく、敵の方がよっぽど物分かりがいい。いや、こいつらにも伝わったか。

周囲を見回すと、六人全員、腰が砕けたように座りこんでいる。

まあ、殺気に反応して空気中の魔力がパチパチ弾けてたしな。

にしても私、体も魔力も弱くなったが、殺気だけは以前のまま健在じゃないか。これならいちいちボコボコにしなくても実力を分からせることができた。

うーん、今まで意識して殺気を放ったこと……、なかったな、そういえば。とりあえず今はおいておこう。

私は座りこんだままのリーダーの男性に視線をやった。

「で、助けてほしいのかほしくないのか、どっちなんだ?」

「……た、助けて、ください……、お願いします……」

うむ、最初からそう言えばいい。

新人転送者六人が見守る中、私は背中の鞘から剣を抜いた。そこに付与された〈プラスソード〉の魔法を発動し、刃渡り二メートルの魔力の大剣を作る。

相対するウルガルダ。

一度は私の殺気に怯んだものの、その戦意は全く衰えていない。こちらに向かって激しく吠え、地面をダン！　と踏み鳴らした。

こんなふうにお前を踏み潰してやる！　といった感じか。

私は改めて、体長十メートルの竜の巨体を眺めた。

これはなかなか人間の勝てるサイズではない。まして、それまで対人の木剣訓練しかやってこなかった奴に、いきなり戦って倒せなど無茶にもほどがある。

転送者の場合、こいつやモノドラギスのような大型魔獣に遭遇した時点で終わりだな。町に到達できる者が約半数というのも頷ける。

では、私はどうだろうか？

さっきは〈戦闘狂〉で大幅に強化された状態だった。

私がすぐにこの森に戻ってきたのは、魔法を試し撃ちしたいのもあるが、それだけじゃない。普段の力で仕留められると、しっかりと自分に、いや、あの怪物みたいな固有魔法に見せつけてやりたかったからだ。

懐かしいな、前世でもこうやって〈戦闘狂〉を従えさせようと必死になっていた（そして、気付いたら最凶の狂戦士と呼ばれるようになっていた）。

ふふ、久々に……、血が騒ぐ！

大地を強く蹴った私は、一気にウルガルダとの距離を詰めた。

これに、狼竜は予告通り前脚を大きく振り上げて踏み潰そうとしてきた。

回避した私はその脚を剣で斬りつける。鈍い手ごたえ。

……硬い、やはり頭以外の全身ほぼ鱗に覆われているだけあるな。

ウルガルダは、今度は竜の尻尾で薙ぎ払おうとしてきた。

ジャンプして避けた私は、次は胴体を斬ってみる。

うーむ、魔法の刃のおかげでどうにか届くが、それにしても硬い。だが、ダメージがないわけではないし、とにかく攻撃しまくればいいだろ。

そろそろ使わせてもらうぞ！

狼竜に向けて一直線に雷撃を放った。

〈サンダーボルト〉！

これは雷属性の下位魔法なだけあって、こんな巨大な相手を倒し切れるものではない。しかし、感電によってわずかの間、その動きを停止させることならできる。

狙い通り、ウルガルダは活動を止めて硬直した。

さて、お前の攻撃の合間にさえ反撃できた私に、そんな大きな隙を見せればどうなるか、分かっているな？

魔力の大剣を天高く振り上げた。

ザン！　ザン！　ザン！　ザン！　ザザザザザンッ！

私は身動きのとれない巨獣を斬って斬って斬りまくる。

……相変わらず、本当に硬い。だが、前世の時代にはこれほど手ごたえのある敵は存在しなかった。

何だか……、……楽しくなってきた！

「くく、くはは、くはははははは！」

ダメだ、自然と笑いが。止まらん！

と後ろで観戦している六人の話す声が聞こえてきた。

「……す、すごい、まるで狂戦士だ」

「ええ……、あんなに愛くるしい姿をしているのに、まるで狂戦士だわ……」

いかん、前世がバレる。

口元を正して気を引き締めた。

それに楽しんでいる場合でもなかった。

私の怒涛の斬撃は、いずれもウルガルダに致命傷を与えるまでには至ってない。魔法まで使ってこれではこの大型魔獣を仕留める術など……。

ないこともない。

この展開は割と予想通りだ。ちゃんと打つべき手を考えてある。

もう一度ウルガルダに〈サンダーボルト〉を放った。巨獣が停止している間に今度はその体に飛び乗る。

胴の上で大剣をかざし、渾身の力で突き立てた。

むぅ、渾身の力とはいえ、〈戦闘狂〉の強化がない現状ではやはり心臓まで届かないか。

だが、これも予想通りだ！　〈サンダーボルト〉！

私が雷を撃ったのは剣に対してだった。

それを伝ってウルガルダの体内に直接電流を注ぎこむ。

バリバリバリバリバリバリッ！

「グオオオオオォォォォ！」

断末魔と共に狼竜は大地に崩れた。

たとえ下位魔法でもさすがにゼロ距離、いや、マイナス距離の電撃はかなり効くだろ。

塵に変わっていくウルガルダを眺めながら、私は何とも言えない達成感を覚えた。

うむ、これで〈戦闘狂〉に頼らずに大型魔獣を倒せたな。喉元か首筋を狙えば雷にも頼らずにいけるかもしれん。次からはそれでいくか。

ウルガルダの魔石を拾うと、私はもう一度剣に〈サンダーボルト〉を纏わせてみた。

……やはり問題なくできるな。

私は前世で雷属性を多用していたこともあり、これの扱いが大の得意だ。なのでこんな芸当もできる。

しかし、先ほどの魔法店では、武器に雷を付与する魔法は〈サンダーウエポン〉という名で別個に販売していた。前の時代にはまだ存在していなかった魔法ではあるのだが……。

私は自分の中にある魔法を確認してみた。

ふむ、確かに武器に纏わせるのは〈サンダーボルト〉とは独立して存在しているぞ。以前はただの技のように思っていたが、どうやらこれは魔法、〈サンダーウエポン〉らしいな。

そうか、私、魔法を生み出していたのか。

言われてみれば、昔もなかなか真似できる奴いなかったしな。

とにかく……、何か得した。

「ふふ、お前は今日から〈サンダーウエポン〉だぞ」

と剣に喋りかけていると、あちらから観戦していた六人が走ってくるのが見えた。

……今の、聞かれなかっただろうな。

リーダーの男性が代表して話しかけてきた。

「助かりました……、キミ、いえ、あなたはすごいですね……。そんなに可愛い、いえ、小さな体であのウルガルダを倒してしまうなんて……」

「可愛いも小さいも余計なお世話だ。この魔石は私がもらって構わないいな？」

「はい、もちろんです！」

よしよし、これでまずは大型討伐の方はクリアだ。後は群れの魔獣を……と、ちょうどいいのが来たじゃないか。

魔力感知で接近する複数の魔獣に気付く。その正体にもすぐに察しがついた。なんせ、私が初めて仕留めた奴だからな。

森の奥から駆けてきたのは六頭のレギドランだった。

私は六人の新人戦士達をぐるりと見回す。

「一人一頭ずつだが、いけるか？」

「……ちょっと、無理そうです」

仲間内で相談するまでもなく、リーダーが即答していた。

「じゃあ、あれも私がもらっていいな？」

「「「はい、どうぞ」」」

六人の返事が綺麗に重なった。

では、遠慮なく。実はもう一つ試したい技、いや、魔法があった。

かつての私が好んで使っていた技で、大勢の敵兵をまとめて……、……やめておこう、私は生まれ変わったんだ（現実的に）。ともかくこれも魔法店に並んでいたから気になっていた。

まずは大剣に雷を這わせて〈サンダーウエポン〉の状態に。

そして、これを斬撃の波動と共に、前方へ放つ！

横一閃に剣を薙ぎ払うと、生じた稲妻の波動がレギドラン達に向かって飛んでいった。

ズバッシュ――――――ッ！

六頭の魔獣が同時に塵と化した。

……〈サンダースラッシュ〉を自力で習得したぞ。得した。

魔石を拾い集めながら、今度は〈識別〉を自分に使い、また魔法が一つ増えているのを確認する。

新たに生まれた二つの魔法、〈サンダーボルト〉からつながっている感じがするな。なるほど、普通は〈サンダーボルト〉を買った上で、ウエポンやスラッシュを習得するわけか。それ、かなり金かかるだろ。

……他に自力で編み出せそうな魔法がないか、後でもう一回魔法店に行こう。

「じゃあ、レジセネの町に向かうか」

視線をやると六人は揃って唖然《あぜん》とした表情で立っている。

「おい、どうした？　お前らには雷は放ってないぞ」

「いえ！　本当に、あまりにすごかったもので……！　……上位の戦士はここまでなのかって。

……俺達、これからやっていけるのか不安ですよ……」

町に向かって歩きながら、リーダーの男性はそんな弱音をこぼした。

いかん、まだ来たばかりなのに自信を失いかけている。ここは私が何とか励ましてやらねば。上位の戦士という響き、悪くなかった。

「……お前らは、素質があると思うぞ」

「え……？」

「まず、私が駆けつけるまで誰も死なずに持ち堪えた。そして、何かに酔っている感じはしたが、全員で弱者を守ろうとした（本当は弱者じゃなかったが）。お前らはいいチームだ。きっとこれから強くなるだろう」

「ほ、本当ですか！」

「ああ、この私が言うんだから間違いない」

「あの、あなたのお名前を伺ってもよろしいですか？」

「いいぞ、私の名はリムマイアだ」

「リムマイア様……！　いつかあなたみたいな戦士になれるように俺達、頑張ります！」

リーダーの彼だけじゃなく、他のメンバー達も私をリムマイア様と呼び、次々に戦いの心得なんかを聞いてきた。

ふふ、なかなかに可愛い奴らじゃないか。

そうこうしている間に町に到着し、私は彼らを関所に案内してやった。ちょうどコレットの受付が空いていたのでそこに連れていく。

お喋りな受付嬢は早速リーダーの男性と話し始めた。

「そうですか、リムマイアさんに」

「はい、助けていただいて、本当に幸運でした。あんな子供のように小さいのに凄まじい強さで、リムマイア様はすごい方です。こんな歴戦の勇士を目指して頑張ろうって、皆で話していたんですよ」

「……あの、リムマイアさんは見た目通りの十歳ですし、皆さんと同じ、本日到着したばかりの新人さんですよ？」

コレットの言葉を聞いた六人は一斉に硬直した。

む、言ってなかったか？

それにしてもよく固まる奴らだ。

ウルガルダとレギドラン六頭の魔石を換金すると合計五十四万ゼアになった。

これでミッシェルを送り返すことができるな。とりあえず私もドルソニア王国の拠点に行くか。

と関所から出たところで、町の方からミッシェルとレオが走ってくるのが見えた。

「二人してどうしたんだ？」

尋ねるとミッシェルは派手な身ぶり手ぶりを交えながら慌てた様子で。

「やっぱりリムマイアさんが心配でいてもたってもいられず！　よかった！　まだ出発していなかったんですね！」

「いや、もう行って帰ってきたぞ」

「待て待て、まだ一時間も経ってないじゃないか」

疑いの目を向けてくるレオに稼いだばかりの金を見せる。

「ほら、ちゃんと五十万あるぞ。あとついでに全滅しそうになってた奴らも助けた」

「この短時間にしっかり稼いで人助けまで……。お前は歴戦の勇士か」

「鋭いな、師匠。ついでだしこのまま転送の予約しに行くか。あ、二人共、料金持ってきてるか？」

大事な大金なのでミッシェルもレオも肌身離さず携帯していた。この足で転送所まで行き、二人は一か月後の帰還が決まった。

それから、晩飯を買ってから拠点へ向かう（戻る）ことに。

言われてみれば私、一時間弱で五十万叩き出したんだな。これはもしや、一日中狩りをすれば五百万くらい稼げるのでは？

目標にしていた大きな家もあっという間に買えてしまうじゃないか。

くくく、素晴らしい。ここはまさに天国だ。

などと思っていたのも束の間のことだった。

屋台の肉まんを、私は眼を見開いて凝視していた。

た、ただの肉まんが、千ゼアだと……！

通常の十倍もしているぞ！　ただの肉まんが！　こいつだけじゃない！　気軽に食べられるはずの他の物も全て高級品になっている！

飲食店街で狼狽する私の肩を掴んだのはレオだった。

「しっかりしろ。このレジセネはほとんどの物を外部からの輸送（つまり転送）に頼っているから、とにかく物価が高いんだ。安いのは地下から汲み上げている水くらいだな。あと、戦闘に必要な装備や魔法なんかも世界戦線協会のはからいで外と変わらない価格だから安心するといい」

確かに、魔法店で見た値段は通常通りだったな。

私は余った四万で気前よく全員分の飯を買ってやるつもりでいたが、拠点にいる一緒に来た三人の分も含めると金が足りず、レオからも出してもらうことになった。

「それなら私も出……、せません……」

ミッシェルは懐に入れた手を何も取らずに戻した。彼女は今、完全にすっからかんの状態だ。

こんな哀れな公爵令嬢、見たことない……。

明日、狩りをして金が入ったら少し渡しておくか。……いや、これは私が一か月間、支援し続けないといけない感じだな。

ちなみに、レジセネは地価も非常に高く、宿もあることにはあるがこちらも通常の十倍ほどする。

なので皆、所属する国の拠点に寝泊まりするのが一般的らしい。

小さな一軒家でも数億ゼアするのだから、とても手が出せん。こんな前線に家を買っても仕方ないが……。

ともかくそのような事情で、この日から私達は拠点で集団生活を送りながら戦士として活動することになった。特にやるべきことは決まっておらず、各自が自由に動いていいようだ。

レオに関して言えば、到着した翌日から大変な仕事を担う羽目に。

「いいか、これは訓練じゃない。命の懸かった実戦なんだ。各々、絶対に勝手な行動は慎め。何より大事なのはチームワークだ」

目の前の九人に向けて、レオはそう訓示した。

九人というのは、私と一緒に転送されてきた三人と、昨日私が助けた六人だ。

あのリーダーの男性が、横で見ていた私に近付いてきた。

「リムマイア様、本当に何から何までありがとうございます。こちらに加えていただいて、俺達もどうにかやっていけそうです」

彼の名前はハロルドというらしい。所属する国からあまり支援を受けられないようなので、こっちに合流しないかと誘ってみた。

「まあこれも何かの縁だ。頑張れよ、ハロルド」

「はい、リムマイア様に追いつくのは無理ですが、少しでも近付けるように精進します」

ハロルドは私の容姿や年齢を気にしないことにしたようだ。やはりなかなか見所のある青年だった。しかし、時折、愛くるしい小動物を見るような視線を感じるのだが……。

……これは他の八人も同じか。

もういい、お前らさっさと出撃しろ。

私はえらく気負っているレオの元へスッと歩み寄った。

「まるで傭兵団の団長だな、師匠。帰るまでの一か月、しっかりやれよ」

「……なぜこんなことに。この一か月はたまに魔獣を狩って、のんびり過ごす予定だったのに……」

「ぐちぐち言うな。必要とされるのは有難いことだろ」

おっさんの背中をバンと叩いて送り出した。

それで、一人暇を持て余すことになったミッシェルはといえば……。

「では、私も行ってきますね」

毎日のように町へと出掛けていく。どうやらあちこち動き回っているらしく、他所の国の拠点にまで出入りしているとか。

まったく、好奇心旺盛な困ったお嬢だ……。

そして、私の方は一人での狩りを続けている。

これは探索も兼ねたものだ。地形や洞窟のある場所を調べたりして、まあ台地の上に行くための下準備といった感じだな。

だが、それも大体半日ほどで切り上げ、残りの時間は町でミッシェルと過ごした。

特別なことをするわけじゃなく、彼女の散策に付き合ったり、一緒にお茶を飲んだり、ジャンクなフードを買い食いしたり……。

……なぜ、私がこんな女子のような真似を。

だが、何だかんだミッシェルとは気が合うし、ちょっと……、楽しい。

そんなふうに一か月はすぐに過ぎ去った。

いよいよミッシェルとレオが帰還する日、私は転送所まで二人を見送りにいった。

まずレオが私の頭を撫でる。子供扱いするな、おっさん。

「リムマイア、俺はお前のことは何も心配していない。ただ、お前の周囲の人間を気の毒に思うくらいだ。俺のことはもういいから二人で話せ」

促されて私はミッシェルの前に立った。

むぅ、こんな時、何て言えばいいんだ……。

口籠もっていると、彼女の方から切り出してくれた。

「私、実は今までお友達と呼べる人がいなかったんです。ですが、リムマイアさんと過ごした時間は、ここに来る前も来てからも、とても楽しかったです」

「あ、ああ……、私も、た、楽しかった……」

「本当ですか！　でしたら、私の初めてのお友達になっていただけますか？」

「う、うむ、いいだろう。なってやる」

いかん！　全然うまく喋れん！　もっと気の利いた言葉を言わねば！

そうこうしているうちに、ミッシェルの体は光に包まれていた。
彼女は最後に笑顔を作り、その表情のまま行ってしまった。
……ミッシェル、お前は私にとっても、前世も含めて初めての友達だ。元気でな。

第九章　狂戦士、大切なもののために狂い咲く。

～ミッシェル視点～


私の名前はミッシェル。ドルソニア王国、公爵家当主の娘です。

現在、当家は非常に厳しい状況にあります。権力争いに敗れ、主導している派閥から次々に貴族達が離反。公爵家という地位にありながらまさに没落の危機にあるのです。

あまりのショックで当主である父は寝込んでしまい、一族はもう大変な騒ぎ。

十五歳という若輩ながら、私も家のために何かしなければ、という思いに駆られました。

考えに考え抜いた結果、一つの妙案が。

「お嬢様、ご注文なさっていた品々が届きましたよ」

そう伝えにきてくれたのは執事のデュランでした。

二つ年上の彼は幼い頃より私に仕えてくれています。今回の計画にも全面的に協力してくれている頼れる存在です。

届いた品々を前に、私は高まる気持ちを抑えられません。

「素晴らしいです！　必ずや私はこれで英雄の座に上り詰めてみせます！」

そこにあったのは一揃いの武具。

私の動かせるお金全てを注ぎこんだ特注品です。とりわけ剣と鎧は、それぞれ攻撃と防御の魔法が付与された一級品。

これらを装備して私は戦場に赴きます。

そこで戦果を出し、王国の英雄に！

国の主力とされる英雄クラスになれば、貴族以上の地位が与えられます。当家を没落の危機からも救えるはず！

「そんなにうまくいくでしょうか……」

私の熱い想いに水を差すようにデュランがため息を。

「いかないと困ります。家の力でもう次の転送メンバーに入ってしまいましたから」

現在、人類は魔獣との戦争状態にあり、各国で維持する前線はドルソニア王国より遥か遠くにあります。行くには月に一度だけ魔法転送される戦士達の一人に選ばれなければなりません。

非常に狭き門ですが、家の力で何とかなりました。

戦いに向けて戦闘クラスも授かりました。私はもう【セイバー】レベル1です！　固有魔法は〈二度寝〉という何だか不思議なものが出ましたが。

ともかく、あとはあちらで頑張るのみ。この特注品の武具があれば大丈夫なはずです。

「とはいえ、少しは訓練をしておくべきでしょう。お嬢様には何を申し上げても無駄だと承知しています。わずかな時間しかありませんが、私がお相手しますよ」

デュランが木剣を二本持って立っており、うち一本を渡してきました。

こうと決めたら譲らない性格の私に、デュランは昔からよくついてきてくれます。常に私の味方であり、困った時には助けてくれる人。いざという時に私を守るためだと、武術まで習いにいってくれています。

それにしても、木剣とはなかなか重いのですね。

え？　本物の剣はもっと重いのですか？

……認めます。

戦いを甘く見ていた、と言う他ありません。

一週間後、共に転送される戦士達との顔合わせが行われ、私はそれを思い知ることになりました。

戦士同士の手合わせで私は十歳の少女に一撃で敗北。私は自慢の特注品装備、相手は訓練用の簡易装備だったにも拘わらずです。

少女はリムマイアさんというそうで、打ちひしがれる私を食事に誘ってくれました。

連れていかれたのは、一度も足を踏み入れたことのない下町の、しかも路地裏でした。周囲は何だか怖い人ばかりですが大丈夫でしょうか……。

「ミッシェル様、俺もいるので安心してください」

そう言ってくれた方は、今回、私達新人戦士に同行してくれるベテラン戦士のレオさんです。

王国の訓練所で師範も務めているそうで、リムマイアさんの師匠でもあるんだとか。頼もしい四十代のおじさんです。

私達は屋台のお店で食事をすることになりました。

とても香ばしい匂いがします。待っていると、出てきたのは棒の刺さったお肉でした。

えーと、ナイフとフォークは……？

「そんなもんいるか。焼き鳥はこうやって食べるんだ」

とリムマイアさんは棒を掴んでお肉にかぶりつきました。

なるほど、そういう作法なのですね。

では私も。あら、美味しい。

焼き鳥を食べる私をじっと見つめた後に、リムマイアさんは話を切り出してきました。

「なあミッシェル、事情は聞いたが、やっぱり戦場に行くのはやめておかないか？　お前が英雄になるのは無理だぞ」

……分かっています。私は英雄どころか戦士にもなれないと。

リムマイアさんは孤児院の生まれだそうです。自分の腕一つで成り上がると決め、この若さで戦士の道に入ったという話を伺いました。

実際、素人の私から見ても、彼女の身体能力や戦いの才能は大変なものです。きっと英雄になるのはこういう人なのでしょう。

分かってはいても、私は一度でいいからこの目で戦場を見てみたい。国や人類を守る戦いがどのようなものなのか、直接見て確かめたいという思いが湧いてきました。

足手まといになるのを承知で連れていってほしいとお願いしたところ、レオさんが。

「リムマイア、何とかフォローしてやってくれ。デュランからも頼まれてるんだよ。連れて行って連れ帰ってほしいって」

「レオさん、デュランをご存じなのですか？」

「あいつも俺の弟子なんですよ」

そうだったのですね。

それにしてもデュランったら、連れて行って連れ帰ってほしいだなんて。最初から私には無理だと分かっていたということじゃないですか。でしたら、同行者のレオさんに私を止めるよう言ってくれてもよかったのでは？　確かに私はこうと決めたら譲りませんけど。

でも、もう少し必死になって止めてくれてもいいのでは？

なぜかやたらともやもやするので、屋敷に戻ってすぐデュランに問い質すことにしました。

「実は、お嬢様が戦場に行くと言い出された時に思いついたことがありまして。英雄にならなくても状況を打開できるかもしれません。しかし、一番はお嬢様が戦場行きを諦めてくださることです。ミッシェル様、私にとって何より大切なのはあなたの安全ですから」

そ、そうですか。

期待以上の言葉が返ってきて、ちょっと顔が熱いのですが。

思わず私が一歩下がると、デュランは二歩前へ。

「戦場行き、諦めてくださいますか？」

「む、無理です。きっかけは愚かな思いつきでしたが、今はただ、この目で戦場を見たいのです」

「結局、なさることは変わらないわけですね……。いいですか、前線拠点の町レジセネに着いたらもう外には出ず、絶対に一か月後の転送でお帰りください」

「はい……。……あ、特注品の装備にお金を全て使ってしまい、転送費用が……」

「……私がお借しします」

デュランはため息をついた後に、さらに言葉を続けました。

「お嬢様は幸運ですよ。リムマイアさんは私もよく存じ上げています。相当な逸材ですので、仮に不測の事態が起こっても彼女がいれば何とかなるかもしれません」

私の執事はとても優秀です。彼の言ったことはよく当たりますし、大体の場合、私は彼の言った通り行動することになります。

程なくして戦場に転送された私はあわや死にかけるも、リムマイアさんに助けていただいて命拾いしました。

町に到着すると、その日のうちに一か月後の転送を予約。

その後は町からは一歩も出ず（怖くて出れなかったとも言います）、各国の前線基地を回ったり、色々な人から話を聞いたりして過ごしました。

また、この期間中はリムマイアさんと一緒にいる時間も増えました。二人でお話ししたり、お茶をしたり。まるでそう、お友達のように。

私は少し変わった人間らしく、同世代の令嬢方からも距離を置かれがちでした。

これはまさに、ずっと憧れていたお友達との時間！

楽しい一か月は瞬く間に過ぎ、私の帰る日がやって来ました。

リムマイアさんとのお別れは辛いものでしたが、最後に思い切ってお友達になってくださいとお願いしたところ、なんと彼女は快諾。

私は天にも昇る心地で転送されました。

ああ……、ついに、私にもお友達が……。

パアァァァァ……！

こうして、私は無事ドルソニア王国に帰還を果たしました。

まずは国王様へのご挨拶です。貴重な転送枠を使わせていただきながら早々に逃げ帰ってきたことをお詫びしなければなりません。

ところが、国王様からいただいたのは思いもよらぬお言葉でした。

「此度の視察、誠にご苦労だった。我が王国にそなたのような貴族がいることを誇らしく思うぞ」

………、視察、ですか？

どうなっているのでしょう？

国王様から、叱られるどころか、ご褒美までいただけました。

さらに、周囲の貴族達の私を見る目も好意的なものが多いような……。

私、没落寸前の貴族令嬢ですよ？

そして、極めつけは屋敷に帰ってから起こりました。

エントランスにて、なんと一族総出での出迎え。中心にいるのは当主であるお父様です。よかった、お元気になられたのですね。

「ミッシェル、考えなしで勢いだけの娘だとばかり思っていたが……。いつの間にか、こんなに立派に成長していたのだな。私は今回の件で責任をとらなければならなかったが、後のことだけが心配だった。しかし、今のお前なら安心して任せられる。ミッシェル、今日からお前が当主だ」

「……そう、ですか。頑張ります」

もう何が何だか分かりません。

ですが、これを仕組んだ人物なら分かります。

自分の部屋に戻ると、その彼、執事のデュランがお茶を入れて待っていました。

「お帰りなさいませ、お嬢様。いいえ、もうご当主様とお呼びするべきですね」

「……名前の方でお願いします。デュラン、いったい何をしたのですか？」

「私もこの一か月を有効に活用しておりました。ミッシェル様が人類と王国のため、自らの危険も顧みず前線の視察に向かわれたと、色々な方々にお話ししていたのです」

「視察なんて、私は……」

「ミッシェル様のことですので、町のあちこちに赴き、その先々で話をお聞きになったのでは？」

「……その通りです」

「しっかり視察なさってきたではないですか」

……デュランの言った通り行動してしまう私ですので、彼からすれば私の行動を読むことなど造作もないですね。

ですが、視察に行ったくらいでここまでもてはやされるものでしょうか？　国王様まで、誇らしく思う、だなんて。優秀な執事はその理由も知っていました。

「当然ですよ、今まで前線に行った貴族など一人もいないのですから。戦士でなければ立ち入れない場所であることは、ミッシェル様ご本人が一番お分かりでしょう」

「ええ、あそこは地獄です」

戦士達は本当に大変な敵と戦っています。

そうでした、帰還したら必ずやろうと思っていたことがありました。

「私、戦士達に何か支援をしたいのですが」

「ミッシェル様ならそう仰ると思っていましたよ。でしたら、他の貴族の方々にも協力をお願いしてみてはいかがです？」

「没落寸前の当家に協力などしてくれるでしょうか？」

「ミッシェル様が直接足を運ばれれば大丈夫だと思いますよ。あなたの話を聞きたいと考えておられる方は多いはずです」

デュランに言われるままに、私は他家に打診してみました。

すると、意外にも手ごたえのある感触が。実際に各家の当主の方々にお話をしたところ、一緒に支援したいと言ってくださる家が次々に。

その輪は派閥の垣根を越えて広がっていきました。

……あれ？　当家を中心としたこの円自体が、もう一つの派閥になっていませんか？

気付けば、私は魔獣との戦争を支援する貴族集団を率いていました。

「没落の危機にあったはずの当家が、なぜこんなことに……」

お父様から引き継いだ執務室で、私は思わずそう呟いてしまいました。

「国内の権力争いからは距離を置き、人類共通の敵と向かい合う。つまり、立ち位置を変えたからですよ」

とデュランは私の机に書類の束をドサッと。……多くないですか？

抗議の視線を向けると、執事は非の打ち所のない微笑み。

「家の評判が持ち直したことで商売の方も順調なのです。お励みください」

結局、あなたの思い描いた通りということですか……。

当主となって、覚えることとなすべきことが一気に増えましたが、どうにかこなしています。

ここに来て固有魔法〈二度寝〉がとても役に立つことが分かりました。

今日も私は一時間しか睡眠を取っていません。ですが、間に一回起きて〈二度寝〉を使うことで、まるでぐっすり眠ったかのような爽快感。

私は色々な面で人より劣っていますが、人より長く活動すれば挽回できます。

とにかく頑張らなければなりません。

私はレジセネの町に滞在した一か月の間、この戦争についてもリムマイアさんと話し合いを重ねました。その結果、私は私のできる方法で魔獣と戦うと心に決めたのです。有能な執事のおかげで体制も整いました。

リムマイアさん、待っていてください。

私は国を挙げて、人類のために戦う戦士達を、そしてお友達のあなたを全力で支えます！

執務机に向かう私を見て、デュランがまた微笑みを湛えていました。

「ようやくご自分の道がお分かりになったようで。ミッシェル様、あなたならきっと本当に英雄になれますよ」

え？　いえ、もう英雄はこりごりなのですが……。

それより私はリムマイアさんに会いたいです。

なかなか私の方から行くのは難しく、困ったもので……。彼女が帰ってきてくれるのを待つしかありません……。

あ、ではリムマイアさんが帰ってきたくなるようなものを用意すればいいのでは！

確か彼女は、貴族より大きな家に住みたいと言っていました。

「……デュラン、お家を建てましょう」

「家屋ですか？　どのようなものです？」

「この屋敷より大きなお家です」

「…………、それはもはや宮殿ですね」


〜リムマイア視点〜

新暦四六一年六月上旬。

ミッシェルとレオが帰還してから一か月が経った。

私の日常は決まった形を繰り返している。夕暮れまで狩りと探索を行い、それが終わると関所へ。向かうはもう完全に行きつけになっているコレットのカウンターだ。

「今日もお疲れさまでした、リムマイアさん。では魔石をお預かりしますね。はい、こちらが本日届いた分です」

魔石の換金を待つ間、彼女が取り分けておいてくれた手紙を読む。

レジセネには一日一回、まとめて手紙が転送されてくる仕組みになっていた。そして、その中に一通、必ず私宛のものが含まれている。

差出人は全てミッシェルだった。

あのお嬢はドルソニア王国に戻ってから、一日も欠かさず手紙を送り続けてくる……。

……重い。

……安易に了承してしまったが、友達とはこれほど重いものだったのか。知らなかった……。だがまあ、そんなに悪い気はしないでも……、いや、何でもない。

とにかく、おかげで私はミッシェルの近況が詳細に把握できている。

驚いたことに彼女はあの若さで当主の座を継ぎ、それによって公爵家は持ち直したらしい。

どうやらデュランがうまくやったようだな。

同じレオの弟子ということもあり、私はあの男と何度か顔を合わせていた。

あいつから漂ってくる雰囲気には覚えがある。以前の私が生きた時代に存在した、名軍師とか呼ばれる奴らとそっくりだった。

ドルソニアで最後に会った時、デュランは奇妙なことを言っていた。まず一緒に転送されるミッシェルのことをよろしく頼まれた上で。

「ミッシェル様は私にとって特別な方ですので。……実は、私は他の貴族達には辟易《へきえき》しているんです。人類が今、どれほどの危機に立たされているかも知らず、くだらない権力闘争を続けている。これまでの愚行を清算させるには、たんまりと蓄えた財を人類の勝利のために使わせるしかないと思っています。その先頭にミッシェル様が立てば、面白いことになりそうなのですがね」

これを聞いた時、そんなのありえないだろと思った。

……だが、今はそれが現実のものとなっている。

デュランはいったいどこから仕組んでいた？　まさかミッシェルの公爵家が権力争いに敗れたのも、早々に彼女を当主にするため、あいつが裏で動いたんじゃ……？

これは勘ぐりすぎか。

そういえば、デュランは別れ際にさらにおかしなことをこぼしていたな。

「まったく世話の焼けることですが、かつての奪う命の数を計算する仕事よりは幾分かマシですよ」

あの時は、本当におかしなことばかり言う奴だと取り合わなかったが、ここまでの成果を見せられると……。

デュランはまだ十七歳で、幼い頃から今の家に仕えている。

では、あいつの言ったかつての仕事とは、まさか……。

ドルソニアに帰ったら奴に問い質す必要があるな。

そうだ、私も一度帰還してもいいかもしれない。ミッシェルが私のために家を建設してくれているらしいし。……友達って、家まで建ててくれたりするものなのか？

いやいや、さすがに分かるぞ。絶対にそこまではしない。ミッシェルは間違いなくかなり重い友達だ。

まったくもう、私のために家なんて、まったくもう困った奴だな。ふふ、どんな家だろう、大きい家だったらいいな。

……む、別に私は楽しみになんかしてない。

「リムマイアさん、ずいぶん楽しそうですね。何かいいことでも？」

「……別に、ない」

もう魔石の換金が済んだのかとカウンターに目をやると、コレットは「どうぞ」と私にお茶を差し出してきた。

「いつもはお茶なんてないだろ？」

「そうでしたっけ？　戦士の皆様は大切なお客様なんですから、お茶くらいお出ししますよ」

眩しいほどの営業スマイルを浮かべるコレット。

なるほど……、原因は今日の手紙に書かれていたやつか。

ミッシェル派の働きかけで、ドルソニア王国は世界戦線協会への負担金を大幅に増額したらしい。

協会の運営は各国からの出資でなり立っている。

誰かの計画通り、早速ドルソニアは人類の勝利のために金を使い始めたようだ。

確かに、それには協会の資金を潤沢にするのが一番てっとり早いだろう。戦争に関するあらゆることが改善されるのだから。

……こいつら職員の待遇とかもな。

コレットはニッコニコしながら。

「おかげさまでお給料が増えるかもしれません」

「……礼なら、私の重い友達とその腹黒執事に言え」

まあ、助かっているのは私達王国の戦士もなんだが。

今日ミッシェルから届いた手紙は二通あった。一通はいつもの彼女の日常を綴《つづ》ったもの。そして、もう一通は私が待ちに待っていたものだった。

ふふ、あいつら、喜ぶぞ。

そろそろ戻ってくる頃だと思うんだが……。お、来た来た。

関所の入口から大所帯のチーム、ハロルド達九人が入ってきていた。彼らは私の姿を見つけると、揃って嬉しそうな顔で駆け寄ってくる。

あれ、すでに何か喜んでるな。

「リムマイア様！　やりました！　ついに俺達だけでモノドラギスを倒しましたよ！」

「本当かハロルド！　皆よくやったぞ！」

通常、新人は大型魔獣を狩れるようになるまで半年ほど要する。チームの人数が多いとはいえ（一般的には一チームせいぜい五、六人）、二か月で仕留めるのは大したものだ。やはりレオが一か月間付きっきりで指導した成果か。

それに、彼女に経験が蓄積されてきたのも大きいな。

ハロルドの隣にいる眼鏡をかけた女性戦士に視線を移した。

「どうだ、ナタリー。明日からも続けて狩れそうか？」

「はい、直線攻撃が主体のモノドラギスはもう問題なく。機動力に富んだウルガルダは少し慎重にいかなければなりませんが」

彼女の名はナタリー。私と一緒に転送されてきた（このチーム内にいる）三人の中の一人だ。クラスは【シーカー】で、その固有魔法は〈状況分析〉。当初、私はそれほどの魔法とは思っていなかったのだが、それは彼女に経験が足りなかったせいだった。〈状況分析〉は周辺から高速で情報を読み取り、その先を予測できる力だ。

要となるのはナタリー自身の経験で、それが蓄積されればされるほど正確な予測ができるという、実はとても使える魔法だと判明した。

ちなみに、ナタリーがかけている眼鏡は私が買ってあげた魔法道具で、ちょっとした透視と遠見の能力が備わっている。分析の範囲と精度が上がると思ってな。

あと、なぜか彼女には絶対に眼鏡をかけさせなければと思った（本来、彼女はすごく視力がいい）。

そんなナタリーが副隊長になることで、チームの安定性と安全性は格段に高まった。

なお、【ウォリアー】であるハロルドの固有魔法は〈団結〉だ。

彼が指揮をとれば、チームの結束が固くなり、連携がうまくいくという、ざっくりした感じの魔法だな。完全にリーダー向きの能力だし、その人間性も手伝って、彼ほど隊長に適した者もいないだろう。

ハロルドとナタリーが率いることでチームはかなり強くなったし、これからまだまだ強くなるはずだ。

おっと、そうだ、伝えることがあったんだった。

「ハロルド、正式に決まったぞ。もうお前らはドルソニア王国の民だ」

私から手紙を受け取ったハロルドは仲間達と覗きこむ。彼らの顔が一斉に輝いた。

それから、ハロルドは一緒に転送されてきた五人と共に横一列に並び、私に向かって頭を下げる。

「リムマイア様、本当に感謝してもしきれません。あなたとミッシェル様から受けたご恩は決して忘れることなく、これからドルソニア王国のために尽くします」

「そんなにかしこまらなくていいし、そこまで恩に感じる必要もない。自由に生きろ」

ミッシェルがこっちにいた時から、私はハロルド達のことを相談していた。

彼ら六人は世界最大の国土を誇るゼファリオン帝国の生まれだ。

あの国は一か月に何組ものチームを戦場に転送している。方針ははっきりしており、数撃てば当たる、というもの。同行者など付けず、訓練が済んだ者達を次から次に送りこむ。ゆえに、戦死率でも世界のトップだ。

だが、社会の底辺にいる者はこの危険なチャンスにすがりつくしかない。

同じ孤児院で育ったハロルド達六人もそうだった。

私が彼らを放っておけなかったのは、自分と同じ境遇だったからかもしれない。

このまま帝国に属していては、何度も転送初日のような危機が訪れる。そこで、ハロルド達を引き抜く交渉をしてくれるように、私はミッシェルに頼んでおいた。

それなりに金もかかっただろうが、うまくまとめてくれたらしい（おそらくデュランが）。

ナタリー達、私と一緒に来た三人も仲間達を祝福していた。

「よかったですね、ハロルド。これで私達は名実共にドルソニア所属のチームです」

「ナタリー、今まで中途半端な状態ですまなかった。改めて、これからもよろしく頼む」

うむ、本当によかった。

今日は初めて大型魔獣を仕留めたし、めでたいことづくしだ。

よし、ここは私が指導する先輩として……、いや、完全なる同期だったな。ここは私が指導する同期として、肉をごちそうしてやろう。

魔石の換金はまだか、コレット。

「お待たせしました、リムマイアさん。魔石の換金、終わりましたよ」

コレットはカウンターにまず札束四つを積み上げ、次いで細かい金と買い取り一覧表を出してきた。

見ていたナタリーがくいっと眼鏡の位置を修正する。お、なかなかさまになってきたな。

「リムマイア様、相変わらず凄まじい稼ぎっぷりですね。私達九人の九倍くらいでしょうか。同期にここまでの差をつけられると、いっそすがすがしいですよ」

「毎日、私は大型魔獣を十頭前後狩るからな。今日はこの金で、お前らに好きなだけ肉を食わせてやる」

私の言葉を聞いたハロルド達は一斉に歓声を上げた。この町で肉は本当に高級品だから気持ちは分かる。

すると、様子を窺っていたコレットが意を決したように。

「……私も、お邪魔してもよろしいでしょうか？」

「コレットも肉を食いたいのか？」

「もちろん！　食いたいです！」

彼女との世間話で知ったが、ここの職員の給料は外の部署で働く者と全く同じらしい。必要な食事や日用品は支給されるので生活には困らないそうだが、やはりあの物価だから買い物はしづらいだろう。

コレットは思いの限りをぶつけてきた。

「この前線基地に配属されて約半年！　ずっと一度でいいからお肉をお腹いっぱい食べたいと願ってきました！　何度も夢で見るほどに！　今は仕事終わりに肉まんを一つ買うのが唯一の楽しみなんです！」

……必死だ。絶対にこのチャンスを逃すまいと必死だ……。

「分かった……。コレットも来ていい……」

「ありがとうございます！」

こうして、私達はドルソニア王国拠点の屋上で焼肉パーティーをすることになった。

せっせと皆の分まで肉を焼くハロルド。固有魔法で肉の焼け具合を分析し、食べるタイミングを指示するナタリー。何かに取り憑かれたようにひたすら肉を貪り食うコレット。

皆、楽しそうで何よりだ。

平和な光景を眺めながら、私は以前デュランが言っていたことを思い出していた。

人類が危機に立たされている、という言葉。

それはこの前線にいるとはっきりと感じることができる。

現在、戦士が活動している台地は、レジセネの町を挟む二つだけだ。その他は全て魔獣の支配下にある。この二つも占拠されたらどうなるのか分からないが、人類が追い詰められているのは確かだろう。

私がこの時代に再び生を享けたことに意味があるとすれば、やはりそういうことなのか？

現状を打開し、人類の滅亡を阻止しろと。

いずれにしろ、一刻も早くもっと力をつけるべきだな。

――――。

翌日、いつもより早く、日が昇るとすぐに私は森に入った。

朝靄の中を駆けていると、進行方向に早速モノドラギスがいるのを感知。

一跳びで手前の木の枝に乗る。

そこから大型の角竜に向かってもう一度ジャンプ。

真上に来ると、体を回転させながら背中の剣を抜いた。

ザッシュッ！

角竜の首筋に魔力の刃を一閃。即座にその巨体を蹴ってまた別の木の枝へ。

振り返ると同時に、モノドラギスは大地に崩れた。

今の私なら、もう特別な魔法を使わなくても一撃で大型魔獣を倒せる。

すでに私は【ベルセレス】レベル27。レベルでも魔力量でも台地の上で活動している戦士達に追いついたと思う。

それだけじゃなく、私は自分に結構な額をつぎこんでいた。

先ほどの角竜が塵に変わり、魔石が出現していたのでそちらに向けて手を伸ばす。

すると、掌から発射された細長い魔力が一直線に飛んでいった。魔石に到達するやピタッと接着。瞬時に縮んで私の手の中に魔石を届けた。

これは〈マジックロープ〉という魔法だ。伸縮も接着も自由自在で、色々と使い勝手のいい魔法になる。

この他にも、ここに来てからの二か月で結構な数の魔法を習得した。あと、〈サンダーボルト〉も中級の〈サンダーボルトⅡ〉に強化したな。それに伴って、〈サンダーウエポン〉や〈サンダースラッシュ〉も〈Ⅱ〉にバージョンアップ。

それから、金をかけたのは装備類か。身体能力を上げたり、特殊な効果が付与される腕輪やら指輪を身につけている。

このように、魔法、装備面でも熟練の戦士達に負けていないはずだ。

ただ一つ課題があるとすれば……。

私は立っている枝から枝へと跳び、木を登っていく。

一番高い所まで来ると、そこから台地の岩壁を眺めた。

……私には仲間がいないということだろうか。もうこのサフィドナの森での狩りは限界を迎えつつある。宣言通り何とかレオのレベルは超えたものの、ここ一週間ほどは上がってない。

そろそろ次のフィールドに行きたいのだが、いざという時の〈戦闘狂〉、その反動を考えるとやはり一人では……。

その時、遥か上空に膨大な魔力を感知した。

まっすぐこっちに下りてくる……！

＊

翼を生やした巨大な竜が私に向かって飛んでくる。

モノドラギスより遥かにでかい！　とりあえず回避だ！

立っていた枝から跳び、繰り出された鉤爪を寸前で避けた。

地面に下りるなりすぐに剣を抜く。

ちっ、まるで鷹に狙われた鼠の気分だ。できればそのまま飛び去って……、はくれないか。戻ってくる。

上空で旋回した竜は私の前に着地した。

真っ黒な鱗に全身を覆われ、体長は二十五メートルほどあるだろうか。その巨体もさることながら、内に秘めた魔力には目を見張るものがある。

たまに台地の上から飛来することがあると聞いていたが、まさか本当に襲われるとは……。

これが魔獣最強の種族、飛竜種か。

……どうする、まだこんな奴との戦闘は想定していないぞ。だからこの竜の名称も分からないのだが、見た感じ、闇属性の力とか使ってきそうだな。全身真っ黒だし。

と思っていると、飛竜はガパッと口を開いた。

放たれたのは地獄の業火のような黒炎だった。

ゴオオオオォォォォォォ！

やっぱりか！　あちちちちち！

即座に速度強化の〈スピードゲイン〉を発動して場を離れたにも拘わらず、背後から焼けつくような熱線を感じる。

振り返るとかなりの面積の森が消し飛んでいた。どうやら樹木も一瞬で灰と化したらしい。

上位の魔獣が遠距離魔法を使ってくることは知っていた。それゆえに、私は対策を考え、防御魔法も準備している。

……しかし、こんな桁外れの威力の闇魔法は防ぎようがない。

避けるだけで精一杯……、む？

いつの間にか、黒竜が目の前で前脚を振り上げていた。鋭い爪の生えたそれが私に迫りくる。

引き裂かれる！　いや！　潰される！　今のスピードでも回避は間に合わん！

もうこれしかない！〈マジックロープ〉！

離れた木にロープの先端を接着させ、自分の体を引き寄せた。

間一髪で巨大な前脚から逃れる。

あれだけでかいのにこの森の魔獣より遥かに俊敏だ……。

……これは、逃げられないか。

だったら戦うしかない！

私は〈アタックゲイン〉と〈ガードゲイン〉も使用して全強化の状態に。

魔力の大剣を構えて駆け出す。

……とはいえ、接近戦は遠慮したい。ここまで見る限り、どんな攻撃であっても一発でもまともに食らったらただじゃ済まない。

よって、まずは機動力を生かして奴の死角へ。

空中へジャンプすると、そこに半透明の板が現れた。それを踏み台に跳ぶとすぐに次の足場が。

これは〈ステップ〉という魔法だ。超大型魔獣との戦闘では必須であり、〈マジックロープ〉と合わせれば、私は空中でも自在に動き回れる。

魔法の足場で宙を駆け上がり、黒竜の真上に到達した。

背中を取られたにも拘わらず、竜の方は全く慌てる様子がない。

強者の余裕か！　だったら受けてみろ！

〈サンダースラッシュⅡ〉！

大剣から放たれた雷の波動がまっすぐ下へと飛んでいく。竜の背中に直撃した。

だが、竜の黒い鱗が少し舞った程度で、大したダメージにはならず。本人（獣）も、意にも介していない。

……私の主力魔法でこれか。余裕なわけだ……。

私の方は余裕など全然ないというのに……。

まったくその通りだった。

背後から接近する魔力に気付いて振り返る。

大木のような竜の尻尾が間近に迫ってきていた。魔法の足場を蹴って離脱するも、完全には避けられそうにない。咄嗟に大剣でガードした。

尻尾がわずかにかすっただけにも拘わらず、魔力の刃が砕け、私の体は弾き飛ばされる。地面に激しく叩きつけられた。

くぅ、力の差は歴然か……！

あの黒竜もそれを分かって襲ってきてるな。今の攻防の感じから、向こうもしっかり私の魔力を感知しているのは明白。

魔獣は自分より弱く、かつ実力のある人間を狙う習性があるらしい。

つまり、私はちょうどいい獲物と判断されたわけだ。

黒竜の、捕食者の眼が私の体を貫く。

…………、……ふ。

……ふざけるな。

見た目だけで判断されたならともかく、実力まで承知の上での獲物扱い。

……なめてくれる。……これほどの憤りを覚えたのは前世以来だ。

ただで食われてたまるか！

目にもの見せてくれるわ！

もちろん私に残されているのは〈戦闘狂〉を使う道だけだ。それでさえ、この最強種の竜を倒せるかは微妙なライン。

だがやってやる！

たとえ敗れることになろうとも貴様に一生消えぬ傷を負わせてやるぞ！

私は剣に再び魔法の刃を構築する。そして、殺気と共に言い放った。

「来るといい！　私を狙ったことを後悔させてやろう！」

……パチ、パチ！　……パチ、……パチ、パチ！

今回は本気な分、殺気に反応して空気中の魔力もよく弾けるな。

さあ、我が固有魔法よ、今日はその狂気に満ちた力を存分に解き放つがいい！

いくぞ！〈戦闘……〉
ところが、黒竜は突然くるりと回れ右をした。
私の殺気に怯んだような感じではない。
む、おい、急にどうした？
私、今からすごい……。
竜はちらりと振り返り、一度大きく息を吐く。
（なんか面倒そうだし、やっぱりやめとく）
言葉は通じなくても、そんな意思がありありと伝わってきた。
……そうか、……案外、諦めが早いんだな……。
飛び去っていく竜を眺めながら、私は体中の力が抜けていくのを感じた。
私一人だけ盛大に空回ったみたいで、とても恥ずかしいのだが……。

黒い飛竜を退けた（と言わせてもらう。嘘ではない）私は、その後も森での狩りを続けた。しかし、空回りしたせいかどうもやる気が出ず、魔獣が最も少なくなる真昼には切り上げることに。

魔石の換金をしに関所へ行くと、話を聞いたコレットが驚きの声を上げた。

「飛竜種と戦ったって！　しかも黒竜ってそれ！　ディアボルーゼじゃないですか！」

例によって、彼女の声で私に注目が集まる。

だが騒いでいるの、ベテランの奴が多くないか？　台地の上で活動してそうな熟練の戦士ばかりだ。

私が普通の新人じゃないことはこの二か月で知れ渡ったが、対魔獣戦の経験ではあいつらの方が上。だからやはりいつもどこか愛くるしい小動物を愛でるような目で私を見てきていた。

ところが今日はどうだ？　まるで本物の強者に対する眼差しのようではないか？

とても気分がいいぞ。

「コレット、そのディアボルーゼって難敵なのか？」

「難敵も難敵！　台地でも何人もの戦士がやられてるんですよ！　それを転送二か月で退けたって、リムマイアさんすごすぎです！」

そうかそうか、まあ退けたのは事実だしな。

コレットが半笑いで「嬉しそうですね」と言ってきたので、とりあえず口元を正した。それから彼女は言葉を続ける。

「ハロルドさん達も戻ってきたら絶対にびっくりしますよ」

「ん？　あいつら、今日も狩りに出てるのか？」

お祝いの翌日だし、今日はさすがに休むと思ったのだが……。どこまでも真面目な奴らだ。

「帰ってきたら今日も何かごちそうしてやるか」

私の呟きに、コレットがピクリと反応した。

「……お肉、ですか？」

「肉もあるだろうな……。お前、昨日あんなに食ったのにまだ食いたいのか？」

「正直かなり胃もたれしていますが……、いけます！」

「……そうか、じゃあ来い」

「わーい、ありがとうございます。はいこれ、本日の代金です」

彼女が差し出した札束二つを見て、私は思わずため息をついた。

「やっぱり今日は少ないな。まあメシ代くらいにはなるだろう」

「普通のチームの数日分ですよ……。ですが、それは二百万ゼア分食べていいというお許しの言葉と受け取ります」

勝手に受け取るな、本当に胃もたれしてるのか。

金を腰の道具袋にしまおうとして、その中にある紙切れが魔力を発しているのに気付く。

これは受信紙と呼ばれる魔法道具だ。送信紙とセットになっており、あちらに書いた文字が受信紙にも表示される仕組みになっている。通信範囲はそれほど広くないが、町と森くらいなら充分にカバー可能。

なので、もし何かあったらすぐに知らせろ、と送信紙をナタリーに渡してあった。

受信紙を手に取ると、すぐにスーッと文字が浮かび上がる。

それを読んだ私は戦慄を覚えた。

『デッドゾーンが出現しました。リムマイア様、今までありがとうございました』

受信紙には走り書きした別れの言葉が表示されていた。

……恐れていた最悪の事態だ。

ナタリーがいてチームがデッドゾーンに突っこむことはまずありえない。つまり、彼女が書いていた通り、現在いる場所が急にデッドゾーンに変わったということ。

そして、あのメッセージを送ってきたのは、もう逃げられないと覚悟を決めたから。

冗談じゃない！　死なせてたまるか！

昨日の今日でハロルド達を失ったら、あいつらを移籍させてくれたミッシェルに顔向けできん！

あとデュランから永遠に嫌みを言われる気がする！

とはいえ、私が今から森に入って捜し回っても絶対に手遅れだろう。

……だが、一つだけ皆を救い出す方法がある。

できるかどうか分からないが、やるしかない！

私が関所の入口に歩き出すと、受付のコレットが声を上げた。

「突然怖い顔をしてどうしたんですか！」

「肉を食いたきゃ祈ってろ」

「はい！　祈ってます！」

外に出た私は意識を固有魔法に集中させる。

ハロルド達の居場所を突き止めるには、魔力を底上げして感知範囲を大幅に広げるしかない。

〈戦闘狂〉の力を少なくとも半分は引き出し、それを完全に制御しなければならない。意識を本能に呑まれればもう助けにいくことは不可能になる。

果たして今の私にそれができるか？

ふと、昨晩の焼肉パーティーが頭の中に甦《よみがえ》ってきた。

これまでの苦労がようやく報われ、嬉しそうに羽を伸ばす九人。

……あいつらを、失いたくない。

絶対に制御してみせる！　〈戦闘狂〉発動！

ズズズズ、ズ、ズ…………。

……魔力と引き換えに、理性が持っていかれる感覚。

ここだ、渡すな。ひたすら奪え。私の得意分野だろ！

……よし、……よし、いい感じだ。

このまま保持しろ……。

………、……うむ。意識は、あるな……？　こう考えているんだからあるだろ。

ということは……、成功だ！　力半分だが〈戦闘狂〉を制御した！

周囲に目を向けると、ベテランも新人も関係なく、戦士達が一様に呆然と私を見つめていた。誰ともなく呟くのが聞こえる。

「……なんて、魔力量。まるで、英雄クラスだ……」

……驚きの中に畏怖が交じったこの眼差し。

やはりあまり心地いいものではないか。前世を思い出す。

とはいえ、小動物のように愛でられるのも好かんし……、複雑だ。

今はそれどころじゃなかった。ハロルド達を見つけないと。

この魔力量でもサフィドナの森全域は到底覆いきれん。なので魔力を細く伸ばし、探るように森を進ませる。

チームの狩り場は奴らから聞いて大体把握していた。その中で、ナタリーが私の救援が間に合わないと判断した場所となれば、数はかなり絞られる。

複数ルートの魔力探査を同時に行った。

……………、……見つけた！

すぐに私は地面を蹴った。

上空百メートルを超えた辺りまで跳ぶと、〈ステップ〉で足場を出す。それを蹴って一気に目標地点へ。

今の強化された身体能力なら、この方が森を行くより断然速い。

その時、高速で飛ぶ私よりさらに高速で接近する者に気付いた。

また飛竜種か！　ちっ！

もう一度〈ステップ〉を使って方向を急転換。

ガキンッ！

さっきまでいた空間には鋭い牙が並んでいた。

その持ち主の全身に目をやる。漆黒の闇を思わせる真っ黒な鱗。今朝方、見たばかりなので間違いようがない。飛竜種ディアボルーゼだ。

というよりこいつ……、さっきの奴だろ。魔力で分かるぞ。

黒竜の大きな目が動き、あちらも私の姿を捉えた。即座に、またお前か！　と言わんばかりに

「ガァッ！」と鳴く。

こっちのセリフだ！

睨みつけてくる竜を、私も負けじと睨み返す。

この急いでいる時にこんな奴の相手なんてしてられるか！　あっちに行ってろ！

背中の剣を抜いて魔力の刃を作ると、すぐにそこに雷を纏わせる。今の半〈戦闘狂〉の状態なら、スラッシュの上位範囲魔法が使えるはずだ。吹き飛べ！

〈サンダーウェーブ〉！

発生した雷の大波が体長二十五メートルの黒竜を直撃。

吹き飛ばすとまではいかないが、その巨体を後方へ押し流した。さすがに今回は効いているらしく、竜は顔を歪ませて小さく呻く。

すかさず私は精一杯の覇気と共に一喝。

「戦いたいならついて来い！　お前もまとめて相手してやる！」

言い放つと〈ステップ〉の足場を蹴って離脱した。

ちらりと振り返ると、ディアボルーゼは追ってくることなくその場で留まっていた。やがてけだるそうな雰囲気を漂わせて雲の中へ。

………………、本当について来られたらやばかった！　あんなもん連れていったら私がハロルド達を殺すも同然だ……。

ともかく最小限の時間で追い払えたのはよかった。

このまま一気にあいつらの所へ！

もう一度足場を経由して加速した。

ハロルド達の状況は魔力感知で常に把握していた。

四方八方から襲いくる魔獣に対し、九人で円陣を組んで互いを補い合っている。まったく、誰も死なずによく耐えたものだ。やっぱりこいつらはいいチームだな。

後は任せろ。

高速で飛来した私は、流星のように九人の前の地面に衝突した。

めりこんだ足を引き抜くと、まず周囲の魔獣達に向けて殺気を放つ。

「散れっ！」

パチ……！　パチ……！　……パチパチチッ！

大型も小型も、魔獣達は一斉に飛び退いた。

ハロルド達は信じられないものでも見るような目で私を見つめている。

ナタリーが一歩二歩と近寄ってきた。

「リ、リムマイア様……」

「ナタリー、助けられるかどうかは私が判断する。あんな別れの言葉を送ってくる暇があるなら居場所を知らせろ」

「……すみません、まさか、間に合うとは……」

うむ、私も助けられるかは全く分からなかった。が、ここは黙っていよう。とりあえず敵を片付けるか。

二か月前とは違い、今の私なら普段の状態でも、もうこの森のデッドゾーンは脅威じゃない。むしろボーナスステージだ。普通に一頭ずつ狩っていってもいいのだが……。

今日はせっかく魔力が底上げされているし、まとめて始末するかな。

前世の私には得意にしていた大技があった。

そういえば、これで軍隊一つを丸々壊滅させたのが、最凶の狂戦士と呼ばれるようになったきっかけだった気がする。さすがに今回は相手が魔獣だからそうは呼ばれんだろう。

よし、やるぞ。

おっと、言っておいてやらないとこいつらも危ないな。

「おい、今から魔獣をまとめて駆逐するから、お前らはもっと固まってしゃがめ」

「あの、いったい何をするつもりですか……？」

ハロルドが戸惑った表情で聞き返してきていた。

「いいからいいから。早くしないとお前らも吹き飛ぶぞ」

「皆！　急いで集まるんだ！」

ようやく察してくれたらしく、全員が一箇所に固まって屈みこむ。

私は彼らの真上に〈ステップ〉の足場を作って飛び乗った。そして、魔力の大剣を構える。

今から放つこれは、現代では上位魔法の一つに数えられている。かつての私は段階的な技の積み重ねで自力でそこに到達した。なので、少々腕力が必要になる。

私は足場の上で横回転を始めた。

〈サンダーウェーブ〉を発動させると、そのまま魔力の放出を続ける。

雷の大波は私達の周囲を駆け巡り、やがて巨大な渦を形成していた。

吹き飛べ！　〈サンダーストーム〉！

ギュゴゴゴゴゴゴゴゴゴッ！

雷の竜巻は周辺に展開する全ての魔獣を呑みこんだ。

レギドランなどの小型魔獣は空中に吸い上げられ、モノドラギスなどの大型魔獣は必死に地面にしがみつく。いずれもほとばしる稲妻に撃たれて、次々に塵へと変わった。

ああ……、すごく、前世を思い出す……。

この大技を使っている時、まるで神にでもなったみたいで、私はとても気分がよかったんだ……。

……ふは、ふはははは。

「ふはははははははははは！」

回転しながら高笑いしていると、下でナタリーとハロルドの喋る声が聞こえてきた。

「リムマイア様、まさかここまでとは……」

「そうだな、歴史上最も凶悪と名高い、あの狂戦士を見ているようだ……」

いかん、ついに前世がバレた。

……私は生まれ変わったんだ。こんなことで高揚するのは人道に反する、気がする。抑えろ抑えろ。

雷の竜巻が止むと、周辺には魔獣も樹木も何一つ残っていなかった。

綺麗に更地になった大地に、上空から煌く魔石が降り注ぐ。

空を眺めていた私は、再度の来訪者を感知した。

その姿を見たハロルド達九人が凍りつく。

「心配ない、戦う気はないようだ」

あの黒竜、ディアボルーゼがまっすぐ私を見つめていた。

強力な魔力の波動に、気になって様子を窺いにきたといったところか。しかし、こいつはおかしな魔獣だな。

私のことが好きなのか？

と思っていると黒竜はクイッと顔を動かして上を指し示した。そして、そのまま飛び去っていく。

早く台地の上まで来い、ということか。

「……待っていろ、すぐに行ってやる」

だが、それにはやはり仲間がほしいところだ。

力半分の〈戦闘狂〉でも、発動が終わった今は結構な疲労を感じる。

あんな黒竜との戦闘を考えれば、私が本当に信頼できる奴が……。

ハロルド達に視線をやると、皆で散らばった魔石を拾い集めてくれていた。絶体絶命の危機を乗り越えた安堵感から、互いに笑い合って和やかな雰囲気だ。

……いつの日か、私にもあんな仲間ができるのだろうか。

第十章　メイド、終末に立ち向かう決意をする。

ただ一人、私は森の中を歩いている。

見上げればすぐ近くに台地の岩壁が見えるので、ここはサフィドナの森だと思う。なのに私は普段着のまま、武器も防具も装備していない。

まるで初めてここに転送されてきた時みたいだ。

おや、向こうから何か飛んでくる。

大きさは……、体長五十センチもないくらいかな。背中に翼が生えていて、脚は四本だから飛竜種？　え、あんな小さいのもいるの？

でも、飛竜にしてはやけに毛がもふもふしてるな……。

……いや、あれは飛竜じゃない。

タヌセラだ！

「キュキュー！　キュ、キュキュー！」

（オルセラ見てください！　私、シャロゴルテの魔石を食べたら翼が生えたんです！）

………、そんなバカな！

翼を授かった狸の魔獣は私の周囲をパタパタと飛び回る。やがて目の前の空中で停止した。

（では、私はお先に台地の上に行ってますね）

ちょ、ちょっとちょっと！

「キュキューイ」

（オルセラも早く来てくださーい）

待ってタヌセラ！　翼は生えても今のレベルじゃすぐ他の魔獣にやられちゃうよ！

私が止めるのも聞かず、契約獣は台地を目指して飛んでいく。

ところが、上空数百メートルを飛行中、横から深緑色の巨竜グラバノスが。タヌセラはパクッと一口で食べられてしまった。
タ、タヌセラ――――ッ！　言わんこっちゃない！
「言わんこっちゃない！」

私はベッドにしているソファーの上で飛び起きていた。

……夢、だった。何となく途中からそんな気はしていたけど……。

ランプを灯すと、部屋全体が薄明かりに照らされた。ここはリムマイアの家の居間で、私とタヌセラは寝るのにも使わせてもらっている。

そのタヌセラはといえば、クッションの上で丸くなって熟睡中。

「クー……キュー……、クー……キュー……」

（肉……まん……、肉……まん……）

肉まん、どんだけ好きなの。と思いつつも無事であることを確認して胸を撫で下ろす。

壁の時計を見ると深夜二時を回っていた。

机に放置していた飲みかけのコップを取り、中の水を喉に流しこむ。

……あんな夢を見たのは、きっと昨日は色々とあったからだ。上位魔獣との戦闘や、台地での作戦の話。あと、死の暗示も何度かされたし。（……夢の中で食べられたのはタヌセラだったけど）

本当に色々とあった一日だったけど、一番驚いたのはやっぱりこれだよね。

コップを置くと傍らの本に手を伸ばした。その表紙には怪物のような大男が描かれている。

これが、リムマイアの前世……。

ずいぶん可愛く縮んだものだと思う。

現在のこの世界には、過去からの転生者が何人もいるらしい。

一時代に名を轟かせた人ばかりで、知識や技術を有したまま生まれ変わった彼らは、現代でもその才能と能力を発揮している。

戦闘分野で言うなら、英雄クラスの若い人は大体そうで、エンドラインのほとんどがそうなんだとか。

そういえば、あのエリザさんも実はエンドラインの一人で転生者だった。

彼女の前世は、かつて大陸の西側一帯を統一した英雄王だ。私もこの人物のことは知ってる。人間離れした強さを備えていて、治世者としても優れていたって有名だよ。

ただ、英雄王には一つだけとても困ったところがあった。

それは、色を好みすぎたということ。とにかく女性が大好きでまさに手当たり次第。そのせいで彼は、複数の女性から同時に毒を盛られるという残念な最期を迎えている。

エリザさんがその英雄王だと聞かされて、私は妙に納得してしまった……。そして生まれ変わっても全くこりてない……。

あと彼女が二十四歳という若さで前線基地の統括者を任されているのにも頷けた。

だけど、歴史に名を残したといっても本当に人それぞれだね。

前世のリムマイア、凄まじい……。

本をパラパラとめくっていると部屋の外で物音がした。

程なく出入口の扉が開いてリムマイアが室内に。

「悪い、起こしてしまったか」

「ううん、たまたま目が覚めちゃって。ミッシェルさん、どうだった?」

「いつも通り元気だったぞ。あいつには〈二度寝〉があるからな。しばらく埃をかぶっていた剣と鎧をオルセラが使ってくれて喜んでいた」

昨晩から日をまたいで、関所では世界各国の協会理事が出席する遠隔会議が開かれていた。(遠くの人同士の映像と音声を送り合うことができる、すごく高価な魔法道具が使われているらしいよ)

ミッシェルさんは現在、ドルソニア王国を代表して理事になっている。リムマイアが顔を見せないと、彼女が駄々をこねて会議がなかなか進まないそうだ。

世界最高峰の会議で駄々をこねられるミッシェルさんは、話に聞いた通りの人だと思った。

リムマイアは思い出したように「そうだ」と。

「お前の母、ルクトレアから伝言を預かってきた」

そうだ……、お母さんはヴェルセ王国代表の理事なんだから当然出席してる。なぜかやけに緊張するけど、聞かせてもらうことにした。

『オルセラ、あなたが思う道を進みなさい』

私が……、思う道……。

お母さんは予知を解析して、私の現在の状況を知っているだろう。だからこそあの言葉を送ってきたんだ。

今、私にはゼノレイネさんに貰った四百万があった。このお金で転送の予約をすれば、一か月後には王国に帰ることができる。でもそれは……。

視線からリムマイアは私の言いたいことを察した。

「私も同じ考えだ。私と仲間になるかどうかは、オルセラが好きに決めればいい。今回の作戦が終わって戻ってきた時、お前がどんな答を出していたとしても尊重する」

「リムマイア、いいの？」

「ああ、強制しても意味がないからな。私がいない間、この家も好きに使ってくれて構わん。……ただし！　タヌセラが肉まんを隠そうとした時だけは絶対に阻止しろ！」

「わ、分かった……」

噂をすれば、タヌセラが寝ていたクッションの上で頭を持ち上げた。

体をブルブルッと震わせてこちらに歩いてくる。もふもふの毛をすり寄せてきたのでまずは一撫で。

「起こしちゃってごめんね。せっかく肉まんの夢を見ていたのに」

（肉まんの夢はいつも見ているので大丈夫です）

「どんだけ好きなの」

（加えて今日は素敵な夢を見ました。なんと私！　魔石を食べたら翼が生えて空を飛べたんです！）

「……それ、私も見たよ（その後、食べられてたけど）」


もう一度睡眠を取り直した私は、今度はおかしな夢は見ることもなく、転送から五日目の朝を迎えた。〈二度寝〉の固有魔法がなくても案外すっきりした気分だ。

朝一番に、昨日の宣言通りメルポリーさんがやって来た。

今日は鎧やボウガンなどの重装備ではない普段着なので、もう普通にツインテールの美少女にしか見えない。彼女は来て早々に私の腕をぐいぐい引っ張り出す。

「オルセラ、今日は一日たっぷり付き合って。明日には私、死んでしまうかもしれない」

「出陣してすぐに死なないでください……」

あと少しで玄関から引きずり出されそうなところで、間にリムマイアが入ってきた。

「メルポリー、ちょっと」

そう言って二人で私から離れ、小声で何かを相談し始める。やがて揃ってにんまりした笑顔を向けてきた。

「オルセラに素敵なプレゼントを贈るよ。少し待ってて」

「そういうことだ。家で待ってろ」

メルポリーさんとリムマイアは連れ立って出掛けていった。

なんだろ……？　まあいいか、言われた通り待っていよう。

しばらくしてゼノレイネさんが寝ていた宝物庫から出て来たので、朝ご飯を作ることにした。フライパンで手早く、目玉焼き、パンケーキと順に焼き上げる。

黒竜の少女はパンケーキにドバドバとシロップをかけながら。

「信じられん……、間違いなくオルセラは料理などできんと思っておったのに……」

「失礼ですね……。昔からお父さんと一緒によくやっていたんです」

タヌセラも私達の隣で同じものを食べていた。

（とろけるバターの乗ったふわふわパンケーキ。肉まんの次くらいに好きかもです！）

「そこは作ってくれた人に気を遣って、肉まんより好きって言うんだよ」

（肉まんに嘘はつけません）

「あっそ」

他愛ない会話をしつつ朝食を終えた。

お茶が入ると、ゼノレイネさんはカップを手に考えこむような顔に。

何か、話すのを迷っているのかな？

「もし大事なことなら、聞かせてくれませんか？」

「ふむ……。リムマイアはお前に余計な心配をかけたくなかったようじゃが、わしは知っておくべきじゃと思う。実はの、今回の台地奪還はかなり厳しい作戦なのじゃ」

「え……。世界中のエンドラインや英雄達が参加するのに、ですか？」

「エンドラインといえど一人で守護魔獣を倒すのは骨が折れる。レベル１００に至らない者達はチームを組んでどうにか対抗できるくらいじゃ。守護魔獣とはそれほど強い。そして、東の台地にはこいつがまだ二十頭以上おる」

そんなにいるの！

確か、エンドラインって認定されている人を全員足しても十何人とかだった気が……。あ、昨日コレットさんがどうにか半数集めてみせるって言ってた。英雄クラスの戦士だってそんなに沢山いるわけじゃないよね。だって英雄だし。

その戦力で一気に二十頭以上の守護魔獣を倒すの……？

「た！　大変な作戦じゃないですか！」

「じゃからそう言っとる。さらに厳しいのは、こちらからは戦死者も出せんという点じゃ。戦力は可能な限り保持せねばならん。大きく削られてはせっかく台地を掌握してもすぐに奪い返されてしまうからのう」

勢力圏に置いた台地は守り続けなきゃならないってこと？

そもそも、どうして台地のためにここまで必死に戦わなきゃならないんだろう。全部奪われたらいったいどうなるの？

尋ねるとゼノレイネさんは再び考えこむ仕草を見せた。今度は迷っているというより、口にするのを躊躇っている感じだ。

「あ、あの、無理に話さなくても」

「……いや、オルセラには伝えておこう。ただし、このことを知らん者には絶対に明かしてはならん。よいな？」

「え、は、はい」

「わしら守護魔獣には生まれた時より刷りこまれておる命令が存在する。それは、全ての台地に全ての守護魔獣が揃ったその時、――――」

…………、……嘘、でしょ。


――――。


「オルセラ、どうした？　おい？」

気が付くと目の前にリムマイアの顔があった。

いつの間に帰ってきたのか、隣にはメルポリーさんもいる。

私の様子からリムマイアはすぐに状況を察した。ゼノレイネさんを鋭く睨みつける。

「お前、作戦の詳細を話したな？　まさかあのことも教えたんじゃないだろうな？」

「どちらも正解なのじゃ」

「お前はどうしてそうお節介なんだ……」

「それはお互い様じゃろうが」

これ以上の問答は無意味と悟ったのか、リムマイアはため息をつく。

この後、彼女がどう行動するか私には分かっていた。思った通り、いつものように私の銀髪をくしゃっと雑に撫でてきた。

「心配するなと言っただろ。私達は必ず成功させる。そのために明日から準備にかかるんだ」

「うん……」

「じゃあもうそんな顔するな。オルセラへのプレゼントが用意できた。行くぞ」

リムマイアは居間に置いてあった私の装備類を抱え持ち、出入口へと急かす。

「わしとタヌセラはドッグレースを見にいくのじゃ。あとでこっちに来てくれ」

「キュキューイ!」

(行ってきまーす!)

と契約獣ペアが一足先に出発。

すぐに私もリムマイアとメルポリーさんに連れられて家を出た。

そうだよね、何だか分からないけど私のために用意してくれたんだから、塞ぎこんだ顔をしてちゃダメだ。二人には戦い前最後の休みになるし、逆に私が楽しませるくらいの気持ちでいかないと!

到着したのは、戦士の武具などを扱っているお店だった。

入るなりまず服を着替えるように言われる。試着室で渡された服に袖を通しながらふと。

これ、すごく着慣れてるというか、なぜか懐かしい感じがするね。あ、下はスカートなんだ。

「着替えたよ。プレゼントって言うからもっと華やかな服かと思ったけど、意外ときちっとしたのなんだね」

「相変わらず遠慮ないな、買ってくれた人に気を遣え。まあここからだ」

「そう、ここからが本番」

リムマイアとメルポリーさんは早速私の体に防具を装着させていく。最初に以前から使っている胸鎧。それから腰の鎧と小手。

え、こんなスカート服の上に？　でも全体的に統一感があって結構マッチしてる。

仕上げに剣と銃を腰に差すと、私は姿見の前に立った。

「なんかちょっと、かっこいい……。まるで戦女神みたいだ」

下がスカートのせいか、神話に出て来る、戦場を駆ける女神のようだった。けど、どこか違和感がある。そう思っているとリムマイアが「大事なものを忘れていた」と私に着けるように促して布きれを手渡す。ん？　これって、エプロンだよね？　さらに、彼女は頭に何かを乗っけてきた。

「こいつで完成だ」

「こ、これは……！」

頭上に取り付けられたのは、メイドの象徴とも言うべきブリム。

……そうか、違和感を覚えたのは服がきちっとしすぎていたからだ。エプロンを着用して、頭にブリムが乗ったことで完全になった。

「完全に、メイド騎士になった……」

見ていた二人が納得したようにうんうんと頷く。

「元からあった胸鎧に合わせて見繕った。同じ防御魔法が腰や小手の全防具に宿っているよ」

「そしてそのブリムだ。ルクトレアが、城の倉に眠っていたからメイドの娘に渡してほしい、と速達で送ってきてちょうど昨日届いた。魔力感知の範囲を拡張する魔法が宿っているみたいだな。どうせなら【メイド】らしい装備にしようとそうなった。面白いだろ？」

リムマイアはメルポリーさんと視線を合わせ、互いにニヤッと笑った。

この二人、こういう時だけ意気投合するんだね……。楽しんでもらえたみたいでよかったよ……。

というより発端はお母さんか。

お披露目も済んで装備を外しているとリムマイアが。

「勘違いするな。その装備で別にオルセラに何かしてほしいってわけじゃない。気にせず進む道を選んでくれ」

「あ、うん」

「まあ私がいない間にオルセラが死なないための備えだ。お前、そそっかしいから」

「目を離したらすぐ死ぬみたいな言い方やめて……」

私の装備が【メイド】らしく完成を見たところで、私達はレジセネの数少ない遊興施設の一つ、ドッグレース場に向かった。

場内に入ると凄まじい歓声。特に声援を浴びているのは一匹の犬だった。すごくもふもふの犬……、いや、あれはタヌセラだ。

ゼノレイネさんが私達に気付いて駆け寄ってくる。

「ちょっと飛び入り参加させてみたのじゃ。ほれ、始まるぞ」

目をやるとタヌセラが犬達にまじって走り出した。ぐんぐん後続を引き離し、ぶっちぎりの一位でゴール。

レースを終えて戻ってきた狸の魔獣は上機嫌だった。

「キュッキュッキュ」

（ふっふっふ、犬達に格の違いを見せつけてやりました）

「そもそも生物として違うからね」

動物に勝ってはしゃぐタヌセラを見ていると、少し切ない気持ちが込みあげてきた。

レジセネの町は戦争のためにつくられたので遊べる場所なんてそれほど多くはない。それでも楽しめたりリラックスできるスポットはいくつかあるから、この日の残りの時間は皆でそれらを回った。

夜はまたテラスで甘いものを片手に焼肉。

……何だか怖くなって私は寝る前に一時間ほど素振りをすることにした。

ふと手を止めて台地を見上げる。すると、体の奥底から湧き上がってくるような震えが。

打ち払うように、私は剣を強く握り直した――。

翌日、瞬く間にリムマイア達が台地に出発する時間が訪れた。

関所の前には、第一陣として赴く戦士達が集まっている。

リムマイア、エリザさん、メルポリーさん以外に、英雄クラスの七人が一緒に行くらしい。どうやらエンドラインはエリザさん一人だけみたいだね。

その唯一の最終戦線が私の方に歩いてくる。

「オルセラ、ついに私の秘密を知ってしまったようね」

「えーと、あ、前世のことですか？」

「そう、私の前世はかの英雄王」

エリザさんは私の顎先に指をやり、クイッと顔を上げさせた。

「私のこと、好きになってもいいのよ？」

「こんな時に何をやっているんですか」

眼鏡をかけた女性が、背後から元英雄王の襟首を掴んでいた。そのままズルズルと引きずっていく。

エリザさんの方は途端に大人しくなり、意気消沈している様子。

「これから大変なんだからちょっとは大目に見てよ、ナタリー……」

「前世で散々好き勝手やったでしょう。私も四日後にはハロルド達の調査団と共に再び上に行きますから、しっかり準備を進めておいてください」

「戻ってきたばかりだし、もっとゆっくりしてていいのよ」

「ゆっくりしていたら誰があなたの毒牙にかかるか知れませんので」

「毒牙にかかったのは（前世の）私……」

あの人がナタリーさんか。話で聞いた五年前よりさらに眼鏡が似合うようになっている気がする。

エリザさんとはああいう力関係なんだね。

「けど、エリザさんにも苦手な女性とかいるんだ」

「いる。私もその一人」

呟きに返事があったので振り返ると、そこにはメルポリーさんが立っていた。

所構わず爆破する女性は、苦手とする人は結構多いと思う……。

メルポリーさんは一緒に行く戦士達をざっと見回した。

「私も昨晩、リムマイアから転生者達の話を聞いた。今日共に行く全員が、そして作戦に参加するほとんどがそうらしい。奴らは妙に使命感に燃えていて積極的なんだとか」

「あの全員が……、転生者って本当にいっぱいいるんですね」

「私以外は全員が二度目とか、反則か。オルセラ、私絶対に生きて戻ってくるよ。死んでる場合じゃなくなった。転生者達に私の力を見せつける！　あわよくばこの作戦に乗じてレベルを上げる！」

やる気を漲らせ、メルポリーさんは大きな歩幅で去っていった。

言われてみれば、今回台地に赴く戦士達は誰も彼もが若く見える。私と同い年くらいの人もいるし。そっか、全員が転生者なのか。

「あれ？　その中でメルポリーさん一人だけ現生者って、逆にすごくない？」

「だから、あいつには才能があると言ったんだ」

呟きにまた背後から返事が。

誰かはすぐに分かった。振り向いてその姿を確認する。

「リムマイア、もう戦闘準備は万端だね」

彼女は防具や装飾品に身を固め、背中にはいつもの折り畳み式の大槍を背負っていた。

「うむ、着いたらすぐ活動開始だ。私じゃなくても、転生者ばかりで経験豊富だからその辺りは心得ているだろう。私達は皆、生まれて間もなく魔力を鍛え始めているし、戦場に来るのも早い。メルポリーはそれにたった二年で追いつこうとしてるんだ。あれを才能と言わずに何と言う」

確かに、転生者達には前の人生プラス現生の経験があるんだから、それに追いつくなんて何十倍の速度だろ……。戦いの天才、まさに人間兵器だ……。

「オルセラはおかしなメルポリーしか見てないが、普段のあいつは戦闘センスに溢れた戦い方をするし機転も利く。お前も乗せられてシャロゴルテを倒しただろ？」

「うん、見事に乗せられた」

「しっかり戦力になるからこそ今回選ばれている。もしオルセラが私と共に戦うなら、たぶんあいつももれなくついてくるぞ。……あ、いや、勘違いするな！　あくまでもオプションの話だ！」

慌てて取り繕おうとするリムマイアを見て、私は思わず笑みがこぼれた。

「リムマイア、私はどうするか、もう決めたんだよ」

予想外だったのだろうか。彼女は私の顔を見つめたまま停止してしまった。

「……もう、決めたのか？」

「この作戦が終わったらきちんと話すよ。だから、絶対に無事帰ってきて。私を誘ったのはそっちなんだから。絶対だよ」

これはもう、半分言ってるようなものだけどね。

リムマイアもそれが分かったらしい。驚きの表情が笑顔に変わった。

「任せろ！」

力強くそう言い残し、彼女は皆の方に駆けていく。

「お前ら！　この作戦は必ず成功させるぞ！」

そうして、いよいよ出発の時がきた。

ゼノレイネさんが黒竜の姿に戻り、その背に戦士達が乗りこむ。

周囲には大勢の人達が集まってきていた。レベル５０に満たない戦士達、関所の職員達、町の商人達。この作戦のことをどこまで知っているかは人それぞれなんだろうけど、今後の戦況に大きく影響するものであると、全員が何となく肌で感じ取っている。

飛び立つ直前、ゼノレイネさんは私の方をちらりと見た。

私は前に、譲れないことは譲れない、と言った。だから、彼女はあの話をすれば私がどんな答を出すか、分かっていたんだと思う。

台地へと向かって飛ぶ黒竜を見送りながら、私の頭には昨日聞いた話が甦ってきていた。

――――、全ての台地に全ての守護魔獣が揃ったその時、ついに人類への侵攻が開始される。

守護魔獣は先導役だ。彼らに続いて、翼を持つ者は空を飛び、持たない者は地を駆け、全魔獣が一斉に動き始める。

人も国もことごとく呑みこまれるだろう。

魔獣達は決して止まることはない。

この世界から、人類が完全に消え去るその日まで。

＊

転送されてから七日目。昨日リムマイア達を見送った私は、タヌセラと共にレジセネの中央公園に来ていた。

町のほぼ真ん中に位置するこの公園は、中に湖があったり林があったりと結構な広さを誇っている。レジセネで暮らす人達にとって最大の癒しスポットだ。

その小高い丘で、私とタヌセラはやや距離を空けて向かい合った。

「タヌセラ、準備はいい？」

「キュキュ！」

（いつでもどうぞ！）

「いくよ！〈マジックロープ〉！」

私がかざした手から細長い魔力の紐が発射される。先端がタヌセラの背中にペタッと引っついた。

よし！　よっこいしょー！

〈マジックロープ〉を力いっぱい引っ張ると、契約獣を空中へと一本釣り。私は全身を使って受け止めた。

しかし、強く引きすぎたらしく、勢い余ってタヌセラと一緒に草地の上をゴロゴロと転がる。

少し離れた所でピクニックランチをしていた戦士のお姉さん達が私達に視線を向けてきた。

「あらあら、オルタヌセラがじゃれ合ってるわ」

「可愛い、ほっこりするわね」

「それよりあの子達、来て一週間でもうレベル11なんだけど」

「ええ、私達もうすぐ抜かれるわ」

魔力から察するに、あのお姉さん達はたぶんレベル10台の半ばだと思う。申し訳ないけど、一人が言ったように抜かせてもらおう。それでもまだ全然足りない。

草地に寝転んだまま私は隣の契約獣に目をやった。

「とりあえず、これでタヌセラが食べられそうになっても私が引き寄せてあげられるね」

（はい、ですが私ももう簡単には森の魔獣にやられたりしませんよ。空から何か襲ってこない限りは大丈夫です）

今まで貯めたお金とゼノレイネさんから貰った四百万、私は全てを魔法につぎこんだ。購入したのは〈マジックローブ〉の他に、〈アタックゲイン〉、〈ガードゲイン〉、〈スピードゲイン〉の強化魔法。

私なんかを必要だと言ってくれるリムマイアのためにも、彼女が帰ってくるまでに少しでも強くなっておこうと心に決めた。

……そう決意しても、いや、決意したからこそ、たまにすごく怖くなる。

あのシャロゴルテやグラバノスみたいな上位魔獣と、それより遥かに強い守護魔獣と、私が本当に戦えるのか。リムマイアと共に行くということは、割とすぐにその時が来るってことだ。

しかも、これは人類の命運が懸かった戦い。

私なんかが本当に……。

と寝ている私の頭のすぐ近くにタヌセラが立っているのに気付く。狸の魔獣は直立したまま私の顔めがけて倒れこんできた。

「ぷはっ！　もふもふに溺れる！　タヌセラ何なの！」

「……キキュー」

（……私も怖いですよ）

「え……？」

（だって私は最弱種の魔獣なんですから。ですが、私はオルセラと出会って、この短い期間で信じられないくらい強くなれました。何となく、この先もあなたと一緒なら大丈夫な気がします）

「タヌセラ……」

そうだ、私は一人じゃない。

タヌセラが一緒だし、頼りになるリムマイアやゼノレイネさん、メルポリーさんがついてる。きっとユイリスもうすぐ来てくれるだろうし。（ユイリスは確かレベル6だったと思うけど、こっちに来たらどんどんレベルアップしそうな気がする）

とにかく私は皆の足を引っ張らないように強くならないと。

「ありがとう、タヌセラ。じゃあ、そろそろ行こうか」

立ち去ろうとする私達を見て、ランチをしていたお姉さんの一人が声をかけてきた。

「もうじゃれ合いは終わり？　せっかくほっこりしてたのに」

「すみません、今から魔獣を狩りに森に入るので」

「今から？　ダメダメ、もう日が暮れるわよ」

「はい、だから行くんです」

「……そう、気を付けてね。……抜かれるの時間の問題だわ、私達」

中央公園を出た私とタヌセラは、一旦リムマイア宅に戻った。

タヌセラが肉まんを補給している間に、私はメイド服に着替えて装備を身につける。最後に魔法のブリムを手に取った。

……どうしよう、これ。感知拡張の能力は絶対に必要だし、仕方ないか……。

覚悟を決めて頭に乗っけた。

家を出て関所横のゲートまで行くと、出入りする戦士達でなかなかの混雑具合だった。

日暮れ時を迎え、これから魔獣は活発に動き回る。それを避けて帰還する者と、逆に高い遭遇率を求めて出立する者がちょうど行き違う時間帯だ。

私も外に出る戦士達の列に加わる。

すると、周囲から一斉に視線の集中を浴びた。元々私は様々な要因（出自、クラス、成長速度、タヌセラ、など）で注目されがちではある。さらに今日は買ってもらった装備の初披露とあって一際だった。

あちこちから「おお……」とか「ついに……」といった感嘆の声が聞こえる。

……はいどうも、これが私の完全体です。メイド騎士、出撃します……。

ゲートを出ると逃げるようにサフィドナの森に駆けこんだ。

「探るからちょっと待ってね、タヌセラ」

契約獣に一言前置きして、魔力感知の範囲を最大まで広げる。

……わ、すごい。感知範囲が以前の数倍になってる。ふざけたブリムだと思ったけど、ちゃんとした魔法道具なんだね。

瞬時に何組かの戦士のチームと魔獣達の存在を確認できた。

んー、人間の方はどれも町から出て来たベテラン戦士か。それならそれでいいんだけど。

私達がこの時間帯に出発したのは高い遭遇率を求めてじゃなく、ある特定のチームを捜すためだ。

それは今日転送されてきたばかりの新人戦士達。

私もこの一週間で色々と分かってきた。通常、新人達は昼前に転送されてきて、明るいうちにレジセネに辿り着くことを目標に森を進む。間に合いそうにないならどこかに隠れて夜をやり過ごすんだけど、この判断を誤る時があるらしい。

一番危ないのが夕刻、もう町が見えている場合。一気に行ってしまおうと強引に進むから、新人転送者が最も全滅しやすいんだって。

そんなチームはいないに越したことないんだけど……、……ああ、いた。

しかもすでに魔獣と戦闘中だ。

私がそちらに走り出すと、タヌセラも後ろからついてきた。

戦っているのはどうやら女の子六人のチームみたい。全員で鎧竜種のブロドトンをガシガシ叩いている。

その魔獣は動きが鈍いから放っておいて町を目指せばいいのに。大したダメージにもなってないし、そんなことしてると他の魔獣を呼んじゃうよ。

……ほら、厄介なのが現れた。

ブロドトンが逃げ出し、入れ替わりで体長が倍はある大型魔獣が女の子達の前に。ウルガルダだ。

「ごめんタヌセラ！　先に行く！」

私は〈スピードゲイン〉を発動して走る速度を上げた。

お願い！　間に合って！

焦る気持ちを抑えつつ感知を続ける。

ウルガルダがお得意の尻尾での薙ぎ払いを繰り出した。

二人が盾で防御するも軽々と弾き飛ばされる。圧倒的な力の前に残る四人は硬直。

狼竜はまとめて片付けようと再び巨木のような尻尾を振るった。

ドンッ！

……はぁ、セーフ。

左手一本で尻尾を受け止め、私は安堵のため息をついていた。

依然として硬直したままの女の子達は目を丸くして私を見つめてくる。

「もう大丈夫だよ。この魔獣は私が倒すから」

とっさに〈ガードゲイン〉を使ったけど、必要なかったかもしれない。レベル11ってここまで補強されるんだ。防御魔法も小手や腰それぞれの防具に付与されているから以前の数倍だし。

……だけどこの状況、嫌でも初めてウルガルダに遭遇した時を思い出す。あの時、私は戦っている人達を見捨て、地面を這って逃げることしかできなかった。

……あんな情けなくて悔しい思い、二度としたくない！

無意識に尻尾を掴んでいる手に力が入った。

ウルガルダは短く悲鳴を上げ、後方に跳び退く。

その間に私は剣を抜いて〈アタックゲイン〉を発動させた。狼竜が着地するタイミングを狙ってまずは〈サンダーボルト〉で牽制。それからとどめの〈サンダースラッシュ〉、と連続で放った。

ズババッシュ――――ッ！

塵へと変わるウルガルダを見届け、私は女の子達の方に振り向く。

おそらくリーダーであろう子が一歩前に出て来た。

「す、すごい……。た、助かりました、戦士様……」

「いいよ。それよりそっちの子達を治療するね」

倒れている二人に駆け寄った私は、袋からヒールストーンを取り出す。即座に彼女達の上でかざした。意識は失ったままだけど、これで命に別状はないようだ。

さて……、もう一頭相手しなきゃならないか。

目を向けた方向から、モノドラギスが一直線に走ってくる。

いや、あの子が追いついてきたね。任せておこう。

茂みから勢いよく飛び出したタヌセラが、そのままモノドラギスの横っ腹に頭突きを食らわせた。

「キュッキュー！」

（この森最強の魔獣タヌセラ参上です！）

倒れこんだ一角竜に、タヌセラは相手のお株を奪う頭突き突進をもう一発。そしてとどめの、

（〈狸火〉！〈狸火〉ーー！）

ボボッ！ ボボワァ――――――ッ！

二つの火球を続け様に上から落とし、モノドラギスを仕留めた。

女の子達は先ほど同様に目を丸くして、巨獣を圧倒したタヌセラを見つめる。

「た、狸、つよ……」

「あの子は私の契約獣だから安心して」

と少し誇らしい気持ちで、自らの最強を証明したタヌセラを私も眺めた。

あの子もレベル11になって一匹で大型魔獣を倒せるようになったね。なんかちょっと感慨深い
……。一週間前は私達、ひたすら隠れることしかできなかったのに。

タヌセラがモノドラギスの魔石を咥えてこちらに歩いてくる。

（これ、食べちゃっていいですか？）

「もちろん。そっちのウルガルダのもいいよ」

（どうもどうも。私、オルセラと一緒にいると本当に強くなれそうです！）

「キュイッキュー！」

二つの魔石をたいらげた狸の魔獣がスキップしながら合流すると、私は改めて女の子達に視線をやった。

うーん、皆そこそこ動ける感じだけど、魔獣との戦闘はやっぱり今日が初めてみたい。何より、ベテランの同行者がいないし。

「もしかしてあなた達、ゼファリオン帝国？」

「あ、はい、そうです」

「やっぱり……」

「……アタシ達のグループ、喧嘩じゃ男共にも負けたことなかったのに。……完全に戦場をなめてました。こんなにおっかない地獄だったなんて。あなたが助けてくれなきゃ、全員死んでました……」

リーダーの子はそう言って肩を落とした。

なるほど、地元じゃ敵なしの不良少女軍団が（調子に乗って）一旗あげようと来ちゃいました、的な流れなんだろうか。

それにしても、ゼファリオン帝国の方針は五年前も今も変わってないな。

メルポリーさんと弟さんもあの最大の領土を誇る帝国の所属だ。だから余計に思うのかもしれないけど、数撃てば当たるなんてやり方は到底許容できない。

私は私にできることをやっていく。それから世界戦線協会の関所で、今後あなた達を同行させてくれるチームがないか探してあげる」

「とりあえず町まで送っていくよ。

「そこまでしていただけるなんて……。アタシ達はあなたのような歴戦の勇士に出会えてほんとにラッキーです。ありがとうございます、戦士様。ところで、どうしてエプロンを着けて頭にそんなものを乗せているんですか？　まるでメイドのように見えますが……」

私の頭に乗ったブリムを見つめながらリーダーの子は首を傾げていた。

「……私のクラスは【メイド】なんだよ。あと、私も皆と同じ新人ね。ほんの一週間前までごく普通のメイドだったんだから」

歩き出しつつそう言うと、途端に場が静かになった。振り返って見てみれば女の子達は固まってしまっている。

……このパターン、どこかで聞いた覚えが。まあいいか。

私が先導して移動を始めると、彼女達は一様にほっとした表情に変わった。分かるよ、リムマイアに助けてもらった後の私もそうだったから。

ずいぶん昔のことのような気がする。

（ですから、ほんの一週間前でしょ）

隣にタヌセラが並んできていた。

（まずは一チーム、助けることができましたね。この調子で強くなりながらどんどん助けていきま

しょう）

「そうだね、頑張ろう」

世界の終末なんて途方もない話だし、私に人類全ての命を救えるとも思えない。

でも、せめて私の手が届く所にある命は救いたい。その範囲が少しずつでも広がっていってくれたらいいな。

転送されてから一週間が経った。

これからも私はこの地獄を生き抜き、私なりの戦いを続けていく。

書き下ろし特典

第十一章 人類の未来

～ルクトレア視点～


どこかの山の頂上付近から、私は空の彼方を見つめている。

もうすぐそこに現れるであろうものを知っていた。なぜなら、これは私が何度も見ている夢なのだから。ただし、単なる夢ではなく、この先に訪れるかもしれない未来の一つ。

……人類が滅ぶ、終末の未来よ。

やがて大空に無数の黒い点が浮かび上がる。それらは次第に大きくなり、いつもと同じく、私は戦慄と共に正体を確認することになった。

何千もの魔獣からなる巨大な群れだ。飛竜種や鳥竜種で構成され、その一頭一頭が体長何十メートルもある。

この事態を前に人間はどうするべきか、なんて愚問だろう。答は、どうしようもない。

飛行する魔獣の群れが大きな町にさしかかろうとしていた。規模からして人口は数千人だと思う。群れが上空に到達した次の瞬間、町のいたる所で爆発が起こった。破壊行為はものの数秒。そのわずかな時間で、町は言葉通り跡形もなく消し飛んだ。

衝撃を受ける間もなく、地面を通して体に震動が伝わってくる。

目を向けると、空を翔《か》ける魔獣達を追うように大地が動いていた。

あれは何千どころの数じゃない。何万何十万という、翼を持たない魔獣の大群だわ。仮に空からの攻撃を生き延びたとしても、あの地津波から逃れる術はないでしょうね。

「ここまでのようだな」

……え？

未来の私が声に振り向くと、茶色の髪をした小柄な少女、リムマイアが立っていた。

なぜここに？　これは初めて見る未来だわ。

私が何かを言う前に、リムマイアは言葉を続ける。

「せめてオルセラが大切にしていたものだけでも守ろうと思ったが……。……結局、私はあいつに何もしてやれなかったということか」

悔しさを滲ませる彼女に対し、同じ顔をした黒髪の少女、ゼノレイネが慰めるようにその肩に手を置いた。

……そうか、これはオルセラがリムマイア達と共に戦い、途中で命を落とした未来……。

周囲を見回すと、夫のエリックと息子のエレア、そしてミレディア様も一緒だった。背後に目をやると断崖の向こうに海が見える。

きっとここは大陸の端なのね。ゼノレイネが私達を逃がしてくれたんだわ。オルディアやアスラシスの姿はない。ということは、リムマイアとゼノレイネがもう人類最後の戦力……。

その彼女達も今まさに飛び立とうとしていた。黒竜に戻ったゼノレイネの背にリムマイアが乗り、大槍を抜きながら別れの言葉を紡ぐ。

「先に行くぞ。一矢を報いてくる」

人類を救えなかった責任をとりにいくのね……。

彼女は天を仰ぎ、ほんの少しだけ笑みを浮かべた。

「……オルセラ、ちょっと遅れたけど、私も今から行く」

空を覆う魔獣の群れに向かって飛ぶ一人と一頭。

残された私達はただ見送ることしかできなかった。

「……いや、まだできることはある」

ミレディア様がぽつりと呟く。私に詰め寄り、力強い眼差しを向けてきた。

「ルクトレア様！　よく聞いてください！」

これは……、未来を見ている私に対して言ってきている！

「姉様はやはり要石でした。……いなくなってから全てがおかしくなりました！　そして姉様の運命がおかしくなり始めたのは、私達が過度に手助けをしてしまった時からです！」

ミレディア様の声が徐々に遠くなっていく。周囲の景色が崩れ始めていた。

予知夢から覚める……！

「姉様が自分で道を切り開いてこそ人類の道が開けます！　忘れないでください！　ルクトレア様！」

真っ暗になった空間で、最後にその声は響いた。

「お願いします！　こんな未来は絶対に来ないように！」

――――。

気付けば視線の先には見慣れた自室の天井。ベッドから体を起こした私は息を一つ吐く。

「……ミレディア様、しっかり受け取りましたよ」

それにしてもあの子、本当に大したものだわ。同い年のエレアなんて泣きながら震えているだけだったのに……。

ふと、自分の目からも涙が流れていることに気付く。

……終末の夢なんて何度見ても慣れるものじゃない。我ながら損な役回りだわ。

心の中で愚痴りつつ家を出る支度を整えた。

今日でオルセラが転送されてから一週間になる。あの子を見続けて、私も何となくそんな気はしていた。オルセラは要石。つまり、人類の生存に必要であろう人と人とをつなぐ存在。

そして、オルセラがそれをなすには、私達が助けすぎてはいけないということが今回の予知夢ではっきりした。

……この一週間、慎重に動いてよかったわ。この前送った魔法のブリムは大丈夫よね……？　うまくいく未来でも装備していたし。

そもそもオルセラは人同士を結びつける役割なんだから、こちらから助けなくても自分で無意識のうちに鍵となる人物を集めることができる。

たとえば、この子とかね。

私は城の敷地内に建てられた訓練場までやって来ていた。早朝にも拘わらず、もう激しく打ち合っている音が聞こえる。

入口から顔を覗かせると、手合わせをしているのはユイリスとオルディアの二人だった。あら、オルディアったらまた纏う魔力の量を増やしてるじゃない。

様子を窺いながら私は壁際の観覧席に座った。

二人が訓練を始めてから今日で六日目。ユイリスがレベル8に到達しなければならない期限が明日なんだけど……。そんな約束、条件を出した当のオルディア自身が忘れているわね。だってレベル8なんて訓練初日に到達してしまったし。

目の前ではユイリスがその艶やかな長い赤髪をなびかせ、両手で巧みに双剣を操っていた。巧みなのは技術だけじゃなく、魔力の扱いもだ。攻撃の瞬間にしっかり剣に魔力を集中させている。結果、繰り出されるのは手数が多い上に重い斬撃。剣と盾を持つオルディアは防御するだけで精一杯に見える。

確かユイリスは戦士になった最初の訓練で、指南役であるレベル20台の戦士に打ち勝っていたわね。それから半年でレベルを6まで上げて百年に一人の逸材と呼ばれるようになったわけだけど、あれでさえユイリスは全く本気を出していなかったのだと今なら分かる。

さらに、固有魔法が反則としか言いようのないものだし。そろそろかしらね。

と見ているとユイリスの方が口を開いた。

「ではオルディア様、ここからは魔法を使わせていただきます」

「ちょっと待って！　まだ心の準備が！」

「きちんと言いましたよ」

「だったら私は纏う魔力を増やすから！」

オルディアが大人げなく言い返している間に、ユイリスの眼前には冷気の魔法弾が完成していた。間髪を容れずに発射される。

あれは水属性の下位魔法、〈アイスレイ〉よ。

これをオルディアは剣で薙ぎ払って打ち消す。ところが、消滅したはずの魔法弾が即座に再構築。現れたのはオルディアとその手に持つ剣の間だった。

当然ながら防御できるはずもなく、冷気の塊は彼女を直撃。体に氷の全身鎧を着ることになった。

「うわ――――っ！　冷やっこい！」

などと叫んでいる隙にユイリスは彼女の懐に入る。魔法を帯びた双剣で連続して斬りつけた。

あれは東方由来の無属性魔法、〈二段斬り〉よ。こちらも下位魔法で攻撃の際に魔力の刃を一つ増やすというだけのものなんだけど、もっと増えているように見えるわね。

ザガガガガガガガッ！

「いたたたたっ！　もう斬撃の壁だ！」

オルディアはたまらずに後方へと跳び退いた。

「やっぱり反則でしょ！　その固有魔法！」

思わずそう言いたくなる気持ちも分かるわ。

ユイリスの固有魔法は〈魔法倍化〉。習得しているあらゆる魔法を倍にできるという恐ろしいものよ。

最初の〈アイスレイ〉は打ち消される直前に、進路の少し前方に〈魔法倍化〉でもう一つ増やした。〈二段斬り〉は元になる剣も魔法で覆われるから、〈魔法倍化〉で新たな刃が二枚作られる。一振りで刃が四枚、左右の双剣一回の攻撃で八枚ね。

ここまでですでに結構な反則だけど、〈魔法倍化〉の恐ろしさはこんなものではない。何しろ、あらゆる魔法が倍になる。そろそろかしらね。

「では、ここからは強化魔法を使わせていただきます」

「待って！　魔力を増やす！」

ユイリスは特段待つことなく基本の強化魔法三種を発動。

〈アタックゲイン×魔法倍化〉。〈ガードゲイン×魔法倍化〉。〈スピードゲイン×魔法倍化〉。

二重の全強化を纏ったユイリスは鬼神と化した。一気に距離を詰めて双剣を振り回す。

「なんかアスラシスとの訓練が甦ってくるんだけど！」

これはもう、戦闘能力だけなら英雄クラスだわ。オルディアも割と必死だし、これは昼までにあと1レベル上がりそうね。

私は一旦場を離れて仕事を片付けることにした。

昼前に再び訓練場を訪れると、二人は飽きもせずにまだ打ち合っている。〈識別〉でユイリスのレベルが上がっているのを確認し、私は手を打ち鳴らした。

「そこまでよ。ユイリスは明後日出発ね。あなたの魔法装備が用意できているから兵器開発局で受け取って。それから一日しっかり体を休めること」

「はい、色々とありがとうございます。オルディア様、次の手合わせでは二割くらいは魔力を使わせてみせますよ」

「……なんかうまく利用された気がする」

「おかげさまで効率よくレベルを上げることができました。私は合格でよろしいですね？」

オルディアはポケットから取り出した転送水晶を投げ渡す。

「合格だよ！　オルセラをよろしく！」

もちろん文句なしでしょう。レベルを8まで上げるつもりだったのに、レベルが8上がったんだから。ここまでの成果が出せたのはオルディアの〈聖母〉と、ユイリス本来の能力があってこそだけど。

……それにしても、ユイリスがこんなに本気になるなんてね。この子は人と魔獣との戦争をどこか冷めた目で見ている節がある。まるで、人類がどうなろうと知ったことじゃない、みたいな。

そこが使命感に燃える他の人達とは大きく違って、私も最近まで気付けなかった。

「あなた、以前はどんな人生だったの？」

私が小さく呟くと、訓練場を出ていこうとしていたユイリスは足を止めた。

「誇れるものじゃありません。人より少し多く人を殺めただけのくだらない人生です」

「……赤髪に双剣って、もしかしてあなた、前とあまり容姿は変わってないんじゃない？　まさか、軍神赤神……？」

この私の問いには答えず、ユイリスは微笑みを残して扉から出ていった。

……だったら「少し」どころの話ではないわ。個人としての殺害件数は旧暦代トップ5に入る……。

旧暦時代の傑物達の中には単独で軍隊と戦えたほどの者がいる。中でも赤髪の女性双剣使い、軍神赤神の存在は際立っていた。最も戦乱が極まっていた時代に、一国の主力として名を轟かせたのだから。つまり、一対数千数万の戦いを日常的にこなしていたということ。発端は周辺国で付けられた赤髪の死神という異名。それがいつしか自国で神格化されるまでになった。

……百年に一人どころか、現実的に千年に一人の逸材だったわ。オルセラ、またすごいのを引き当てたわね。

まあ、頼りになるし、戦力としても有難いわ。

私は手帳にささっとメモを取った。

『ユイリス　【セイバー】　レベル14
固有魔法〈魔法倍化〉
転生者／前世＝軍神赤神
参戦決定』

レベル差や魔力差があるとはいえ、六日間も大変な人物の相手をしてくれたオルディアにはとりあえずお疲れ様と言うべきね。

と彼女の方に視線を向けると何だか悶々とした表情をしている。

付き合いが長いだけに思っていることが手に取るように分かるわ。さすがに勝手な行動はしないでしょうけど、釘は刺しておかないと。

「やっぱり私も、とか思ってるでしょ？　絶対に駄目よ」

「オルセラが終末に立ち向かう決意をしたんだよ！　力になってあげたいじゃない！」

「人類が滅ぶわよ」

「え……？　……いやいや、そんなバカな」

「どうやらオルディアには話しておかなければならないようね」

私は今朝見た予知夢の話をした。

聞き終わるや否や、彼女は力なく泣き崩れる。

「うぅ、ミレディア、なんて子なの……。……その未来、私のせいで……？」

「それは分からないけど、あなたが過度にオルセラを守ろうとしてあの子が本来の役割を果たせずに命を落とした、かもしれないわね」

「親が子を守るのは当然でしょ！　なんて残酷な未来！　いや、残酷な現実！」

「結局、ここからは私達は私達にできることをやって、後は信じるしかないってこと。オルセラのことだけじゃなく、台地奪還作戦の方もよ」

あの作戦決行の判断はアスラシスとエリザに託してあった。戦況を読むということに関してはあの二人は抜けているから。

ちなみに、やはりと言うべきかアスラシスも転生者よ。あの二人はよく似ている。時代は異なるにしても前世でアスラシスは東方一帯を、エリザは西方一帯を、それぞれ軍の先頭に立って統一した。

人類の歴史において最高峰の指揮官達だから各国も信頼して任せている。

台地が大陸南方のあの地域に突然出現したのは今から約五百年前のこと。最初、魔獣達がいたのは数ある台地の中のたった一つだけだった。まるでデモンストレーションのようにそこから一時的に解き放たれた魔獣達によって、世界は壊滅的な打撃を受ける。人と人とが争っていた旧暦時代は終わりを告げた。

それから新暦四六六年の現在に至るまで、人類は一度もその勢力拡大を抑えることができていない。だけど近年、世界中に転生者達が現れ始めた。そして、その力も育ってきつつある。

約五百年間、ひたすら押されっぱなしだった人類の反撃のタイミングがここだと、アスラシスとエリザが判断したのなら私達は信じるしかない。

「ん？　奪還作戦の方は私、参加しても大丈夫だよね？」

オルディアはすっくと立ち直っていた。

「ええ、必要なら要請が来るはずよ。その時はもう相当まずい状況だけどね」

「逆転してみせるよ。ちょっと私も訓練してくる。少しだけ魔力を使ったら何だかもやもやしてきた」

そう言って訓練場の外に出た直後に、彼女はこちらを振り返る。

「オルセラを直接手助けできないなら魔獣を全部叩いてしまえばいい。だから、あんたは私達世界中の戦力が自由に動けるように、早く権力を手に入れて世界を〈導く者〉になって。できることをやるんでしょ？」

「……分かってるわよ」

目をやると、すでにオルディアの姿は消えていた。

練習場所にしている渓谷まで跳んだわね。彼女が本気で魔力を解放したら城が吹き飛ぶし。

さて、私も残りの仕事を片付けて今日は早めに帰ろう。また皆が心配して待っているだろうから。

――夕刻、屋敷の扉を開けると予想通りの光景が広がっていた。中央にエリックとエレアを据え、周囲にはメイド達をはじめとした使用人がずらりと展開している。一様に心配そうな表情。

私は全員が待っているであろう最初の言葉を発する。

「オルセラは今日も大丈夫よ」

この一言で一斉に安堵した顔に変わった。

それから各自の気になることを聞いてくる、というのがこの一週間のお決まりのパターンよ。まずはエリックとエレアから。

「オルセラ、またジャンクフードばかり食べてるよね？　野菜はちゃんと摂ってる？」

「お姉ちゃん、きちんと歯磨きはした？　お腹いっぱいになってそのまま寝てない？」

私達家族の中心にはいつもオルセラがいた。どういう存在だったかは今ので大体窺えると思う。

次は使用人達なんだけど、全員の質問に答えるわけにもいかないので事前に代表者二人を選出してもらっている。皆も一番はやっぱりオルセラのこと。ただ、近頃それと人気を二分しているのが……。

二人のメイドがススッと歩み出てきた。一人は私が画家に描いてもらったタヌセラの肖像画を、もう一人は自分で作ったらしいタヌセラのぬいぐるみを持っている。

「本日のオルセラ様とタヌセラ様の名シーンをお聞かせください」

「……じゃあ、魔法のロープで引っ付き合っていた話をするわ」

「本日のタヌセラ様の武勇伝をお聞かせください」

「……じゃあ、一匹でモノドラギスを倒した話をするわ」

……あの狸、どうしてこんなに人気なの？

日課の質問タイムの後は、エリック、エレアと家族の時間を過ごす。一緒に二人が作ったご飯を食べ、カードゲームやボードゲームをしたり。あまり貴族らしくないけど、当家ではこの生活が普通になっているわ。

それだけに、ここにオルセラがいないのが一週間経った今でも全く慣れない……。

信じるしかないと言いつつ、結局は私が誰よりもあの子を心配しているということなんだろうか……。

そのせいか最近はベッドに入る時間が妙に早くなった気がする。

まずはオルセラの明日を見なければならない。こっちからは直接手助けできなくなったんだから、頼むからあまりドジらないでよ……。

あとは魔獣との戦争に範囲を限定して、ランダムに未来の可能性を探る作業になる。そっちも、今朝はかなりこたえる夢だったからどうか穏便に……。

――――。

いくつかの未来を渡り歩いた後、私は大空を飛んでいた。

足元には黒い鱗……、ゼノレイネの背中に乗っているんだわ。ここは台地の上空らしい。

だとしたら、これは私の視点じゃない。いったい誰の……、ああ、マントのフードからはみ出た長い赤髪がなびいてる。これ、ユイリスの目を通して見ているようね。

周囲には同じくマントを着用した者達の姿が。全員が深くフードを被っていて、誰が誰かは分からない。

不意にゼノレイネが進むのを止めた。翼をはばたかせてその場に留まる。

「奴を感知したらしい。いよいよだぞ」

一団の先頭にいる二人のうち、小柄な方がそう言った。あれはリムマイアね。

彼女の言葉を受けて、隣にいるもう一人がマントを取り払った。銀色の髪が風に揺れる頭には魔法のブリム。

オルセラ……！

全身の鎧がずいぶん馴染んでいるし、髪が伸びて顔も少し大人っぽくなっている。

これ、結構先の未来だわ。

彼女が視線を前方に向けると、雲の中にうっすらと巨大な竜の影が浮かび上がった。体長はゼノレイネを遥かに凌ぎ、百メートルくらいあるだろうか。

この大きさ、守護魔獣の中でもさらに上位の個体……。

未来を見ているにすぎない私は、自分の意思で言葉を発することはできない。しかし、偶然にもユイリスは私が思っているのと同じセリフを口にしてくれた。

「オルセラ、大丈夫？」

すると、銀髪のメイドが答えるより先に、狂戦士の少女の笑い声が響いた。

「何とかなるだろ。私達全員、オルセラの固有魔法のおかげでかなり強化されたしな。あのゴミ収集魔法がここまでやばくなるとは、さすがに予想できなかったが」

呆れ口調のリムマイアに対し、オルセラも同意するように微笑む。

え、私知らないわよ？　固有魔法〈人がいらなくなったものを呼び寄せる〉、どうなっていくの？

オルセラはただの要石じゃないってこと？

柔らかな笑みを湛えたままオルセラは、私が入っているユイリスをまっすぐ見つめてきた。

「うん、きっと何とかなる。だから、心配しないで」

……まさか、私の存在に気付いている？　いえ、まさかね。

でも不思議と、本当にそう思わされる。人類の未来は大丈夫だって。

…………、分かったわ。私は信じてみることにする。

オルセラ、あなたの運命を進み続けなさい。

一巻　了

あとがき

はじめまして、有郷　葉と申します。この度は本書を手に取っていただき、誠にありがとうございます。

この物語を書くに当たって、私の頭の中にまずあったのは、序盤から読み手を引きこみたい、という思いでした。結果、オルセラは冒頭から何度も死にかける目に遭うことに。

臨場感を出すために、その性格はすごく慌てふためく等身大の少女に設定しました。そして、パートナーは少女によく似た性格の狸。この一人と一匹なら何でもないシーンも楽しくできるかな、と考えました。

私の書くものの持ち味は、明るくノンストレス、だと思っています。

人類の終末戦争という舞台でもここは変えたくありませんでした。いかがだったでしょうか。うまく書けていれば嬉しいのですが。

他のキャラ視点ではシリアスな展開になったりもすると思いますが、オルセラに戻ればまた何だかほっとする。そんな小説にしていきたいです。

さて、物語のメインがただ慌てふためくだけの少女と狸ではいけないので、主人公的な要素も加えました。オルセラもタヌセラも、芯が強くて思い切りがいいです。そのせいで結構危険な戦い方をしていくわけですが。

このあとがきを書いている時点ですでに2巻の原稿が仕上がっていますので、ここまで読んでいただいている方々にお礼も込めまして少しだけ予告を。

2巻ではオルセラもタヌセラも1巻以上のスピードで成長していきます。リムマイアに代わる新たな師匠が現れ、一人と一匹は必死で食らいついていくことになります。

その甲斐あってオルセラとタヌセラもどんどん強くなって新たな魔法も覚えていくのですが、やっぱり死にかけるような目に……。また、それに伴ってオルセラは意図せず周囲を変えていきます。やがて変化は戦況を左右するほどのものへと。人類が生存できる道はオルセラが成長を遂げ、その固有魔法を発展させる以外にありません。下手に手助けをするとオルセラが影響力を発揮する邪魔をしてしまうので、周りの人間達はひやひやしながら危なっかしい少女を見守ります。

果たしてオルセラと人類の運命は。

……この世界の人々からすれば、そそっかしいメイドが自分達の命運を握っているなんてたまったものじゃないですよね。当の本人は本当に必死なので許してあげてほしいところです。

どうやってオルセラが戦況を変えていくのか、そして、この魔獣との戦争はいったい何なのか、徐々に明らかになっていきますのでお付き合いいただけると嬉しいです。

有郷　葉

巻末おまけ

コミカライズ第一話試し読み

[漫画]もの干し竿

[原作]有郷葉

[キャラクター原案]赤井てら

Maid Attacks
In Destiny

MAIDes

ギャアア
何の準備も
ないまま
戦場に
飛ばされた私
カタ カタ
ゴオォォ…
ガォオッン
私にあったのは
この固有魔法だけ
ずっと
ゴミ魔法だと
思ってたのに
この力は 一体…—！

第１話

人類が魔獣という共通敵と戦争まっただ中の世界
戦況の悪化から各国は前線を維持するため
次々に育て上げた戦士を送り込んでおり
非戦闘員さえ転職もじさず
城の従業員もすでに何人かが送り込まれていた

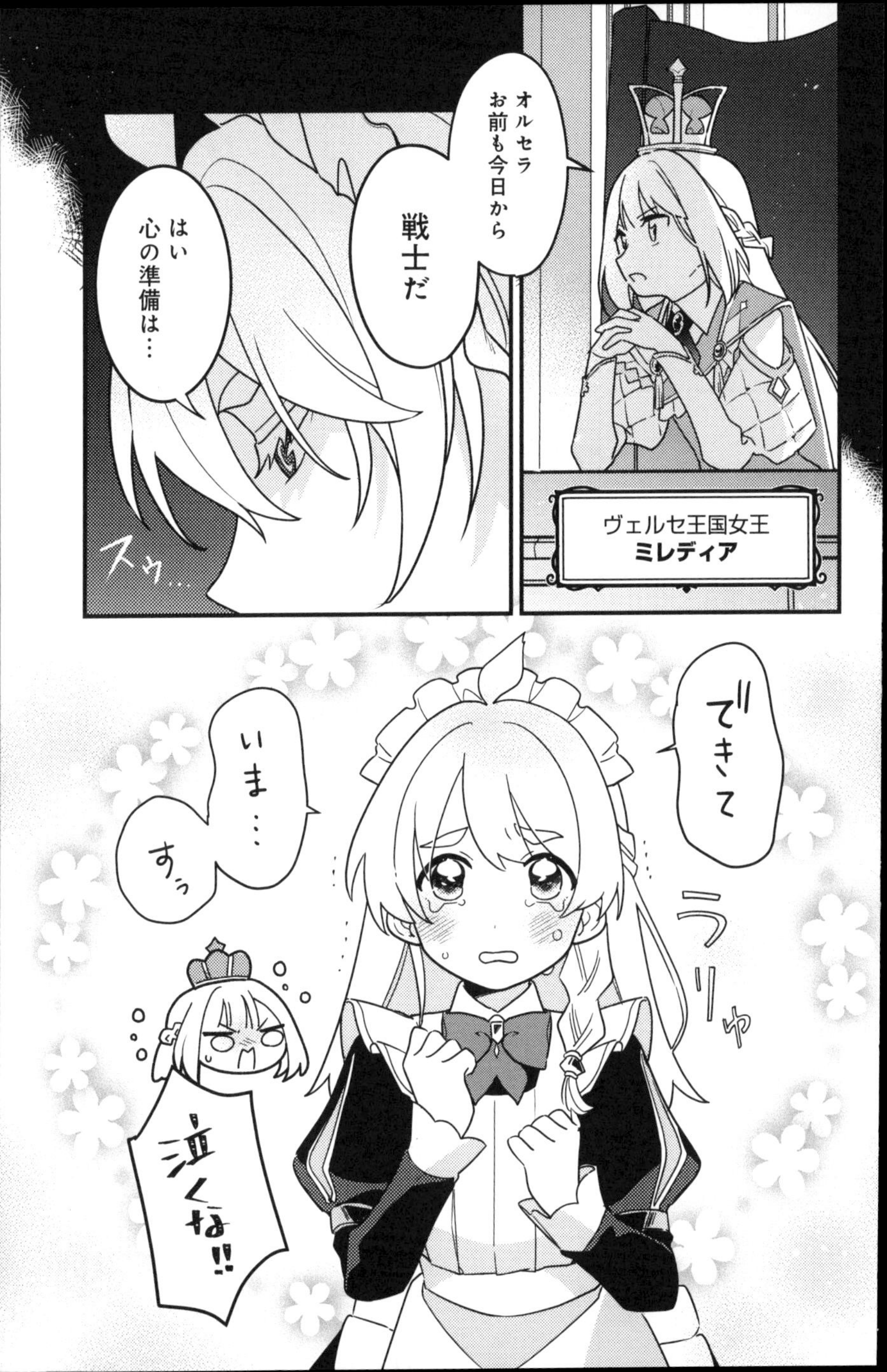
オルセラ
お前も今日から
戦士だ
ヴェルセ王国女王
ミレディア
はい
心の準備は…
スゥ…
できて
いま…
すっ
うりゅ
泣くな!!

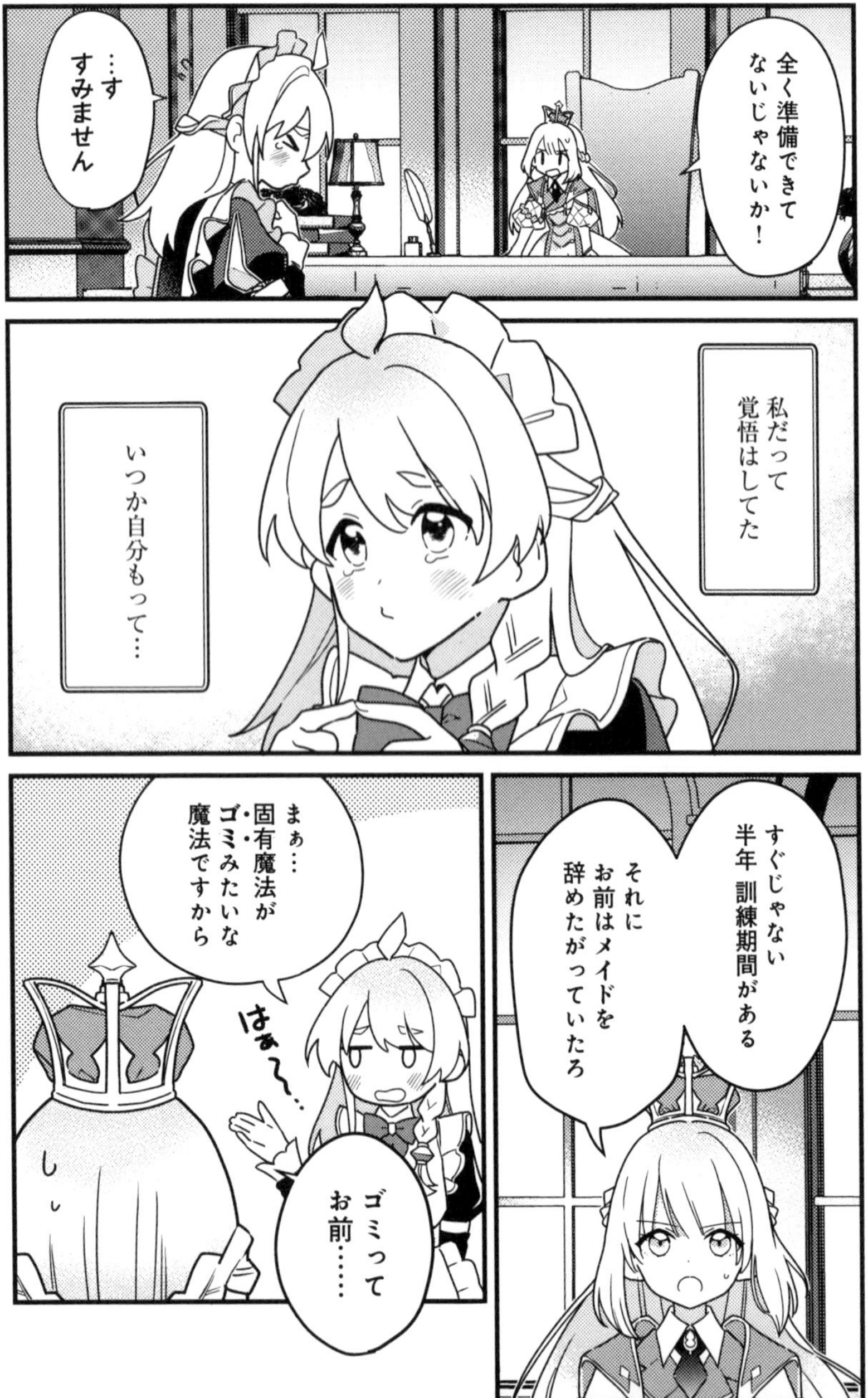
全く準備できてないじゃないか！
…すすみません
私だって覚悟はしてた
いつか自分もって…
すぐじゃない半年 訓練期間がある
それにお前はメイドを辞めたがっていたろ
まぁ…固有魔法がゴミみたいな魔法ですから
はぁ～…
ゴミってお前……
しぃ

でも！戦士になれば
新たな固有魔法が手に入る！
バッ
戦場に行くのは嫌だけど
それがせめてもの救いですよ！
急に元気になったな
まだ半年ありますし
あぁ…私もユイリスみたいにカッコいい魔法が…
はっ
バッ
ミレディア様！
今何時ですか！
11時を回ったばかりだ
チャラ

ユイリスの出発まであと1時間もない！
お見送りしたいのに～！
私も立ちあわなきゃいけないから…
ってオイ！
私 先にゲートへ向かいますね！
ダッ
待て オルセラ！
話はまだ終わってない
ガタッ
わかりましたよ 半年訓練して戦場に行く！
私は一応ミレディア様と姉妹なんだから
少しは気を遣《つか》ってくれてもいいのに！
オルセラ！
バタン
ひょこっ

今日は遅刻できない！
タタ…
新人オルセラ
ユイリスはゼロから仕事を教えてくれた先輩メイド
その彼女が今日……
いよいよ戦士として旅立つんだ！
ユイリス！
転送ゲート
オルセラ！
ぎゅっ
遅くなってごめんね…っ

時間はまだあるから大丈夫よ
それより聞いたわ ついにあなたも選ばれたのね…
ユイリス…
私は平気だよまだ半年先だし
ポジ
セラ
!!
フッ
相変わらず能天気ね
半年なんてあっという間よ
まぁ
チャ
キッ
オルセラが旅立つ時は私が助けるわ
それまで絶対に死なないから

あっ
ぱ
しかし 私は
思いもしなかった
ユイリス
ユイリスは
100年にひとりの逸材
私の時には彼女が
一緒に行ってくれるし
何も怖くない！
…まさか 私の方が先に 旅立つことになろうとは
あれが
ゲート
ポゥ
皆で手を繋いで
触ると 全員に
光が移って
戦場に
送られるんだよね

いつ見ても本当に不思議な光景
ゴク…
コツ…
こんなものでどうやって人間が…
オルセラ！近づきすぎ！
え？

ええ!?
これはもしや…
私やってしまった感じ!?
剣を掴んで！
うぉおおぉ!!!
ひとりで戦場に行くのは嫌ぁ
ダメだわ…光が剣に移らないぃっ
いやぁぁぁ！
続きはWEB連載で！

NEXT STORY
次巻予告
いざ！ 狸分身！
合体技!?
[著]有郷葉
[画]赤井てら
Maid Attacks In Destiny
MAIDes
メイデス
メイド、地獄の戦場に転送される。固有のゴミ収集魔法で、最弱クラスのまま人類最強に。

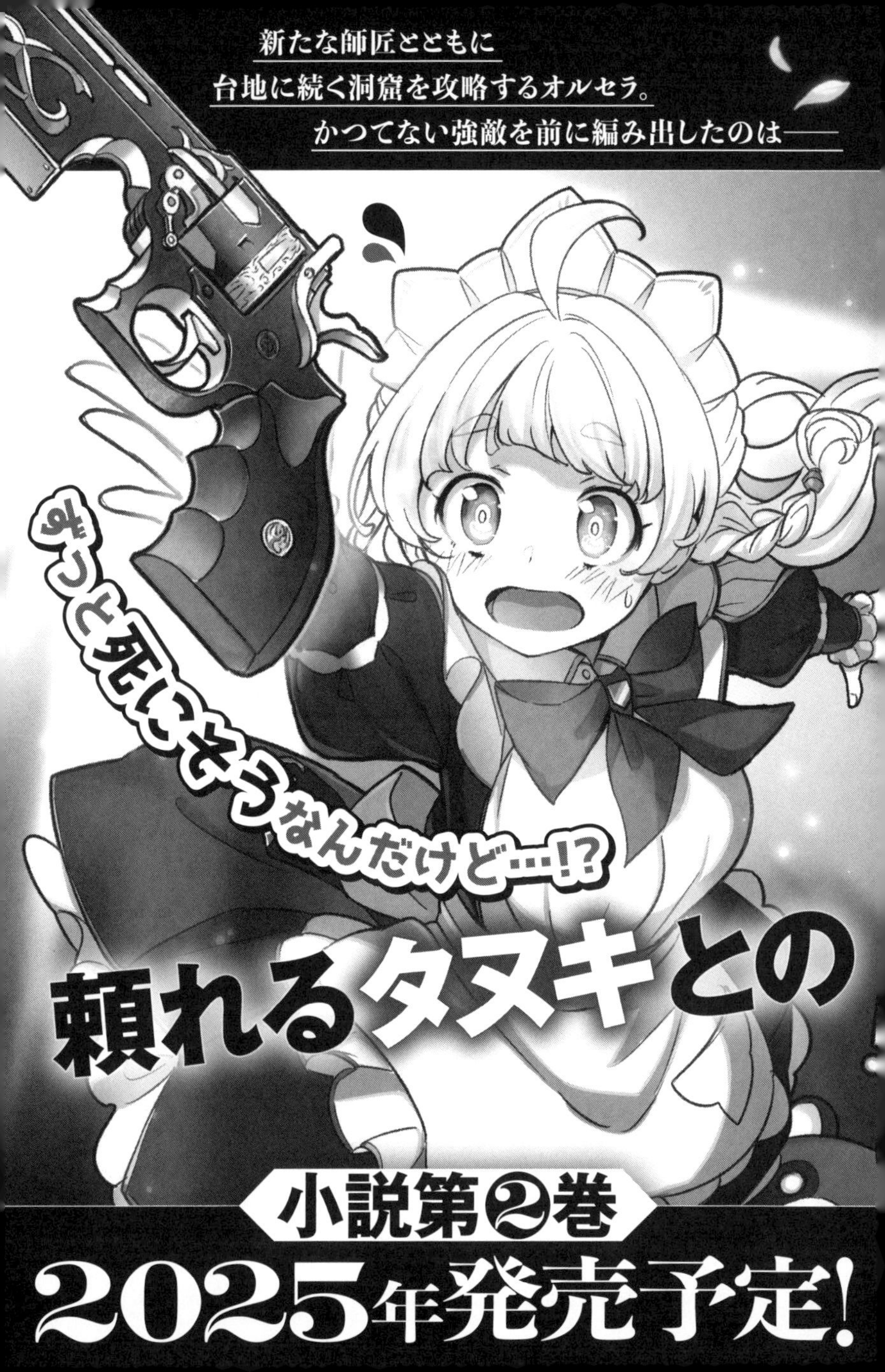
新たな師匠とともに
台地に続く洞窟を攻略するオルセラ。
かつてない強敵を前に編み出したのは――
ずっと死にそうなんだけど…!?
頼れるタヌキとの
小説第②巻
2025年発売予定!

MAIDes―メイデス―
メイド、地獄の戦場に転送される。
固有のゴミ収集魔法で、最弱クラスのまま人類最強に。

2024年9月1日　第1刷発行

著　者　有郷葉

発行者　本田武市

発行所　TOブックス
〒150-0002
東京都渋谷区渋谷三丁目1番1号　PMO渋谷Ⅱ　11階
TEL 0120-933-772（営業フリーダイヤル）
FAX 050-3156-0508

印刷・製本　中央精版印刷株式会社

ISBN978-4-86794-288-8